替天行盜
石章魚 著
卷12
邪之眼

這個世界想要改變自己很容易

唯獨做回原來的自己很難

目錄

CONTENTS

第一章

抉擇

顏拓疆此刻心中的感觸極其複雜，
從卓一手身上，他看到了自己，或許誰都沒有錯，
卓一手死前意識到他所造成的後果，
所以他才會不惜代價努力糾正造成的惡果，但並未成功。
自己何嘗不是一樣，新滿營的這場劫難和自己的抉擇有關，
若不是自己被美色所迷，興許也不會落到今日下場。

在場之中張長弓、阿諾都是認得蘭喜妹的，對此女的狠辣手段早有領教，鐵娃小聲道：「貓哭耗子假慈悲。」

蘭喜妹霍然抬起頭來，只見她滿臉淚痕，哭得如同一隻花貓一樣，換成過去，素來愛惜容顏的她就算死也不會將自己如此狼狽的一面示人，望著眾人雙眸之中迸射出陰冷的殺機。

張長弓感到不妙，慌忙將鐵娃護在身後，生恐蘭喜妹惱羞成怒對他下手。

蘭喜妹恨恨點了點頭道：「若不是為了你們，他也不會出事，如果他遭遇不測，我會讓你們所有人都為他陪葬！」她這番話說得斬釘截鐵，擲地有聲。

眾人誰都沒被她的話嚇住，換成以往也一定不會忍下這口氣，可這會兒卻不約而同地保持緘默，因為所有人都看出蘭喜妹是因為羅獵的突然失蹤而遷怒於人，這番話卻是因為情之所至，無論大家立場如何，衝著她對羅獵的這份情義，大家也犯不著跟她一般見識。

宋昌金和鐵娃幾人也趕了過來，羅獵失蹤是宋昌金預料之中的事情，他懊悔不迭道：「是我不好，是我不好，如果我早一點過來，早一點提醒羅獵就不會發生這樣的事情。」看到眾人沮喪的臉色，宋昌金意識到自己這樣說已經於事無補，乾咳了兩聲，安慰眾人道：「其實我這侄子福大命大，之前被沙蟲吞到肚子裡都不死，這次也一定不會有什麼事情。」

一個低沉的聲音道：「這次不同，將他擄走的很可能就是龍玉公主。」

宋昌金循聲望去，卻見說話的居然是吳傑，內心不由得一沉，他對吳傑有種莫名的恐懼，雖然明明知道吳傑是個瞎子，可總覺得自己的一舉一動都瞞不過他，這絕不是一種錯覺。

吳傑此前神秘失蹤不知去了什麼地方，這次現身竟然擁有了指揮天廟騎士的能力，不僅僅是宋昌金，在場所有人都覺得此人的行為神出鬼沒，難以揣測。即便是張長弓這等厚道之人對吳傑也多了個心眼，他對吳傑的警惕主要是因為那些天廟騎士。

這群人中對吳傑瞭解較多的是顏拓疆，他和吳傑相識多年，除了卓一手，他算得上對吳傑瞭解最深的那個。吳傑冷僻的性情決定他不會向任何人解釋，他的所作所為其背後是什麼在驅動，也只有他自己才知道。

顏拓疆握著卓一手的右手，感覺卓一手的肌膚漸漸失去了溫度，望著卓一手蒼白的面孔，不由得想起昔日他們之間的情義，人在年輕時感情來得熱烈且單純，**有些感情或許會因歲月的打磨而變淡，可終究無法消失，而當這份感情真正消失的一刻，你才會讀懂它的意義和價值**，你才會想起對方的諸般好處，而死亡又意味著一個人的消失，通常會原諒死者的缺點，而懷念起他的優點。

顏拓疆此刻心中的感觸是極其複雜的，從卓一手的身上，他看到了自己，或許誰都沒有錯，卓一手死前已經意識到了他造成的後果，所以他放棄了一直以來所堅持的信念，所以他才會不惜代價努力糾正造成的惡果，卓一手並未成功。而自己何嘗不是一樣，新滿營的這場劫難和自己的抉擇有關，如果不是自己被美色所迷，如果不是自己安於享樂，興許也不會落到今日的下場。

人生沒有後悔藥，事到如今，一切都已經成為事實，無法從頭來過，唯有盡力扭轉現狀，卓一手的死帶給顏拓疆的震動不小，卓一手能做的事情，他同樣可以做到，只是現在他心中有了牽掛，雖然他竭力迴避去想馬永平和她腹內胎兒的事情，可沒到生死關頭，這些事情還是不受控制地冒出來，每當想起這些，他難免就會產生退縮的想法。

虎老雄風在，即便是仍有雄風也所剩不多，只有顏拓疆自己才清楚自己的膽魄究竟退化到怎樣的地步。

瑪莎突然來到吳傑面前，她指著吳傑手中的令箭道：「這……這是我的！」

吳傑並沒有理會她。

阿諾生怕她觸怒了這性情古怪的傢伙，慌忙上前去勸說瑪莎，瑪莎仍然堅持道：「這令箭是藏在古蘭經內的聖物，原本是我的，後來被……被他搶走了……」她指了指已經死去的卓一手，馬上又意識到這件事已經變得死無對證，於是拿出了被撕成兩半的古蘭經，以此來證明自己並沒有撒謊。

吳傑自然看不到瑪莎想要呈現給自己的證據，輕聲道：「這枚叫天火令，可以指揮天廟騎士，如果落在某些別有用心的人手上，只會為這個世界帶來無窮無盡的災難。」

瑪莎咬了咬嘴唇，她並不懂得天火令的用途，甚至從未聽說過古蘭經內有這樣東西，可是她親眼看到卓一手撕開古蘭經從中取出令箭的一幕，她並非是想要將此物據為己有，而是她認為這本古蘭經，包括這枚天火令都應當屬於塔吉克人，缺少了天火令的古蘭經已經不完整了。

吳傑道：「它不屬於你！」

瑪莎還想說什麼，卻被阿諾拉了回去。

吳傑以不容置疑的語氣向眾人道：「你們去找羅獵，我去摧毀天廟！」

眾人聞言心中都是一怔，可馬上就明白吳傑的目的，今天已經到了七月十五，也就是龍玉公主全面甦醒之日，根據羊皮卷的記載，摧毀天廟應當就能夠將龍玉公主的復生扼殺。

顏拓疆道：「你知道天廟在哪裡？」

吳傑搖了搖頭道：「他們知道！」解鈴還須繫鈴人，他雖然不知道天廟到底在什麼地方，可是這些來自於天廟的守護騎士卻知道天廟的所在，現在他掌握了天火令，就掌控了這些天廟騎士的指揮權。

吳傑將顏拓疆叫到無人之處，壓低聲音向他道：「羅獵不會死，龍玉公主抓走他的目的只有一個，就是要利用他來啟動轉生陣。」

顏拓疆點了點頭，其實他也抱著同樣的想法，他心中最為掛念的還是自己的侄女，和羅獵一起失蹤的還有顏天心，可是因為顏天心古怪的表現，多半人的關注點並不在她的身上，他低聲道：「你知不知道他們去了哪裡？」

吳傑道：「宋昌金！」他並沒有說得太多，其實說出宋昌金的名字顏拓疆就已經明白了，龍玉公主控制了顏天心的意識，帶走羅獵只能去一個地方。

吳傑率領天廟騎士離去，顏拓疆轉身去尋找宋昌金，卻發現現場已經沒有了宋昌金的身影，心中不由得一怔，稍一琢磨就明白宋昌金一定是趁著混亂溜走了，以宋昌金一貫以來的人品，這樣的做法並不稀奇，只是這樣一來，他們就失去了帶領他們前往百靈祭壇的嚮導。

張長弓等人聽聞這件事之後一個個都慌張起來，他們現場分成三撥人馬，一撥人馬就在顏天心和羅獵失蹤的地方就地挖掘，明知希望渺茫，也得採取這樣的行動，另外一撥人馬則由原路返回骨洞，先行探察有無道路可以去往百靈祭壇，還有一撥人馬則在附近展開搜索，爭取在宋昌金逃遠之前將他找到。也只有找回宋昌金，才有希望在最短的時間內抵達百靈祭壇找到羅獵。

在目睹羅獵和顏天心一同墜入流沙之後，宋昌金既是心驚又是惋惜，畢竟羅獵是他的親侄子，不過惋惜也只是暫時的，他很快就想到羅獵素來的造化，這小子一向福大命大，應當輪不到自己操心，真正應該考慮的還是自己，所有人都清楚他的特長，等這群人回過神來，必然要脅迫自己為他們帶路。

這群人中，宋昌金真正忌憚的是那個瞎子，吳傑在場的時候宋昌金不敢輕舉妄動，總覺得自己的一舉一動，甚至一個心眼兒都瞞不過吳傑，所以在吳傑離去之後他方才敢逃。

宋昌金並未逃遠，他對周圍環境非常熟悉，如果一味逃亡，逃到空曠之地反而更容易暴露目標，只是逃到相對安全之處，就利用黃沙將自己掩埋起來。按照宋昌金的想法，這幫小子必然不會想到自己居然敢藏在附近，**正所謂越是危險的地方越是安全的地方，越是明顯之處越是容易隱藏之處**。

宋昌金的想法並沒有錯，派去尋找他的那撥人馬在周圍搜索無果之後就越走越遠。另外兩撥人馬一撥在羅獵失蹤的地方埋頭挖掘，還有一幫人在張長弓的引領下重新進入盜洞尋找通路，反倒沒有人關注宋昌金的藏身之地。

宋昌金推測眾人都已經離去，這才悄悄從黃沙中爬了出來，向周圍看了看，確信無人在他左右，抬腿就溜，方才走了兩步，就聽到身後傳來子彈上膛的聲音，宋昌金內心一沉，自己終究還是疏忽了，想不到早有人追蹤到了他的蹤跡，宋昌金舉起雙手苦笑道：「道高一尺魔高一丈，佩服佩服！」

可傳來的卻是一個陌生的女聲：「帶我去找轉生陣。」

宋昌金頗感詫異，搜遍自己的腦海都未有對這聲音的印象，他轉過身來，還未來得及看清那女子模樣，就感到肩頭一陣刺痛，卻是被那女子用針刺中。以宋昌金豐富的江湖經驗，頓時猜到此事不妙，刺痛瞬間消失，肩頭被刺傷的地方又麻又癢，宋昌金看清了那女子，原來是此次前因羅獵墜入流沙而哭泣的蘭喜妹。

宋昌金和蘭喜妹不熟，在今日之前甚至沒有見過面，知道她的名字還是因為剛才見她哭得傷心，從阿諾那裡得知，這麼短的時間裡阿諾能告訴他的也只是用一個名字，自然不會將蘭喜妹的背景和以往的所作所為全都說個清清楚楚。

宋昌金認為蘭喜妹只是羅獵的情人，如若不然，她剛才也不會哭得如此傷心，宋昌金暗自讚賞侄兒的眼光，別的不說，在挑女人眼光方面要比自己這位叔叔要厲害得多。顏天心、蘭喜妹都是人間絕色，更難得的是，她們兩個對羅獵都是死心塌地。

不過宋昌金很快就意識到蘭喜妹比顏天心的手腕要狠辣得多，蘭喜妹輕聲告訴他道：「你還剩下兩個小時，如果兩個小時內，你不能將我帶到轉生陣，那麼你就會成為轉生陣的祭品。」

宋昌金倒吸了一口冷氣，他看出蘭喜妹絕不是在跟自己開玩笑，這種時候他仍然能夠做到冷靜：「你是說，這針有毒？」

蘭喜妹點了點頭，不耐煩地抬起手腕看了看時間，提醒宋昌金道：「你浪費了一分鐘。」

宋昌金於是不再說話，面對這樣的女人說什麼都沒用，他看出蘭喜妹會不惜一切代價拯救羅獵的生命，為了這一目的，蘭喜妹絕不介意犧牲他的性命，多說無益，不如行動，唯有找到羅獵自己方才有活命的機會。

宋昌金並非走向此前的盜洞，他曾經告訴過顏天心，還存在一條通路，只是當時的顏天心應當已經被龍玉公主所控制。

張長弓一行人又來到此前佈置炸藥的地方，現場血泊中還剩下死者的兩條大腿，他們離開時並未來得及清理這一切，張長弓歎了口氣道：「我此前就應該注意到的。」

顏拓疆道：「注意到什麼？」

張長弓又歎了口氣，其實宋昌金早就提醒過他們顏天心不對頭，當時卻並未引起他足夠的注意，現在回想起來，顏天心在這裡的時候就已經被控制，不然她也不會突然改變念頭，放棄炸毀骨洞的想法。

顏拓疆道：「你打算怎麼辦？」

張長弓心中暗忖，宋昌金已經逃了，他們只能分頭尋找，希望能夠早一點發現前往轉生陣的通路，此前他們在洞內安置了不少的炸藥，後來因為顏天心改變了初衷而放棄，現如今應當將炸藥拆除。他將自己的想法告訴了顏拓疆，顏拓疆點了點頭道：「很好！我負責拆除炸藥。」

當下眾人又分成三組，分別由顏拓疆、張長弓、陸威霖三人統領，以他們所在的位置為中心，向周圍展開搜索。

羅獵被顏天心死死抱住，等他意識到形勢不對的時候，為時已晚，和常春藤般纏繞在自己身上的顏天心一起陷入流沙，羅獵能做的只有屏住呼吸，封住自己的口鼻，他本以為會被流沙淹沒，可並沒有過太久的時間，就感覺到腳下一空，然後他們的身體就脫離了流沙層，在一個未知的地下空間內直墜而下。

羅獵的內心是驚恐且矛盾的，在被顏天心拖下塵埃的剎那，他已經意識到顏天心的意識已經被龍玉公主掌控，如果不顧及顏天心，羅獵本來還是有掙脫的機會的，可是他投鼠忌器，雖然明知顏天心喪失了意識，卻又擔心自己誤傷了顏天心的身體，正因為如此，他唯有放任不多的機會溜走。

羅獵從不認為自己的屢次死裡逃生都源於運氣，如果將自身的命運交給運氣去抉擇，那麼他早就不知道已經死了多少次，很少有人能夠做到在生死關頭保持一如既往甚至超越平時的冷靜，更少有人能夠在這種時刻權衡利弊，全面考慮應對的辦法，而羅獵恰恰是其中的一個。

羅獵認為龍玉公主目前並沒有決定要殺死自己，這絕非是龍玉公主心存善念，又或是對自己有一絲一毫的憐憫之情，她真正看重的應當是被自己吸收的慧心石，那塊據說是凝聚了昊日大祭司畢生修為和智慧的能量石，是昊日大祭司復生不可或缺的重要物品，而現在，自己和慧心石融為一體，她必須要將自己生擒，甚至控制，方能成功啟動整個轉生陣。

自己因顏天心而投鼠忌器，龍玉公主何嘗不是如此？她不敢輕易傷害自己的性命，正因為如此，羅獵堅信他還有轉敗為勝的機會。

從墜落的時間可以推算出他們至少下墜了五十米的距離，這樣的高度即便是跌落在鬆軟的沙地之上，仍然不免受傷，可是這樣的狀況並未發生，羅獵感覺他們跌落一團棉花團一樣的物體上，經過這軟綿綿物體的緩衝，他的身體並未受到任何的傷害。

顏天心在兩人跌落的瞬間，忽然一張嘴咬住了羅獵的頸部，疼痛之後，羅獵甚至能夠感覺到血液從血脈中被抽離的聲音，他猛地推開顏天心，準備先將她打暈，可是顏天心卻突然放開了他，發出一聲尖叫，他們身下軟綿綿的那團物體，因這聲尖叫而陡然緊張起來，突然膨脹的身體將顏天心和羅獵分別彈射出去，羅獵宛如騰雲駕霧一般飛了出去，這次重重落在了紅色的細沙之上。

顏天心則飛到了另外一側，以顏天心的本我就算犧牲自己也不會傷害羅獵，在她的腦域之中，她仍然被困在冰層之中，外面漫天的飛雪漸漸有了顏色，變成了一種櫻花般的淺粉，不，那就是櫻花，她看到一頭蒼狼迎著漫天的櫻花朝自己走來，漫天飛舞的櫻花卻突然凝聚起來，變成一條猙獰的長蛇纏住了蒼狼，蒼狼在落英紛紛的沙地之中和長蛇搏鬥著。

看得顏天心眼花繚亂，她的內心無比焦灼和緊張，只可惜身體被冰封住，無法動彈。

長蛇和蒼狼激烈搏戰，空中漫舞的落英和地上的花瓣因牠們的搏戰激揚而起，遮住了牠們的軀體，擋住了顏天心的視線，顏天心越發焦急，一顆心就要跳到嗓子眼，這種愛莫能助的感覺讓她幾乎就要發狂。

戰場的中心，因搏戰而積聚在中心的落英凝聚成為一個粉紅色的大球，突然這大球又從中爆裂開來，蒼狼的身影重新出現，而和他纏繞在一起的卻變成了一隻紅色火狐，火狐的長尾緊緊纏繞住蒼狼，死死扼住了蒼狼的脖子。牠已經張開了嘴，閃爍著寒光的牙齒已經貼在蒼狼的脖頸之上。

顏天心從心底發出一聲大叫，不要！雖然她提醒自己所看到的一切只不過是腦域中的幻象，然而又清楚幻象是現實狀況的映照，她的唇角甚至能夠感到一絲鹹澀，那是來自於羅獵血液的熟悉味道，顏天心竭盡全力仍然無法衝破眼前的玄冰壁壘，她不肯放棄，因為放棄就意味著眼睜睜看著羅獵被龍玉公主所害，被自己所害！

一個念頭突然出現在她的心底深處，龍玉公主雖然掌控了她的身體，可是並未能夠將自己所有的意識都從腦域中清除出去，自己或許可以做些什麼？如果說龍玉公主對羅獵充滿了仇恨，而自己對羅獵擁有的只是愛，顏天心現在能做的只是在心中默念對羅獵的感情，有些真情她甚至從未當著羅獵的面表白過，可是一直深藏在心底深處，從未忘記，也永遠不會忘記。

羅獵從血一樣的紅色沙地上緩緩爬起，還未等到他起身，一股紅色的流沙宛如瀑布般噴湧在他的身體上，將他的身體大半掩埋起來，羅獵這才看清，剛才給他們緩衝，又將他們彈開那團軟綿綿的東西是一隻沙蟲。這隻沙蟲應當不是他之前所遇的那個，體型要小上一些，可是周身色彩斑斕，極其豔麗，而且周身都流動著五彩的光華。

常識提醒羅獵越是美麗的生物往往越是有毒，此前的遭遇告訴他，沙蟲是一種龐大而不失智慧的生物，這隻沙蟲應當為龍玉公主操縱了意識，羅獵的手掙扎著去摸逃生筆，可觸及逃生筆的剎那又猶豫起來，他不可以一個人走，無論是感情還是道義都不允許他將顏天心拋棄。

顏天心同樣被沙蟲彈射出去，沙蟲的劇烈反應源於她內心中的巨大波動，在她一口咬住羅獵頸部的剎那，當羅獵的熱血湧入她口中的瞬間，內心中竟然湧現出對羅獵無比的眷戀和深愛，雖然是顏天心的軀體，可此時真正主宰這具身軀的卻是龍玉公主，她對羅獵所擁有的只應有恨，不該有愛。

龍玉公主馬上意識到顏天心原本被她封鎖的意識竟然開始甦醒，這原本是不可能的事情，如果她當初將顏天心的意識完全封閉就不會有這樣的後患，而她出於某種目的想要去解讀顏天心內心深處的秘密，為顏天心的意識打開一扇窗的同時卻讓顏天心看到了希望，龍玉公主原本以為一切都在自己的控制之中，卻沒有料到顏天心透過這扇窗嘗試用本我的意識重新搶回她的腦域。

龍玉公主在吸取羅獵鮮血的剎那，竟然產生了前所未有的心動感覺，這是一種完全陌生的感覺，在她短短的人世歷程之中還從未有過這樣的感受，她甚至因為羅獵被傷害而產生了心痛的感覺。剛才還對羅獵恨之入骨，此刻卻突然產生了天翻地覆的變化，龍玉公主的內心因此而產生了劇烈的波動，從而影響到了沙蟲，所以才發生沙蟲突然將兩人從身體上彈飛出去的狀況。

望著幾乎就要被紅沙掩埋的羅獵，龍玉公主心中再次產生了一種難過的感覺，感同身受，甚至想要不顧一切地衝上去將羅獵救起，不惜自己替他受罪。龍玉公主的內心紛亂如麻，她意識到當前最重要的事情絕不是控制羅獵，而是首先控制住顏天心不屈的意識，避免她不斷干擾自己，甚至重新奪回本來就屬於她自己的腦域世界。

火狐發出一聲憤怒的尖叫，從蒼狼的身體上騰躍而起，宛如火焰般的身軀投入漫天落英之中，天地間全都是紛亂的粉色花瓣，迷住了蒼狼的雙眼，擋住了牠前去的方向。

顏天心看不到蒼狼的身影，眼前的冰壁被一片片蜂擁而至的花瓣阻擋，很快就變得沒有一絲光，冰壁後方的世界一片黑暗，伴隨著黑暗而來的還有死一般的寂靜。

顏天心努力平復著情緒，提醒自己要冷靜，她雖然無法動彈，可是她仍然可以保護羅獵，保護自己這一生中最愛的人，自己對羅獵的愛早已深入骨髓，融入血液，浸潤到每一個細胞，就算龍玉公主能夠掌控自己的腦域，卻無法掌控自己的全部。

黑暗的世界看不到一丁點的光亮，聽不到一絲一毫的聲音，讓顏天心產生了自己失去視力和聽力的錯覺。就在她被無邊的孤寂所包圍的時候，耳邊突然響起龍玉公主冷若冰霜的聲音：「你竟敢背叛我！」

顏天心從內心中發出一聲不屑的嘲笑，從未屈服又何來背叛？

龍玉公主咬牙切齒道：「我會讓你們付出永生難忘的代價！」這聲音字字泣血，充滿刻骨的仇恨，無形的殺氣與寒意宛如潮水般在黑暗的掩護下向顏天心湧來，顏天心發不出任何的聲音，眼前突然現出針尖大小的光芒，這光芒迅速擴展開來，將漆黑的腦域世界照耀得白茫茫一片，從顏天心的腦域深處傳來鑽心般的刺痛，疼痛將她腦海中紛亂的念頭驅散，逼迫關於羅獵的影像和記憶離開她的腦域，顏天心有生以來從未體會過這樣的痛苦，她意識到這是來自於龍玉公主的折磨，她要讓自己屈服於她，她要用盡一切手段斬斷自己關於羅獵的記憶。

沙蟲停止了動作，膨脹的頭部猶如一顆碩大無比又色彩斑斕的球體。這球體溢彩流光，斑駁的色彩走馬燈般不停變換。沙蟲的頭顱緩緩向羅獵靠近，巨大的頭顱中心出現了一個凹陷，這凹陷宛如凹透鏡一般，映照出羅獵變形的身影。

羅獵還未來得及從血色紅沙中掙脫開來，抬頭看到逼近自己的沙蟲，那凹陷的部分宛如一隻深不可測的眼眸死死盯住了自己，羅獵毫不畏懼地盯住沙蟲，此前他就有過控制沙蟲意識的經歷，只是龍玉公主就在身邊，這次應當沒有上次那麼容易。

「大帥，咱們是不是要將所有的炸藥全都拆除？」董方明請示道，對顏拓疆他們都保持著相當的尊重。

顏拓疆搖了搖頭，低聲道：「咱們還有多少炸藥？」

董方明將他們這三十餘人所擁有的炸藥量統計了一下，稟報給了顏拓疆。顏拓疆下令道：「將所有的炸藥全都佈置下去。」

「什麼？」董方明愕然望著顏拓疆，顯然並不明白他的意思，他們這次前來不是要尋找失蹤的羅獵和顏天心嗎？為何顏拓疆非但不肯拆除炸藥，反而命令他們將所有的炸藥全都佈置下去？

顏拓疆一字一句重複道：「將所有的炸藥全都佈置下去！」

董方明確信自己沒有聽錯，他頓時明白了顏拓疆下達命令的意思，顏拓疆是要將這裡全部炸毀，難道他準備放棄顏天心和羅獵？董方明提醒顏拓疆道：「大帥，大當家還在裡面？」

顏拓疆靜靜望著董方明，斬釘截鐵道：「她已經死了，羅獵也是一樣，如果我們不這樣做，被毀滅的不僅僅是新滿營，還有整個連雲寨，我們部族的男女老少全都要遭殃！」他絕不是危言聳聽，和吳傑的那番交流已經讓他充分意識到形勢的危急，而他的寶貝侄女兒顏天心如今只不過是一具行屍走肉，她的身體早已被龍玉公主所控制。

董方明大聲道：「不！」對顏拓疆他只是出於對前輩的尊重，顏天心才是連雲寨的寨主，才是他們的大當家，不但他自己這樣想，所有的族人都這麼想。

顏拓疆對董方明的抗拒早有心理準備，他不是瞎子，自然看得到侄女在族人中的威信，顏拓疆從腰間抽出了一柄彎刀，刀長不足一尺，金光燦爛，鑲滿寶石，雕工精美，這樣的一柄刀裝飾性更重於實用，可董方明看到這把刀的時候臉色卻突然一變，周圍的族人全都跪了下去，董方明也屈膝跪倒在顏拓疆的面前。

顏拓疆道：「這柄金刀你應當認得。」

董方明的聲音已經發抖：「認得……」他自然認得，雖然沒有親眼見到過，可是在長輩的描述中也早已將金刀的形狀鐫刻在心頭，部族中的所有人都是一樣，這柄金刀乃是族內聖物，代表著大金國昔日的王權與榮耀，其地位幾乎等同於傳國玉璽。

有緣見到這柄金刀的族人不是死去就是變老，可儘管如此，仍然無損於金刀在族人心目中的地位。顏天心雖然繼承了寨主之位，成為連雲寨的大當家，可是卻因為缺少這柄金刀仍然被族內的一些人所質疑，在他們部族之中公認的一個事實就是，誰擁有這柄金刀，誰才是他們部族真正的領袖。

家訓和傳統讓所有人不敢再說半個不字，顏拓疆望著已經屈服在他腳下的族人，心中沒有驕傲，沒有欣喜，充斥他內心的卻是壯士斷腕的決心和悲涼。大局當前，絕不可為個人感情所困，顏拓疆所處的高度讓他比周圍人看得要更為高遠，而他的位置決定他必須要承受常人無法承受之痛苦和壓力，他清楚這個決定會帶給自己怎樣的罵名，然而有些事必須要有人去做。

落英隨風而逝，花瓣化為粉色塵煙又飛散無形，暴露出原本被覆蓋的沙面，血一樣鮮紅，蒼狼獨自傲立於沙丘之上，仰首翹望，純然一色的空中，一輪巨眼靜靜望著蒼狼。

無論巨眼如何變幻，蒼狼始終保持著倔強的姿勢，紋絲不動。

沙蟲的頭部先是膨脹，五彩光芒加速流動，頭部的凹陷逐漸增大，宛如一張巨嘴，足以將羅獵的身軀一口吞下，牠不斷迫近羅獵的身體，然而牠卻並未這樣做，在靠近羅獵的時候光芒突然黯淡了下去，膨脹的頭部迅速縮小。

羅獵將身體小心地從紅沙中挪動出來，雙目仍然盯住沙蟲，他並沒有成功找尋到沙蟲的意識，也沒有進入沙蟲的腦域，可是沙蟲突然殺意全無，應當是自己無意識的行為讓對方打消了敵意。

羅獵沒有時間去多想，此前的經歷提醒他，眼前的和諧或許只是暫時的，用不了太久沙蟲就會清醒過來，會向他發動迅猛的襲擊。

羅獵爬出紅沙，透過沙蟲半透明的身體，看到了另外一側的顏天心，顏天心靜靜站在那裡，不知在想些什麼，她應該是察覺到了自己的目光，緩緩轉過頭來，對著羅獵露出詭異一笑，然後她就轉身向前方逃去。

羅獵根本沒有做任何的考慮，就向她追趕過去，儘管他明知她的目的就是要引誘自己前去，他甚至清楚他們要前往什麼地方。

因為剛才顏天心在關鍵時刻的反抗，龍玉公主放棄了繼續冒險控制羅獵的決定，對她而言，最現實的做法就是要脅，利用顏天心的身體來要脅羅獵，這個世界上沒有人比她更瞭解顏天心對羅獵的感情，那是一種她從未經歷的感情，是可以犧牲自己成全他人的感情。龍玉公主意識到，顏天心殘存的意識會不惜一切代價來阻止自己傷害羅獵。

羅獵在吸取慧心石能量之後，已經擁有了讓她忌憚的強大意識力，在此之前，她和羅獵就在顏天心的腦域之中有過一場征戰，最終的結果並未分出勝負，只是當時羅獵就在顏天心的身邊，而這次她已經搶先控制了顏天心的身體，擁有了相當的優勢。

羅獵不顧一切營救顏天心，她趁著羅獵疏於防守之際想要一舉控制他的腦域，眼看就要成功，卻沒有想到毀掉她計畫的竟然是被她幾乎忽略的顏天心，更為離譜的是，顏天心並未和她在腦域中展開任何的爭奪，只是表露出對羅獵的真實感情。

在顏天心真情流露的那一刻，龍玉公主神不守舍，幾乎就要潰不成軍，如果不是被沙蟲突然的應激反應打斷，或許顏天心已經重新控制了自我。

龍玉公主不敢冒險，其實她已經佔據了主動，掌控了顏天心的身體，其實就等於抓住了羅獵的脈門，現在她所要做的就是將羅獵一步步引到百靈祭壇，引到轉生陣之中。

沙蟲的身軀已經縮小到剛才的一半，顏天心和羅獵一前一後已經走遠，沙蟲此時方才如夢初醒般發出兩聲重重的噴氣聲，仿若打了兩個低沉的噴嚏，當牠意識到發生了什麼，身軀又迅速膨脹起來，牠的頭部猛地扎入紅沙之中，身體沒入沙中大半，從牠的尾部噴出一道沙柱，旋即牠的身體就消失在沙面之下。

宋昌金將石塊緩緩移開，已經累得汗流浹背，身後蘭喜妹卻絲毫沒有插手的意思。宋昌金抬起手來擦了擦額上的汗水，長舒了一口氣道：「就是這裡了。」

蘭喜妹利用手電筒的光束觀察了一下那小小的洞口，將信將疑道：「你最好不要騙我。」

宋昌金苦笑道：「我的性命都在你的手裡，難道我要跟自己過不去？」

蘭喜妹輕聲道：「進去！」

宋昌金歎了口氣道：「我這把老骨頭實在是折騰不動了。」

「少廢話！」

宋昌金道：「我身上又麻又癢，可能就要毒發了，你先給我解藥。」

蘭喜妹冷冷望著這隻老狐狸，都到了這步田地，他居然還敢跟自己討價還價。

宋昌金一副死豬不怕開水燙的模樣，歪嘴笑道：「我若是死了，你就永遠也找不到百靈祭壇。」

蘭喜妹點了點頭，抽出手槍抵住宋昌金的額頭道：「我現在就殺了你。」

宋昌金大叫道：「那就讓羅獵給我陪葬！」

空氣彷彿凝固了，蘭喜妹咬了咬嘴唇，緩緩放下了手槍。宋昌金見她還槍入鞘，以為這狠辣的女郎終於還是向自己屈服，打心底鬆了口氣，又暗自得意，薑是老的辣，跟我鬥，這小妮子還差些道行。他低聲道：「先將解藥給我。」

寒光一閃，卻是蘭喜妹抽出匕首狠狠捅在宋昌金的左臂上，這一刀雖然並未刺中他的要害，避開了血管骨骼，可是也入肉頗深，刀鋒已經貫穿宋昌金左臂的皮肉透了出來，一刀兩洞，更可惡的是，蘭喜妹刺傷他之後還利用匕首在他的血肉中絞動。

宋昌金差點沒痛得暈過去，慘叫道：「饒命……饒命……」

蘭喜妹道：「別跟我談條件，這個世界上沒有人敢跟我談條件，我現在的確不想殺你，可是如果羅獵出事，我會讓你後悔來到這個世界上。」

宋昌金此時方才真正領教到蘭喜妹的冷血和狠辣，強忍疼痛哈哈笑道：「我在跟你開玩笑，其實我比你還要緊張羅獵……你……你不知道？他是我親侄子……」臉上佈滿因疼痛滲出的冷汗，強行擠出獻媚討好的笑容，臉部的肌肉卻已經扭曲。

蘭喜妹並不知道宋昌金和羅獵的這層關係，其實縱然知道也不會因此而對他手下留情。她的經歷決定她對親情的涼薄，在她看來宋昌金是羅獵的什麼人跟自己毫無關係，如果膽敢拖延她營救羅獵，就算是羅獵的親爹她一樣不會放過。

吃到苦頭的宋昌金終於收回了討價還價的念頭，他意識到再敢玩花樣，蘭喜妹一定會讓他吃更多的苦頭，將洞口的石塊又扒開了幾塊，率先鑽了進去。

蘭喜妹緊隨其後，手電筒的光柱中充滿了塵埃的痕跡，蘭喜妹蒙住口鼻道：「你確信是這條路？」

宋昌金老老實實回答道：「暫時不能確定，不過，這盜洞應當出自於我們老羅家的手筆。」他並沒有欺騙蘭喜妹，摸金盜墓流派眾多，可是老羅家之所以能脫穎而出，和他們祖傳的盜掘手法有著必然的關係，宋昌金可以從盜洞的挖掘風格上輕易分辨各大流派，而羅家祖傳的手法和其他流派又全然不同，不是內行人看不出其中的門道。

老羅家的盜洞最大的特點就是在挖掘盜洞的同時留下明確的指示，這種指示只有羅家人能夠看懂，很多時候一次無法將目標內的寶藏全部搬空，就必須要多次前來，這就存在盜洞被他人所用的可能，於是羅家先祖開創了一種獨特的挖掘方式洞中套洞，在挖掘盜洞的同時就布下迷陣。除了掌握祖傳秘密的羅家人，外人即便是發現了盜洞也無法得其門而入，非但找不到正確的墓室，反而很可能會被困死在洞中。

宋昌金前所未有的沮喪，他活了大半輩子，還是頭一次被人弄得如此淒慘，更讓他鬱悶的是，這次居然栽在了一個小姑娘的手裡，此事若是傳出去，他這張老臉也沒處擱了。

顏天心的身影在前方縱跳騰躍，健步如飛，羅獵將所有的潛力使出，方才勉強跟上她的腳步，以羅獵對顏天心的瞭解，她的身手雖然不錯，可是絕沒有達到超越自己的地步，尤其是在耐力方面。

羅獵相信如果現在的顏天心想要甩開自己，應當是輕而易舉的事情，只是她的目的是要引君入甕，所以才會故意保持這樣的距離，讓自己能夠看到她的身影，竭盡全力卻始終無法追上。

顏天心突然停下腳步，轉身向羅獵露出甜甜一笑，右手舉起了鐳射槍瞄準了羅獵，在這樣的距離下，就算是羅獵也無法逃脫她的射殺。

羅獵卻並不擔心她對自己下手，除非龍玉公主放棄了讓昊日大祭司復生的想法，否則她絕不會輕易傷害自己。

顏天心笑道：「我可以殺你，也可以殺她！」她反轉槍口對準了自己的太陽穴。

羅獵心中一沉，龍玉公主自然有無數的機會將顏天心殺掉，他無法解釋這一現象，龍玉公主的意識究竟是如何脫離她的身體而獨立存在？又是採用怎樣的途徑侵入了顏天心的身體？

羅獵道：「一個人如果真心想死，別人肯定攔不住他。」他解開衣扣，露出藏在腰間的手雷，微笑著點了點頭。

龍玉公主頓時明白了他的意思，羅獵是在警告她，她雖然控制了顏天心的身體，可是主動權並不是全都在她的手中，如果羅獵選擇破釜沉舟，他可以選擇引爆手雷，毀滅自我。在這樣的爆炸威力下，羅獵的結局必然是灰飛湮滅，而隨之毀滅的還有已經和他融為一體的慧心石。

從這一點上來說，自己同樣投鼠忌器，龍玉公主今天已經是第二次從他人身上感受到視死如歸的勇氣，第一次是顏天心，現在是羅獵，奇怪的是，她對羅獵表現出的勇氣非但沒有憎恨，反而生出一種莫名的欣賞。

「那就試試！」顏天心聲音未變，可說話的節奏和語氣卻和過去截然不同。

羅獵道：「咱們誰都輸不起！」兩個智者之間的比拚，最為關鍵的卻是心理之戰。羅獵認識到龍玉公主的智慧絕不次於自己，甚至還要超越自己，所以他採取開門見山的方式，他堅信在勇氣方面自己應當勝過對方一些，首先拿出破釜沉舟的勇氣，讓龍玉公主意識到手中的那張王牌並沒有太大的作用，也唯有如此自己或許才能夠找到奪回顏天心的機會。

羅獵建議道：「我用自己來交換顏天心。」

「你以為我那麼好騙？」

羅獵道：「其實你沒必要多造一份殺孽，你既然能夠控制天心的腦域，一樣可以控制我，你放她，我保證放棄防守，讓你進入我的腦域。」

羅獵的建議無疑充滿著巨大的誘惑力，龍玉公主控制顏天心的目的無非是要通過這種方式來控制羅獵，現在羅獵主動表示願意不設防，以自身來換取顏天心的平安，龍玉公主在這樣的條件面前，難免不會心動。

龍玉公主微妙的內心波動在顏天心的腦域世界中馬上就有了反應，顏天心空白一片的世界開始出現蒼白的影像，宛如淡淡的水墨，方才勾勒出世界的輪廓，馬上卻又沉寂於墨色一樣的黑暗中。

龍玉公主守住了內心，將顏天心意圖再度甦醒的意識封鎖，雙目冷冷望著羅獵，投射出機警的光芒，她和羅獵有過在顏天心腦域中交戰的經歷，那場交戰中她並未佔據上風，羅獵是在引誘自己，如果自己當真輕信他的話，意識進入了他的腦域，必然會遭遇羅獵的反擊，自己未必能夠取勝。

面對羅獵，龍玉公主的信心竟然動搖，這在此前卻是從未發生過的事情。羅獵似乎看透了她的心思，微笑道：「我是個守信之人，只要你還給天心自由，我必然兌現承諾。」

龍玉公主仍然沒有回應，她依然猶豫。

羅獵道：「不入虎穴焉得虎子，公主殿下不會連這點勇氣都沒有吧？」他忽然感覺到腳下傳來輕微的震動，這震動幾乎可以忽略不計，可是卻並未逃過他的感知，羅獵突然一躍而起。

第二章

沉睡八百年後的重生

龍玉公主望著羅獵，目光中沒有仇恨，只有對新鮮事物的好奇，
沉睡八百餘年之後的重生，讓她對一切都感到好奇，
雖然她的意識已經提前瞭解了現實世界的事情，
可是她這具重新復甦的身體還需時間去適應周圍。

顏天心立足的地方突然裂開了一個大洞，五彩光芒從地底的洞口透射出來，顏天心的身體向那地洞中落去，羅獵本有機會逃到安全之處，可是看到顏天心再度失足落下，他唯有衝上前去，一把將顏天心的嬌軀抱住，其實在羅獵啟動之前就已經看出這次仍然是龍玉公主的誘敵之計，龍玉公主掌握了顏天心的腦域，就掌握了要脅羅獵的王牌，這一招屢試不爽。

那地洞是沙蟲從地下打穿，龍玉公主本以為羅獵這次不會輕易上當，可看到他仍然不顧一切地衝上來，心中難免有些得意，看來聰明如羅獵，一樣會被感情衝昏頭腦。

顏天心於空中一個明顯的停頓然後一個曼妙的轉折向羅獵主動迎去，這次她要故技重施，再次將羅獵纏住。羅獵並不閃避，比起上次更加主動……

龍玉公主見到計策輕易得逞，心中欣慰無比，任你羅獵如何狡詐，終究無法逃脫情字的困擾，這次我絕不會讓你逃脫。她正準備對付羅獵之時，卻發現羅獵一雙朗目深情注視著自己，心中不由得泛起一陣羞澀，龍玉公主馬上意識到顏天心在潛意識中又在干擾自己的心神，她提醒自己務必要壓制住顏天心的意識，避免心湖生波。

顏天心只覺得轟的一聲，眼前化為一片空白，隨著剛才那晴空霹靂般的爆炸而來的是耀眼奪目的白光，這白光讓顏天心的腦域世界變得一片空白。

顏天心在冰封世界中下意識地閉上雙目，強光無孔不入地滲透到冰牆的縫隙中，她聽到冰牆崩裂的聲音，內心中不由得竊喜，這意味著龍玉公主在她腦域中築起的堡壘已經開裂，強光撕裂了冰牆，顏天心還未看清外面的世界，就看到一個發光的人影撲向了自己，那是羅獵，羅獵的光影擁住了自己。

顏天心意識到羅獵的光影在擁吻自己，這感覺讓她心跳加速，讓她幾乎忘記了仍然身處險境，她陶醉在羅獵的深情一吻之中，這熱吻如此真切又如此熱烈，顏天心熱情回應著羅獵的親吻。

同樣感覺到臉紅心跳的還有龍玉公主，水能載舟亦能覆舟，雖然她早就明白這世上的事情有一利就必有一弊的道理，可她從未想過遭遇的這種反撲猶如洪水猛獸，僅憑著羅獵的一個熱吻就將她此前經營的壁壘擊潰得七零八落。

龍玉公主最大的缺點就是從未經歷過男女之情，她對羅獵雖然不可能在這麼短的時間內由恨轉愛，內心中的羞澀和激動全都是因顏天心的反應所致，雖然明明知道羅獵親吻的是顏天心，可因為她的意識尚且佔據顏天心腦域的緣故，所以也感同身受。

龍玉公主就算不肯承認，也無法否認羅獵以這種方式奪去自己初吻的事實。

顏天心腦域中的強光逐漸減弱，顏天心本體的意識從破裂的冰壁中走出，腦域之中的天地風沙大作，風沙之中，一頭火狐以驚人的速度向顏天心的本體衝去，擺出了全面攻擊的架勢。

面對火狐志在必得的攻擊，顏天心芳心中不由得閃過一絲慌張。

不等火狐靠近，一頭蒼狼斜刺裡殺了出來，騰空撲向火狐，一口叼向火狐的脖子，火狐反應奇快，在這電光石火的剎那將頭一扭，躲過蒼狼的致命一擊。

蒼狼一擊落空，後招又至，雙爪將火狐撲倒在雪地之上，蒼狼和火狐在雪地之上來回翻滾，火狐很快就落盡下風，發出一聲哀鳴，落荒而逃。

蒼狼並未追趕，緩步走向顏天心破冰而出的光影，那光影雖然走出堅冰，可很快就軟綿綿倒了下去。蒼狼用寬厚的背脊擋住了她的身軀，雪落無聲，顏天心的腦域世界重新恢復了安祥與寧靜。

羅獵抱著顏天心墜落在鬆軟的白沙之上，懷中的顏天心人事不省，羅獵的內心卻終於可以稍稍安定下來，他知道自己剛才的一吻造成了龍玉公主精神的巨大波動，從而讓顏天心找到了破除壁壘的機會，在自己的幫助下成功奪回了腦域。

羅獵不敢有絲毫懈怠，顧不上喚醒顏天心，先行觀察周圍的狀況，遠處十多點綠光正由遠及近向他們靠近，羅獵雖未看清來者的輪廓，卻已經從這綠色的幽光中推斷出來的是獨目獸，當初他和顏天心、張長弓等人就在此墜入白沙之中，受到了獨目獸的團團圍困，那冀州銅鼎應當就在不遠處。

羅獵的意識向周圍蔓延搜索，他目前最為擔心的並不是獨目獸，而是龍玉公主，此女方才是他們最大的威脅。

羅獵摘下一顆手雷向遠方靠近的獨目獸投去，爆炸燃起的閃光，讓趁著黑暗潛行而來的獨目獸無所遁形，這片刻的光亮已經足夠羅獵計算出牠們的數量，獨目獸總共有十二頭之多，從牠們外表的毛色判斷，這些獨目獸都已發育完全，攻擊力極其強大。

羅獵暗自吸了一口冷氣，低頭看了看顏天心，卻見顏天心仍然緊閉雙目，處於昏迷的狀態，一時間也無法判斷龍玉公主的意識是否完全撤出了她的腦域，即便是已經撤出，剛才的那番惡戰也必然讓顏天心的腦域受到了傷害。

羅獵將顏天心背在自己的身後，利用衣物將她縛住，準備迎接獨目獸的進攻，卻發現那些獨目獸在距離他尚有五十米左右的地方停下了行動，只是用綠油油的獨目死死盯住他，宛如黑夜中漂浮的十二盞鬼火。

羅獵現在的狀況並不適合展開一場搏殺，畢竟他心有旁騖，無法保證在遭受獨目獸圍攻的情況下保護顏天心的安全。獨目獸不來攻擊他，他才不會主動招惹這些怪物。

羅獵取出隨身的手電筒，亮起之後，又向那獨目獸的方向照射過去，獨目獸一個個盤踞在白沙之上，牠們顯然看清了獵物，卻無一主動發起攻擊。羅獵故意將手電筒的光束從獨目獸的眼睛上逐一掃過，這挑釁意味十足的舉動，讓獨目獸背脊後的鬃毛豎起，不過，牠們仍然保持著克制。

羅獵料定這些獨目獸一定是得到了某種命令，所以才沒有馬上採取圍攻。他努力回憶著此前來到這裡的情景，雍州鼎應當在他右前方不遠的地方，借著手電筒的光芒，很快就在白沙上發現了一串串凌亂的足跡，如此隱秘的地方絕非車水馬龍人來人往之地。由此不難判斷出這些足印應當是他們上次留下，他們曾經在此地遭遇洪水的衝擊，幸好這些足跡並未完全洗去。

沿著足跡向前方走去，並未太遠的距離就看到橫亙在前方的青銅牆壁。羅獵轉身望去，看到那十二頭獨目獸也悄悄跟了過來，始終和他保持著一定距離，雖沒有發動攻擊，也沒有放棄追蹤的打算。羅獵意識到這些獨目獸的真正目的或許並不是要攻擊他們，而是要封住他的回頭路，將他一步步逼迫到雍州鼎這裡來。

殊路同歸，無論過程怎樣，最終自己還是來到了這裡，從這一點來說，龍玉公主仍然達成了她的目的，身後的顏天心一動不動，氣息微弱，這讓羅獵不得不擔心她的狀況，不遠處的白沙緩緩隆起，沙呈下方透出五彩斑斕的光華，那隻沙蟲顯然已經遊到了近前，和那十二頭獨目獸一樣，牠也沒有第一時間發動攻擊，而是和獨目獸相互配合，逐漸縮小著包圍圈。

羅獵明白這些怪物是要將自己逼入這青銅大鼎之內，換而言之，轉生陣的核心就在青銅鼎內，他忽然想起此前在青銅鼎內發現的那具黑漆漆宛如橄欖般的棺槨，推斷出昊日大祭司的遺體仍在這裡，從未離開。

宋昌金因前方刺鼻的腐臭味道而發出一連串的咳嗽聲，他不但用布蒙住嘴巴，而且還用兩團棉花塞住了鼻孔，按照他的說法這叫防止陰氣入侵，其實是為了防臭，他們途經的盜洞中遇到了十多具屍體，這些屍體歷經歲月侵蝕，都已風乾，儘管如此仍然可以從他們隨身攜帶的物品判斷出他們都是一些盜墓賊。

這些盜墓賊並非被殺，而是因為在盜洞中迷失了方向，最後渴死餓死，宋昌金望著這些屍首並未產生絲毫的同情心，反而有種家族的榮譽感。

蘭喜妹雖然膽大，可看到不斷出現的屍體也不禁有些膽戰心驚，暗自提醒自己務必要盯緊宋昌金，若是被這老狐狸甩掉，自己肯定要迷失在這錯綜複雜的連環地洞中，非但救不出羅獵，就連她自己也要困死在這裡。

宋昌金的手電筒光束黯淡下來，停下腳步拍了拍，似乎亮度提高了一些，不過只是瞬間，很快又暗了下去，蘭喜妹將自己的遞了過去。

宋昌金接過手電筒笑道：「謝謝！」臉上雖然友善溫和，可心中卻恨極了這心狠手辣的小妮子。

蘭喜妹道：「什麼時候能到？」

宋昌金從懷中摸出一張古舊的地圖，借著手電筒的光束看了一會兒道：「應該就在不遠處！」

蘭喜妹也湊了上去，看到那地圖上簡直鬼畫符一樣，不由得皺了皺眉頭：「這畫的什麼？」

宋昌金心中暗暗冷笑，我老羅家的獨門標記豈是什麼人都能看懂的？別說是你，即便是羅獵那小子也未必能看得明白。嘴上卻不敢嘲諷蘭喜妹，生怕再遭到她的報復。老老實實道：「這是一幅地圖，畫工拙劣了一些。」

蘭喜妹才不關心什麼畫工，留意到前方已經到了盡頭，追問道：「路在何方？」

宋昌金指了指蘭喜妹的腳下，蘭喜妹向後退了兩步，宋昌金趴了下去，利用從不離身的小鏟子掘開土層，剷除表面半尺後的浮土之後，就看到下面的石板。

蘭喜妹心中暗歎，當初挖掘這盜洞之人可謂是費盡心機，如果不是有宋昌金引路，自己怎麼都不會找到這裡。

宋昌金將石板和周圍的沙土分離，示意蘭喜妹幫忙，兩人合力方才將石板抬起，掀起石板卻帶出一具白森森的骨骼，連宋昌金都沒有料到會有如此變化，兩人都被嚇了一跳。

蘭喜妹出於本能反應抬腳向那骷髏踢去，一腳將骷髏的頭骨踢斷，剩下的無頭骸骨掉落下去，摔落在下方堅硬的地面上頓時散落一地。

宋昌金擦了把冷汗，看到石板上仍然有一隻早已化為白骨的手臂，心中頓時明白，當初應當是有人被活生生埋在了這石板下，此人在石板落下的時候應當是一手被壓，無力掙脫，就活生生被困死。腦補出當時的情景，宋昌金也不禁倒吸了一口冷氣。

蘭喜妹一旁道：「這人也是被你的先輩害死的吧？」

宋昌金笑了笑道：「說起來咱們也是一家人。」

蘭喜妹柳眉倒豎鳳目圓睜，眼看就要發作。宋昌金慌忙道：「羅獵是我侄子，你們以後結了婚，你可不就是我的侄媳婦，你當然就是我們羅家人，你們以後有了兒女，也全都是我們羅家的後代。」

蘭喜妹聽他這麼說居然沒有生氣，反倒露出一絲羞澀，啐道：「為老不尊胡說八道。」

宋昌金老奸巨猾，一眼就看出蘭喜妹絕對是對羅獵情根深種，否則自己剛才的那番話必然將他激怒，嘿嘿笑道：「我可沒有胡說，羅獵那小子還真是有福氣，有如此美貌聰慧的女孩兒喜歡他，不知他前世怎生修來的福氣，他若是能娶你入門，我們老羅家的祖墳都冒煙了。」

蘭喜妹焉能聽不出這老狐狸在故意奉承自己，不過雖然知道他這番話說得極盡阿諛全無誠意，可聽在耳中也是非常的舒服受用。指了指那地洞道：「時間緊迫，別忘了，如果羅獵出了什麼事情，你也不會有好下場。」

宋昌金聽他這樣說，一顆心瞬間又涼了下去，雖說羅獵福大命大，可任何人都不會永遠走運，自己這次算是栽了，無論願不願意都已經踏上了賊船，確切地說應當是走進了墳墓才對。

再次進入雍州鼎，羅獵有了足夠的時間去觀察周圍的一切，沙蟲和獨目獸封住路線，想要後退必須要經歷和這些怪物的血戰。羅獵本來也沒有後退的意思，事到如今他唯有向前。

背後傳來顏天心的一聲輕吟，呼喊了一聲羅獵的名字，羅獵本以為她要甦醒，可顏天心只是將頭歪了一下，而後繼續沉沉睡去。

雍州鼎內瀰漫著一股銅臭的味道，這巨大的青銅容器內已經看不到任何的水漬，羅獵仍然記得上次脫困的情景，背著顏天心，沿著冀州鼎內部的銘文小心下行，並沒有花費太大的功夫，雙腳已經落到了實地，蜂巢般的地面中心有一個破損的大洞，那個洞口是鼎內懸棺從高處墜落所砸穿形成。

從洞口向下方望去，驚奇地發現下方的水流已經消失得乾乾淨淨，取而代之的是白色的沙面，從洞口距離沙面的位置不過五米左右，這是一個常人都可以輕鬆躍下的安全距離。

羅獵打開探測儀，掃描了一下周圍，首先確認沙面之下並未隱藏著什麼危險生物，上次縛在金屬網上的長繩猶在，羅獵背著顏天心沿著繩索緩緩滑落下去。

他的腳很快就觸及了沙面，拉住繩索，小心地落下重量，直到他確認這沙面的確能夠承受他們兩人的重量，這才放開了繩索。

羅獵記得上次逃生的方向，可是當時的逃生路線應當已經廢棄，沿著原路沒可能離開這片地方。他很快想起自己來到這裡的原因，是龍玉公主將他引到此地，他對龍玉公主雖然稱不上瞭解，可是也知道此女不達目的誓不甘休。

羅獵將顏天心放下，他決定先休息一會兒，養精蓄銳的同時也讓自己的思緒可以得到適當的平靜，重新考慮即將到來的險惡狀況。當前最大的困擾是顏天心，在目前的狀況下，他必須要分神來照顧她，而且更讓他憂心的是顏天心至今沒有甦醒的跡象，不清楚她腦域受損的狀況。

羅獵決定先嘗試將顏天心喚醒，伸出手去將顏天心俏臉上散落的髮絲攏到她的耳邊，柔聲道：「天心！」

顏天心沒有任何的反應，她的呼吸均勻而平緩，心跳有力而充滿了節奏，從表面上來看至少身體並未出現太多的異常，目前喚醒顏天心最可靠的方法就是嘗試將自己的意識進入她的腦域，讓顏天心沉睡的意識得以復甦，然而羅獵卻又擔心這樣的行為會造成她腦域的二次受損。

水能載舟亦能覆舟，這世上的多半行為通常都是一把雙刃劍，有利也有害。

羅獵思前想後，最終還是沒有實行，這和他目前所處的環境也有一定的關係，雖然探測儀並未發現周圍有什麼異常，可是羅獵堅信在自己看不到的地方，必然有敵人在虎視眈眈。

身下的白沙無風自動，羅獵慌忙將顏天心抱起，升騰而起的白沙在沙面上方一尺左右的地方，緩緩流動宛如牛乳，眼前場景如夢若幻，可羅獵內心中卻警惕頓生，濃重的危機感籠罩了他的內心。

羅獵朗聲道：「龍玉公主，做人何須藏頭露尾，有什麼事情，不妨光明正大地站出來說。」

遠處傳來一聲輕笑，這笑聲似曾相識，可仔細一琢磨卻又似乎從未聽到過，一簇鮮豔至極的紅色從暗處宛如火焰般躍動。

羅獵雖然親眼目睹過龍玉公主的屍體，也曾經和她在意識中數度交鋒，可是他卻從未見到過復活後的龍玉公主，現在出現在他面前的龍玉公主淡定且冷漠，讓羅獵詫異的是，龍玉公主的成熟彷彿就在瞬間，眼前的龍玉公主已經不再是昔日那個幼稚的小女孩形象，雖然體型一如往常般清瘦，可是她的表情卻擁有著和其年齡絕不相符的成熟。

羅獵確信這就是龍玉公主的真身，她已經復活了，此前顏天心就已經預言過她的重生，而今天就是七月十五，正是龍玉公主的復生之日，他們曾經想要去阻止這件事的發生，然而一切似乎已經來不及了。

龍玉公主靜靜望著羅獵，目光中沒有仇恨，所擁有的只是出於對新鮮事物的好奇，沉睡八百餘年之後的重生，讓她對一切都感到好奇，雖然她的意識已經提前瞭解了現實世界的一些事情，可是她這具重新復甦的身體還需時間去適應周圍的一切。

兩人的目光彼此接觸後就長時間膠著在一起，這兩個擁有強大意志力的人都試圖通過對方的眼窺探彼此心靈的深處，然而他們很快就意識到無法得償所願。

羅獵向龍玉公主露出一個微笑，這微笑絕非是表達善意，而是此時他強大心理狀態的展示，無論對方是怎樣的一個怪物，自己都沒有任何的畏懼。

龍玉公主抿了一下嘴唇，彷彿要開口說話，可最終還是沒有發出聲息，對於本屬於自己的這具軀體，她還需要一定的時間去適應和鍛煉，她的腳步小心翼翼，走路的姿態稱不上美好，如同一個久病初癒的病人，她甚至感覺到對自身軀體的操縱遠不如顏天心的身體更加得心應手。不過這只是暫時的狀況，用不了太久的時間，她強大的意識就能夠隨心所欲地操縱自己身體的每一個部分，乃至每一個細胞。

羅獵道：「我還有機會殺死你！」

龍玉公主的表情如古井不波，對羅獵這句充滿威脅的話無動於衷，知道羅獵從自己的舉動中看出了端倪，輕輕開啟蒼白色的嘴唇，說出了她復生之後的第一句話。

「除非你……不在乎她的死活……」她的聲音干涉而生硬。

羅獵笑了起來，他的笑容陽光燦爛，連龍玉公主都不得不承認他的笑容充滿了感染力，她認為這是因為自己侵入顏天心腦域之時意識受到了影響，她控制顏天心的同時，顏天心並未放棄反抗，正是顏天心的反抗讓她在無形中受到了有些損傷，不過應該算不上嚴重。她悄然收斂心神，提醒自己面對的是一個意識空前強大的對手，絕不可以被他的表像所蠱惑。

羅獵道：「看來咱們有談判的必要。」

龍玉公主緊閉雙唇，此時他們腳下的白沙加速流動，羅獵意識到這是因為他所處的地面某處出現了一個漏洞，才造成了白沙的流逝，繼而造成沙面下降。

沙面迅速下降，與此同時後方有數頭獨目獸向羅獵緩緩靠近。

龍玉公主道：「你以為有資格跟我談……條件？」第二句話已經比剛才連貫順暢了許多。

羅獵詫異於她驚人的恢復能力，輕聲道：「魚死網破，對你，對我都不是什麼好事。」

兩人對視良久，腳下的白沙已經完全流瀉下去，露出下方鏤空的青銅橋面，也暴露出周圍空曠的空間，白沙退去方才看出他們立足於一條寬兩米，長近五十米的青銅拱橋之上。橋面鏤空，上方鏤刻著古怪的圖文，這上方的文字竟然是夏文，羅獵內心劇震，難道他們所在的地方當真是雍州鼎？正如父親所說，雍州鼎的本身乃是一個巨大的飛行器？這些夏文的字元組成的句子晦澀難懂，羅獵雖然認得文字，卻無法在短時間內參悟其中的意思。

身後獨目獸排列成長陣，堵住了羅獵的後路，牠們頸部銀灰色的鬃毛豎立起來，擺出了攻擊的架勢，不過在沒有接到龍玉公主的命令之前，都沒有挪動腳步，只是嚴陣以待，蓄勢待發。

羅獵已經做好了最壞的準備，在目前的狀況下，他很難保證帶領顏天心脫困，即便是他擁有逃生筆，如果一切都已經無可挽回，他首先要做的就是剷除龍玉公主，只要殺掉龍玉公主所謂的轉生陣就沒可能繼續啟動，昊日大祭司也失去了復生的可能，然而殺掉龍玉公主也並不容易，畢竟她強大的意識能夠脫離身體遊離在外，此前就有過搶佔控制顏天心軀體的經歷。真正剷除她，就必須要做到讓她形神俱滅。

龍玉公主道：「你願意用自己來交換她？」這次開口說話已變得連貫自如。

羅獵的內心卻因此而變得沉重起來，隨著時間的推移，龍玉公主只會變得越來越強大，自己的勝算也就越來越低，他點了點頭道：「願意！」

龍玉公主指了指顏天心道：「你跟我來，我幫你喚醒她！」

羅獵道：「我又怎麼知道你不會騙我？」

龍玉公主秀眉顰起，冷冷道：「我從不騙人！」她的表情高貴而倨傲。

羅獵微笑道：「可惜我對你缺乏信任！」

信任是相互的，羅獵對她缺乏信任，她對羅獵何嘗不是一樣？其實羅獵和龍玉公主都已經認識到他們之間已經陷入僵局，繼續僵持下去，誰也不肯讓步，其結局必然是魚死網破，兩敗俱傷。

讓三分風平浪靜，退一步海闊天空，兩人的真實想法絕不是就此作罷，化干戈為玉帛。他們都在尋找機會，雙方各讓一步，不是為了休戰，而是為了留出空間，尋找對手的破綻，從而一擊制勝。

龍玉公主的目光投向羅獵懷中的顏天心，羅獵意識到她很可能又要對顏天心不利，而此時懷中的顏天心蠕動了一下，發出一聲嚶嚀，竟然從昏迷中甦醒。羅獵心中大喜過望，同時對龍玉公主也變得越發警惕，顏天心的甦醒顯然和龍玉公主有關，也就說，剛才顏天心並未完全擺脫她的控制。

顏天心睜開雙眸如夢初醒，當她意識到自己被羅獵擁在懷中的時候，俏臉不禁紅了起來，想要回憶此前發生的事情，可是思緒剛有波動，就感覺到頭痛欲裂，緊咬牙關，臉色變得蒼白如紙，冷汗如雨落下。

羅獵將她輕輕放下，柔聲道：「站得起來嗎？」

顏天心點了點頭：「不妨事……」她的聲音仍然顫抖著。

龍玉公主道：「現在你應當跟我走了。」

羅獵沒做任何的猶豫，大聲道：「好！」

顏天心緊緊握住他的大手，雖然沒有說話，可是毅然決然的目光已經表明，她是一定要和羅獵一起去的。生死與共，絕不苟活，正是此刻顏天心心中所想。

龍玉公主從顏天心的舉動中已經猜到了她的心思，一字一句道：「你跟我走，她留下！」說完這句話揚手將一物拋在了羅獵的腳下，羅獵低頭望去，龍玉公主扔來的竟然是鐳射槍，心中不由得一喜，他原本最為擔心的就是離開顏天心之後，她無法自保，有了這把鐳射槍，顏天心從此地逃生的機會又大了許多。

他將鐳射槍撿起交給了顏天心，顏天心緊咬櫻唇，美眸中流露出抗拒的目光，她何嘗不知道羅獵的意思，羅獵是要和她分開，用他來交換自己的平安。

羅獵背向龍玉公主，嘴唇輕動，並沒有發出聲音，顏天心從他的唇語中讀懂了他的意思，對他們兩人來說只有這個機會，龍玉公主不除，只怕還會有更大的災禍降臨這個世界，羅獵同時交給顏天心的還有那支用來探測環境的手錶。

顏天心從他的舉動已經感覺到羅獵壯士一去不復返的決心，內心中越發不捨和難過。

龍玉公主已經轉身走去，她似乎對羅獵隨同她一起前來充滿了信心。

顏天心握緊了鐳射槍，這失而復得的致命武器應該可以在有效的射程內將龍玉公主的肉身消滅，羅獵看出了她的意圖，伸出手握住了槍口，緩緩搖了搖頭，提醒她不可冒險。

顏天心仍然虛弱，此時的她滿臉都是淚水，突然她撲入羅獵的懷中，緊緊將他抱住……

龍玉公主內心沒來由一陣慌亂，黑暗中她的臉開始發燙，如果不是黑暗的掩飾，浮現在她蒼白俏臉上的羞澀必然暴露無遺，龍玉公主用力攥緊了雙拳，然後緩緩轉過身去，怒視橋面上忘情擁吻的兩人，爆發出一聲尖銳的怒吼：「你要信守承諾！」

羅獵和顏天心渾然忘記了周圍的一切，羅獵放開了顏天心，顏天心淚光盈盈的雙眸望著羅獵道：「要回來！」

羅獵點了點頭道：「活下去！」離開之前他用手用力握了握顏天心的左手，將逃生筆放在了顏天心的掌心，他並不相信龍玉公主的承諾，此番離開已經抱定了和龍玉公主同歸於盡的決心，而顏天心能否平安逃走，只能取決於她自己。有了這三樣裝備，顏天心至少可以保證她暫時平安無事，如果自己能夠戰勝龍玉公主活著回來，那麼他們還有機會人間相會，如果自己沒能除掉龍玉公主，那麼顏天心也難逃她的毒手。

顏天心冰雪聰明，當然知道羅獵之所以不答應讓自己同去，不僅僅是因為出於對自己的關愛，還因為自己目前的狀況非但幫不上羅獵，反而會成為他的累贅。望著羅獵漸漸遠去的身影，顏天心強忍眼淚，她並沒有忘記身後還有虎視眈眈包圍自己的十多頭獨目獸，心中暗自盤算，不可辜負了羅獵的這份情意，自己現在最要緊的是在最短的時間內恢復身體狀態，而後才能再考慮去幫助羅獵。

龍玉公主望著慢慢走近的羅獵，唇角露出一絲淡淡的笑意：「為了她甘心捨棄自己的性命，值得嗎？」

羅獵道：「你還小，等你長大就會明白。」

龍玉公主道：「我雖然小，可是也能夠看出你只是在敷衍我，先騙我將她喚醒，等她安全之後再作他圖對不對？」

羅獵微微一笑，對她的話不置可否。

龍玉公主揮了揮手，原本擋住顏天心退路的十二頭獨目獸垂下頭去，緩緩從顏天心的身邊走過，經行之時無一對她發起攻擊，隨著最後一頭獨目獸經過顏天心的身邊，顏天心前方的橋面緩緩沉降下去，顏天心大吃一驚，她本來準備在龍玉公主和羅獵離去之後悄悄跟在他們的身後，可眼前的局勢分明斷了她的去路。

望著相隔對岸的羅獵，顏天心不禁淚眼模糊。

羅獵的表情卻沒有絲毫的波動，任何時候他都保持著鎮定，開弓沒有回頭箭，這是他自己的選擇，龍玉公主雖然將橋樑中斷，不過她也召走了獨目獸，這讓羅獵多少減輕了一些後顧之憂，至少在自己離去之後，顏天心不必獨自面對怪物群起而攻之的凶險局面。

顏天心看到羅獵的臉上露出了一個溫暖的笑容，這笑容宛如燈火點亮了她被夜色籠罩的內心，讓她從中看到了希望，也讓她回到了現實，這種時候她本不該如此兒女情長，也不應表現得如此脆弱，對羅獵的愛讓她在不知不覺中產生了對他的過多倚重，甚至他的離去會讓她感到恐懼，她本非如此，也不該如此。

羅獵做出了他自己的選擇，應當是眼前最為理智也最為正確的選擇，任何的感情都需面對現實，顏天心從未想過有朝一日，拯救世界的重任會落在自己的肩頭，她沒有這樣的宏圖大志，不過她卻忘不掉自己對族人的責任。感情讓人變得盲目，責任卻可以讓人回復理智。羅獵的捨生取義源於他的無私大愛，自己若是懂得他的這份愛，就不該辜負。

羅獵的身影已經消失，顏天心聽到身後傳來低沉的呼吸聲，回身望去，卻見黑暗中一隻綠色的眼睛在閃動，她的第一反應就是剛才的獨目獸並沒有全部離去，還有一頭潛伏在暗處。

當顏天心看清這獨目獸的輪廓，內心頓時被危機所籠罩。這頭獨目獸體型要超出此前的那些同類一倍左右，和其他獨目獸通體佈滿灰色的毛髮不同，這頭獨目獸通體血色，宛如一團燃燒的烈焰。顏天心曾經親眼見證過獨目獸從血池中魚貫而出的情景，記得獨目獸初出血池之時。外周肌膚之上並無毛髮，在周身長滿灰色長毛之前，牠們的防禦力偏弱。

眼前的這頭獨目獸雖然從外表上看並未發育完成，可是其體型之巨大卻是前所未見，顏天心第一時間舉起鐳射槍瞄準了這怪物。

獨目獸並未在第一時間發動攻擊，隨著周身肌肉的動作身體的血脈賁張，讓人感覺到牠體內蘊藏的龐大力量。

顏天心瞄準了獨目獸的綠色獨眼，果斷扣動了扳機，一道紅光瞬間射中了獨目獸的身體，在顏天心扣動扳機的同時，獨目獸已經閉合了獨目，紅色的鐳射光束射中了牠的額頭肌膚，卻並未能夠造成任何的損傷，紅光在擊中處迅速擴展開來，蔓延到獨目獸的全身，並在擴展的過程中迅速衰減。

顏天心望著毫髮無損的獨目獸內心震撼無比，眼前的這頭獨目獸要比她此前所遇強大得多，獨目獸身體一個明顯的下蹲動作，強勁的後肢彎曲蹬地，利用後肢的蹬力猛然彈射而起，鋒利如刀的前爪劃出數道森寒的光芒向顏天心劈面抓去，應當是對顏天心手中的鐳射槍有所忌憚，牠既沒有睜開獨目，也沒有張開嘴巴，以免被顏天心射中牠的弱點。

顏天心深吸了一口氣，身體迎著獨目獸衝了上去，在中途雙膝跪地，嬌軀反折，後背近乎平貼地面，依靠慣性在橋面上滑行，她能夠清晰看到獨目獸從上方躍過的整個過程，鐳射槍瞄準獨目獸的腹部接連射擊。

鐳射光束接連擊中了獨目獸的腹部，可是紅色光束擊中獨目獸肌膚之後就向周邊蔓延衰減，光束的能量竟然被獨目獸完全吸收。

顏天心暗叫不妙，獨目獸錯失目標之後，長尾宛如鐵鞭一般向後方橫掃，顏天心一個前空翻騰空躲過牠的這記絕殺，雖然她的體力已經得到了一定的恢復，可是這一連串的交手又讓她損耗不少。

顏天心嬌噓喘喘，剛才的交手讓她和獨目獸之間互換了位置，她掃了一眼手中的鐳射槍，鐳射槍正處於蓄能的過程中。

獨目獸也沒有急於進攻，只是靜靜觀察著眼前的對手，應當是對顏天心手中的鐳射槍有所顧忌。

顏天心默默尋找著機會，而此時獨目獸已經先於她而啟動，獨目獸改變了攻擊的策略，這次並非直接向顏天心發動攻擊，而是騰空躍起，然後以身體重重砸落在橋面上。

橋面因巨大的衝擊力而震動起來，顏天心在獨目獸躍起的時候已經明白了牠的用意，她也隨之跳起，一來避免獨目獸落地引起的震動衝擊到自己，二來要儘快離開長橋，以防獨目獸將長橋壓斷。

顏天心雖然沒有回頭，卻已經從身後沉重的腳步聲判斷出獨目獸正在全速追趕自己，抬起手腕，從探測儀上觀察周圍的地形環境，衝出長橋之後約莫十米，突然向右側拐去。

獨目獸已經逼近到她的身後，右爪揚起向顏天心的後心抓去，顏天心的突然右拐讓牠這次的攻擊落空，全力出擊的右爪重重落在地面上，將堅硬的岩石地面擊出一個深坑，一時間粉屑亂飛，四處迸射的碎石有數顆擊中顏天心的身軀，好不疼痛。

顏天心強忍疼痛在獨目獸擊中自己之前衝入右側狹窄的甬道中，確切地說應當是一道只能容一人側身進入的縫隙。

獨目獸眼看就要成功卻又落空，內心的怒火被激起，猛一回頭，堅硬的頭顱狠狠撞擊在右側石壁之上，蓬的一聲巨響，地動山搖，顏天心因為這次強烈的震動，身體在縫隙中來回盪動，幸虧空間有限，不然又要受傷。

這道縫隙對獨目獸而言實在太過狹窄，碩大的頭顱又無法如沙蟲那般隨意變形，這次撞擊也讓牠眼冒金星。

顏天心緩了口氣，確信這獨目獸無法進入這裡，對自己構不成太大的威脅，於是舉起鐳射槍瞄準了獨目獸接連射擊。

獨目獸挨了幾槍，雖然並沒有受到傷害，可是牠已經被顏天心的攻擊挑釁得怒火沖天，右爪向縫隙中抓去，只可惜牠窮盡全力也無法觸及顏天心分毫，尖銳的右爪在縫隙的岩石上來回抓撓，留下一道道深深的抓痕。

獨目獸幾次嘗試都無法成功，牠也漸漸冷靜了下來，不再攻擊。

顏天心見到外面平靜了下來，以為獨目獸認清了現實放棄攻擊，她鬆了口氣，準備另外尋找出路的時候，外面突然一道寒芒刺了進來，嚇得顏天心向左側身，卻是獨目獸倒轉了身體，以長尾探入縫隙。

長尾擦著顏天心的肩頭掠過，只差毫釐，如果顏天心反應慢上一刻，恐怕就會被這獨目獸所傷，此驚非同小可，顏天心慌忙又向深處移動，直到那長尾也夠不到自己，方才敢停下腳步。

獨目獸仍不甘心，一條長尾在縫隙中上下揮舞，擊中岩壁路面，碎石亂飛。

顏天心很快就發現這裡並無其他的出路，唯一的出路就是進來的地方，自己忙於求生竟然鑽到了這裡，事實上已經被這怪物困住，眼前的形勢下，強行衝出去可能性不大，只能耐心等待這獨目獸失去信心離去，也唯有如此自己方有可能脫困。想起已經隨同龍玉公主離去生死未卜的羅獵，顏天心黯然神傷，暗歎自己無用，在這種時候非但幫不上羅獵的忙，還需要他照顧。

看了看手腕上的探測儀，剛才本不該接受羅獵送給自己的這兩樣裝備，羅獵缺少了這兩樣東西，脫困的可能豈不是更小？此時探測儀上卻出現了兩個藍色的小點，顏天心心中一怔，初時還以為自己看錯，定睛一看的確沒錯，的確是兩個藍點，這藍點代表人類的影像。難道是羅獵和龍玉公主去而復返？轉念一想應該沒有可能，又或是同伴來到了這裡？

獨目獸此時也突然停下了動作，因為牠聞到了新鮮的味道，遠處有兩個聲音由遠及近。

一個女聲道：「你看清楚，是不是這裡？」

另外的一個男聲略顯蒼老：「我又沒來過，你問我，我去問誰？」

這兩人卻是從盜洞一路尋來的蘭喜妹和宋昌金，宋昌金憑著祖上留下的資訊，果然從盜洞進入了百靈祭壇的深處，剛才已經找到了一些腳印，不過他們還無法判斷其中有沒有腳印屬於羅獵，兩人循著蹤跡一路來到了這裡。

宋昌金從一些巨大的爪印判斷出可能有獨目獸在附近，內心中不禁一陣陣發毛，苦口婆心地奉勸蘭喜妹，希望她不要盲目送死，可是蘭喜妹意志極其堅定，決定的事情不會輕易轉移，認清這個事實之後宋昌金也就不再白費唇舌。他能活這麼久，而且一直活得還不錯，全都依靠了他的頭腦和經驗，孰輕孰重，他分得清楚。

只是宋昌金很不甘心，今次一時疏忽居然栽在了一個女娃子的手上，每念及此，他都有種找個老鼠洞鑽進去的想法，也就是想想，如果鑽進去就能逃生的話還值得考慮，可自己中了毒，這小妮子出手歹毒，儼然已經吃定了自己。

蘭喜妹道：「你有沒有聽到什麼？」

宋昌金其實聽得清清楚楚，可仍然裝得一臉茫然搖了搖頭。

蘭喜妹冷冷望著這隻老狐狸道：「我還是提醒你一下，咱們如今可是在一條船上，若是我出了什麼事情……」

宋昌金滿臉堆笑道：「大吉大利，姑娘如此冰雪聰明又怎會出事？吉人自有天相，一看姑娘就是滿臉的富貴相，必然福澤深厚。」

蘭喜妹彷彿沒聽到他的話一樣，停下腳步，從腰間抽出兩柄手槍。她看到了獨目獸，這種可怕的生物她並非第一次遇到，上次就有一隻獨目獸對她窮追不捨，險些導致機毀人亡，眼前的這一隻更大，形容更為恐怖，通體沒有毛髮遮蔽，讓牠發達的筋肉一覽無遺。

這隻獨目獸正是剛才追擊顏天心的那個，牠用盡手段都無法抓住顏天心，內心正處於狂暴和憤怒中，蘭喜妹和宋昌金在此時出現顯然是不合時宜的。獨目獸暫時放過被牠堵在縫隙中的顏天心，鎖定了這兩個誤打誤撞送到眼前的倒楣蛋。

宋昌金看到那獨目獸心中一涼，本能反應讓他轉身就逃，可跑了兩步卻又想起自己中了毒，就算他能夠趁此機會逃走，可蘭喜妹若是遭遇了不測自己也斷難活命，想到這一層宋昌金心中鬱悶至極，只能停下腳步。

蘭喜妹一雙明眸和獨目獸碩大的綠色獨眼對視，她生就天不怕地不怕的性子，非但沒有後退，反而大步向前方奔去，邁出第一步的同時，雙槍瞄準獨目獸開火，一雙槍膛內射出兩道火線，子彈如雨傾瀉在獨目獸的身上。

第三章

雙刃劍

龍玉公主的笑聲像極了顏天心，羅獵越發奇怪起來。
他側面望去，發現她的容顏變得越來越像顏天心，
羅獵不禁一陣心驚肉跳，這究竟是怎麼回事？
龍玉公主道：「這世上的任何事都是一把雙刃劍，
你改變別人的同時，也會被別人所改變。」

獨目獸顯然沒有料到這不速之客竟然敢主動向自己發動攻擊，雖然那些子彈對牠的身體造不成任何的損傷，可是出於小心牠卻不得不閉上眼睛，低下頭顱，然後頂著彈雨向前方邁步挺進。

蘭喜妹看到子彈射在獨目獸的身上只是閃現出一個個的紅點，又如一朵朵紅花綻放，紅點消失之後一切如常，雙方之間的距離卻在迅速接近。

身後傳來宋昌金聲嘶力竭的提醒聲：「牠不怕子彈，刀槍不入……」

蘭喜妹咬牙切齒道：「信你才怪！回頭再找你算帳！」在她看來此事應當是宋昌金故意設下的圈套，將她引到危險中來。

宋昌金聽得真切，苦笑道：「干我屁事……」腦海中靈光一閃，突然想起自己上次神屁破敵之事，慌忙沉下心來醞釀情緒。

蘭喜妹射完槍膛內的子彈，迅速更換彈夾，她更換彈夾的方式非常奇特，反轉雙槍向後腰一懟，早已準備在後腰武裝帶上的備用彈夾就更換完畢。雖然蘭喜妹雙槍火力迅猛，可面對這宛如修煉了金鐘罩一般的怪物也無濟於事。

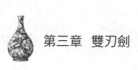

獨目獸適應了她的槍火，從心底已消除了對她攻擊力的忌憚，明顯加快了步伐，後肢屈起，尾巴上翹，擺出致命一擊的架勢，宋昌金已提醒蘭喜妹躲開了。

蘭喜妹準備逃離之際，從怪獸的後方一道光束閃現，卻是顏天心抓住時機從縫隙中出來，瞄準了怪獸尾部後庭就是一槍，獨目獸剛好在此時抬起尾巴，後庭暴露出來，不曾想這一弱點並未逃過顏天心的眼睛。

這一槍射得極其準確，獨目獸雖然強悍可並非無弱點可循，嘴巴眼睛後庭這些地方防禦力相對薄弱，鐳射光束恰恰射中了牠的後庭，獨目獸痛得發出一聲低吼，揚起的長尾猛然落下。

顏天心已經料到牠會有這樣的反應，在長尾落下之前，射擊之後就迅速回到縫隙之中。

這次的攻擊將危在旦夕的蘭喜妹解救出來，蘭喜妹接連後退，那獨目獸猛地轉過身去，獨目再次鎖定縫隙中的顏天心，長尾如鞭橫掃後方。蘭喜妹不得不匍匐在地上，方才堪堪躲過獨目獸的這次攻擊，她從腰間摸出一顆手雷，向獨目獸的身下丟了過去，然後身軀向外迅速滾開。

暴怒中的獨目獸準備用頭顱撞擊顏天心藏身之處，可牠剛剛啟動，蘭喜妹扔到牠身下的那顆手雷就已經爆炸，來自身下的爆炸衝擊讓獨目獸一個踉蹌，全力衝撞的目標也發生了偏差，這下並未能夠如願撞擊在縫隙上，而是偏出目標撞中了一旁堅硬的石壁，來自後庭內部的灼傷讓獨目獸幾欲發狂。顏天心和蘭喜妹的前後夾擊讓牠顧此失彼，頭腦混亂。

蘭喜妹看到手雷能夠起到一些作用，馬上又丟了一顆過去，這次獨目獸學了個乖，騰空躲過那顆手雷的攻擊，直奔蘭喜妹撲了上去。

蘭喜妹在獨目獸騰空撲來的時候一個魚躍前衝，躲過獨目獸的飛撲，成功繞到了獨目獸的後方，在獨目獸轉身對付自己之前閃身衝入了縫隙。

獨目獸錯失目標，看到蘭喜妹也進入縫隙躲藏，惱怒到了極點，獨目盯住前方的唯一目標宋昌金。

宋昌金也沒料到局勢瞬息萬變，鬧到了這步田地，原本自己還躲在蘭喜妹的身後，這下成了自己和獨目獸單打獨鬥，他戰戰兢兢望著這體型碩大的獨目獸，硬生生擠出一個笑容道：「貓兒……冷靜……」

獨目獸可不是一隻貓兒，獨目下血淋淋的大口緩緩開啟。卻看到宋昌金轉過身去撅起屁股，獨目獸顯然並不知道這廝採用這樣的方式想幹什麼？或許是因為好奇，並未急於下嘴。

宋昌金又驚又怕，臉都憋紅了卻無法順利釋放出體內五穀之氣，心中暗叫不妙，平日裡自己可從不缺這玩意兒，今天生死關頭，這肚裡偏偏沒有存貨了，他哀嚎道：「救我……」

蘭喜妹衝入縫隙之中方才看清剛才躲在裡面的人竟是顏天心，見到顏天心她不由得吃了一驚，第一時間舉槍瞄準了顏天心，顏天心也在同時舉槍對準了她，兩人四目相對，都表現得警惕十足。

蘭喜妹壓低聲音道：「你是誰？」

顏天心冷冷道：「你的記性果然不好！」

蘭喜妹見她神志清醒，又想到剛才獨目獸攻擊她的事情，如果眼前是被龍玉公主控制意識的顏天心應當不會如此，難道她已經恢復了意識，追問道：「羅獵呢？他在什麼地方？」她曾經親眼見到羅獵和顏天心同時墜入流沙的情景，現在看到顏天心平安無恙，想必羅獵也不會有事，內心中稍稍安定了一些。

顏天心聽她如此關心羅獵的下落，而且不顧危險一直追蹤到了這裡，這就不能單純用別有用心來形容，看來蘭喜妹對羅獵十有八九是動了真情。在眼前的局面下，多一個人幫手就多了一份力量，也就多了一些救出羅獵的希望，想到這裡顏天心正準備告訴蘭喜妹羅獵的去向，外面突然傳來宋昌金殺豬一樣的求救聲。

在蘭喜妹看來，現在宋昌金的死活已經無關緊要，畢竟她又找到了另外的一個關鍵人物。顏天心對宋昌金雖然無感，可總不忍心眼睜睜看著他死於獨目獸的口中，她向蘭喜妹道：「先救人再說！」

蘭喜妹是後來進入縫隙，這縫隙狹窄，兩人根本無法錯開身，就算顏天心想救人也必須要先通過蘭喜妹才行。蘭喜妹搖了搖頭，隨手向外面扔出一顆手雷，就算她們現在衝出去，恐怕也是來不及了，最可行的方法是用這顆手雷暫時吸引獨目獸的注意力。

手雷飛出縫隙在獨目獸的尾部爆炸，灼熱的氣浪波及到獨目獸受傷的後庭，自然又是一陣疼痛，不過獨目獸這次學了個乖，並沒有折返回頭，吃了幾次虧，牠終於明白要將獵物逐一消滅的道理，這次要一心一意先把宋昌金幹掉再說。更何況這傢伙居然如此蔑視自己，連正眼都不看自己，用屁股對著自己。

獨目獸張開大嘴，準備將這可惡的傢伙一口吞下。宋昌金都聽到了獨目獸吸氣的聲音，甚至感覺到牠嘴巴的涎液滴在了自己的屁股上，一股冷氣沿著他的脊柱躥升到他的腦部，宋昌金默念吾命休矣，千鈞一髮之時，一個醞釀許久的臭屁澎湃而出。

宋昌金明顯感覺到這五穀之氣衝出體竅所帶來的震顫和激動，有生以來最為酣暢淋漓地莫過於此次。他甚至想像出獨目獸被自己一屁擊中落荒而逃的場景，然而一切並未發生，周圍彷彿靜止了一樣。

宋昌金膽戰心驚地轉過頭去，卻見那獨目獸還在自己的身後，仍然保持著剛才的姿勢，嘴巴張得老大，眼睛瞪得銅鈴一般。

宋昌金這才意識到凡事均有例外，這隻獨目獸非但體型巨大，而且不畏五穀之氣，宋昌金準備引頸受死之際，卻見那獨目獸軟綿綿癱倒在了地上。並非毫無反應，原來是反應太過強烈，這貨被熏暈了，宋昌金欣喜欲狂，想要離開，可雙腿已經癱軟，竟然挪不動腳步，只能大聲求助。

蘭喜妹和顏天心是聽到他的求助聲才從縫隙中出來的，兩人如果不是親眼看到那獨目獸倒下，誰也不會相信宋昌金居然僅憑一人之力幹翻了這龐然大物。

蘭喜妹不明就裡，顏天心卻聽說過宋昌金此前擊退獨目獸的經歷，那獨目獸顯然沒有氣絕，顏天心正準備補上幾槍，卻見蘭喜妹抽出彎刀，對準獨目獸未曾閉上的獨目一刀戳了下去。

獨目獸眼睛被戳中，很快就開始變得透明然後迅速融化，顏天心心中暗奇，蘭喜妹的這柄彎刀應當也是用地玄晶鑄造，不然也不會擁有這樣的威力。

宋昌金好不容易才緩過神來，活動了一下腿腳，看著眼前血肉融化只剩下一副皮囊的獨目獸，抬手擦去額頭上的冷汗道：「好險！」

蘭喜妹卻在此時用槍口再次對準顏天心道：「你把羅獵藏到了什麼地方？」

羅獵並沒有看到他們這場辛苦的生死鏖戰，跟隨龍玉公主在黑暗曲折的甬道中前行，他雖然擁有優秀的方向感，可是在這錯綜複雜的地下世界仍然很快就迷失了方向。

在一片堆積如山的白骨前方，龍玉公主終於停下了腳步。因為磷火飄飛的緣故，光線明顯比起此前增強了許多，羅獵也可以看到更多的範圍，他認出自己曾經來過這片地方。

龍玉公主道：「你認不認得這裡？」

羅獵點了點頭道：「來過，如果我沒有認錯，應當是百靈祭壇。」

龍玉公主莞爾笑道：「不錯，就是這裡。」她的聲音變得圓潤悅耳，比起此前的生澀多出了幾分誘人，而更讓羅獵驚奇的是，她的外貌在這會兒功夫又有了改變，確切地說，她在成長。

羅獵最初遇到的龍玉公主只是躺在冰棺內的一具屍體，沒有任何的生命力，保持著她最初死亡的狀態，冰棺中的龍玉公主剛剛進入青春期，豆蔻年華，宛如一朵含苞待放的鮮花。被凍結凝固在冰棺中，而眼前的龍玉公主她就在自己的眼前迅速生長發育著，在長橋之上，臉龐還帶著稚氣。現在一切都已經改變了，整個人由內到外都發生了脫胎換骨的變化，她的美不再青澀含蓄，美得讓人炫目，毫不掩飾。

更讓羅獵詫異的是，龍玉公主的容貌竟然有三分和顏天心相似，他不知是不是因為自己的錯覺。

龍玉公主看到羅獵詫異的目光，從他的目光中猜到了他的想法，微笑道：「你是不是覺得我像一個人？你認識的人？」

羅獵點了點頭，腦海中突然閃過一個想法，難道是龍玉公主此前精神進入顏天心腦域的緣故？她在讀取顏天心意識的同時，也在模仿顏天心，而她復生之後所面臨的二次發育，也在無形中受到了顏天心的影響，這才是她在外貌上像顏天心靠攏的原因。

龍玉公主道：「你是不是在盤算如何對付我？」

羅獵微笑不語。

龍玉公主道：「捨己為人，為了顏天心你當真甘心付出自己的一切，乃至你的生命？」

羅獵反問道：「為了昊日大祭司，你是不是也願意？」

龍玉公主搖了搖頭道：「不願意！這個世上沒有人值得我去那樣付出，就算是他也不行！」

羅獵皺了皺眉頭，龍玉公主的回答讓他感到費解，既然昊日大祭司已經不值得她去付出，就證明她在骨子裡是個極其自私之人，那麼她不惜代價挾持自己的目的何在？難道說是她自己想要得到那顆慧心石？

龍玉公主道：「百靈祭壇的中心就是轉生陣。」她進入白骨中心的通道，踩著白骨整齊排列而成的階梯，逐步上行。

羅獵跟在龍玉公主的身後，尋找著對付她的機會。

龍玉公主道：「我知道你很想殺掉我，可是你有沒有想過，我既然敢帶你來到這裡，就有足夠的把握。」

羅獵微笑道：「在你眼中，我不堪一擊？」

龍玉公主搖了搖頭道：「並非不堪一擊，你是我生平所遇屈指可數的聰明人。」她停頓了一下道：「你以為我會放了顏天心？」

羅獵內心一沉，提醒自己龍玉公主正在利用詭計試圖摧垮自己的內心防線，他笑道：「你不是從不騙人？一諾千金嗎？」

龍玉公主道：「人總是會變的，我答應你的時候的確是。」她突然停下了腳步，轉身向後方望去，白皙纖長手指握向掌心，攥緊了雙拳道：「我小瞧了她……」

羅獵心中暗忖她口中的這個她難道是顏天心？自己現在已經完全感覺不到顏

天心的任何資訊了，在這一點上龍玉公主明顯超越了自己，可是如果她能夠感覺到顏天心現在的境況，豈不是意味著她的意志力強大到可以收放自如的境地，也就是說顏天心仍然沒有脫離險境。

龍玉公主道：「你和他們不同，你的意識可以進入他人的腦域。」

羅獵道：「慧心石看來有些作用。」

龍玉公主搖搖頭道：「不僅是那顆慧心石，你的意識中還有其他能量。」

羅獵想起父親在自己體內種下的那顆智慧種子，難道龍玉公主所說的其他能量就是來自於這顆種子？他故作糊塗道：「你越說我越糊塗了。」

龍玉公主道：「真糊塗不怕，怕的是揣著明白裝糊塗。」

羅獵的表情風波不驚，料想龍玉公主也無法從自己腦中探知這個秘密，只是她剛才的那番話讓他格外警醒起來，龍玉公主表現出的強大信心卻不是故意做樣子給自己看，此女比蘭喜妹更加絕情。

羅獵道：「都到了這裡，不妨說說看，你究竟想要我做什麼？」

龍玉公主莞爾一笑道：「自然是拿你當祭品生祭。」如此殘忍的事情從她口中說出風輕雲淡，渾然沒有感覺到絲毫的心軟。

羅獵點了點頭：「你不怕我反抗？」

龍玉公主格格笑了起來，這笑聲像極了顏天心，羅獵越發奇怪起來。他快步跟上龍玉公主，從側面望去，這會兒功夫她的容顏又有了微妙的變化，變得越來越像顏天心，如果剛才有三分相像，現在竟然有五分了，羅獵不禁一陣心驚肉跳，這究竟是怎麼回事？

龍玉公主道：「**這世上的任何事都是一把雙刃劍，你改變別人的同時，也會被別人所改變。**」

在羅獵聽來，她似乎在解釋因何她的容貌發生這樣的變化，可是僅憑著這句話顯然還不足以解釋清楚一切，羅獵道：「你究竟對天心做了什麼？」

龍玉公主搖了搖頭道：「我沒有對她做什麼，我只是喜歡她的樣子。」

羅獵努力搜索著腦海中儲存的所有知識，希望能夠找到可以解釋龍玉公主外貌在如此短暫的時間發生這麼大變化的理由，可是他並未找到。他們已經走過一具具動物的骨骼，龍玉公主來到其中一具猛獁的巨大骨骼前方，伸手撫摸了一下猛獁的長牙，輕聲感歎道：「天上浮雲似白衣，斯須改變如蒼狗……」她所吟誦的一首詩，乃是杜甫所作《可歎詩》，這首詩正是白雲蒼狗的由來。

羅獵暗忖，龍玉公主生於西夏王朝，乃是在唐朝之後，知道這首詩也不足為奇，從她吟誦這首詩也能夠看出她心中充滿了惆悵和感慨。她當年所認識的世界已經完全不同，她的親人和朋友早已化為塵土，換成任何人都會受到巨大的衝擊。心念及此，羅獵甚至有些同情她了，如果龍玉公主能夠認清現實，放下心中的欲念，興許還存在迴旋的餘地。

羅獵道：「過去了這麼多年，一切都已經發生了變化。」

龍玉公主道：「你是在勸我收回心中的執念？還是因為你怕死？」

羅獵淡然笑道：「死得其所，死得明白就沒什麼好怕，最怕的是不知因何而死，斗轉星移世事滄桑，你當年所熟悉的那個世界早已不在，做事最忌刻舟求劍，執迷不悟。」

龍玉公主道：「你既然認為殺死我就一了百了，又因何不敢對我出手？」

羅獵道：「殺人也需要理由。」

龍玉公主搖了搖頭：「殺人無需理由！」他們已經來到了血池的邊緣，讓羅獵感到震驚的是，血池內充滿了新鮮的紅色血液，他悄悄吸了口氣，並沒有聞到濃烈的血腥，心中暗忖，這紅色的液體興許並非血液，只是顏色近似，看起來幾可亂真罷了。

龍玉公主道：「我不妨告訴你一個秘密，我在顏天心的腦域內留下了一樣東西，我若是死了，她就必死無疑！」她盯住羅獵的目光中充滿了期待，期待自己的這句話可以重挫羅獵的信心，至少可以激怒羅獵。

然而龍玉公主很快就失望了，羅獵仍舊風波不驚的模樣，輕聲道：「天心早已看透生死，我也一樣。」

龍玉公主此時方才認定羅獵選擇跟隨自己過來已經抱定了捨生取義的決心，她點了點頭道：「你果然不是普通人，其實我並不想殺你。」

羅獵沒有一刻敢放鬆警惕，雖然龍玉公主現在表現得通情達理，淡定自若，可羅獵卻認為這位重生的西夏公主從頭到腳都透著古怪，她不但擁有強大意志力，而且還有些精神錯亂。

龍玉公主道：「我沒有騙你，現在殺你已經沒有了任何的意義。」

血池內的液面開始逆時針轉動，隨著漩渦越來越深，一個黑色的物體從液面下顯露出來，羅獵定睛望去，那物體外形如同橄欖核一般，又像極了一個巨大的紡錘，正是過去他們在雍州鼎內發現的飄浮於虛空中的懸棺。

羅獵當時百思不得其解，這懸棺就算是用特殊材料製成，也應當擁有品質和重量，卻不知它因何能夠克服地心的引力？雍州鼎內定然還存在著另外一種看不到的力量，那股看不見的力量和重力抵消，讓懸棺得以飄浮在雍州鼎內的空間中。後來羅獵破壞了平衡，導致懸棺落下，砸穿了底部蜂巢般的甲板，當時懸棺落入了水中，不知經過了怎樣的周折，又被龍玉公主運到了這裡。

龍玉公主道：「你知不知道這裡面是什麼？」

羅獵道：「昊日大祭司的遺體？」

龍玉公主呵呵笑道：「你知道的果然不少。」

橄欖形的棺槨隨著液面的不斷上升，已經漂浮到了和血池邊緣平齊。

龍玉公主向羅獵微微揚起了下頜，羅獵的目光定格在她的俏臉之上，內心卻遭遇到了無比的震撼，現在的龍玉公主在身形外貌上和顏天心竟然有了九分相似，如果不是親眼見證所發生的一切，羅獵無論如何都不會相信，眼前就是龍玉公主。

唯一不變的是她的那身紅裙，因為迅速發育的身體，輕薄的紅裙已經無法完全將她的嬌軀遮蔽，長裙下一雙修長雪白的美腿炫麗奪目。

羅獵道：「做自己難道不好？為何要模仿她人的樣子？」

龍玉公主微笑道：「女為悅己者容。」

羅獵聞言有些哭笑不得，女為悅己者容絕非是這個意思，也不是每個女子都願意為心上人變成他喜歡的樣子，沒那個必要，通常也沒那個可能。羅獵才不會相信龍玉公主會喜歡上自己，她本應對自己恨之若骨才對。慧心石被自己所吸收已經成為事實，龍玉公主的使命就是復活她的師父昊日大祭司，眼前的這座轉生陣，乃至整個百靈祭壇，全都是為了昊日大祭司的重生而準備的。

想要啟動這所有的一切，還欠缺最關鍵的一個環節，那就是慧心石，慧心石已經融入到了自己的血液之中，成為自己身體不可分割的一部分，所以龍玉公主才會不惜代價找到自己，並脅迫自己回到這裡。

羅獵甚至已經猜到了她的目的，在她的眼中，自己和其他的祭品並無不同。圖窮匕見的時刻即將來到，自己絕不是任人宰割之輩，而龍玉公主也清楚這一點。不過看她的樣子已經充滿了把握，卻不知她的信心究竟從何而來。

血池中紅色的液體呈現出沸騰的狀態，周圍的溫度卻沒有任何的提升，非但沒有提升反而下降了許多，血池液面的上方瀰漫出血色煙霧。橄欖核形的棺槨在煙霧中若隱若現，又平添了幾分詭異和神秘。

龍玉公主摘下髮釵，黑色的長髮流瀑一般傾瀉而下，映襯得那張俏臉嬌豔如雪，她變得和顏天心幾乎一模一樣，只是少了幾分端莊和嫻靜，多了幾分冷酷和妖異。

羅獵暗自吸了口氣，提醒自己興許看到的只是幻想，一個高明的心理師可以利用暗示讓對象產生種種幻象，龍玉公主雖然沒有學習過現代心理學，一個在八百多年前就已經控制百萬信徒的少女，強大的精神控制力不可想像。

這一路走來，她利用自己對顏天心的關心不停暗示，興許自己的精神認知領域已經在不知不覺中出現了偏差，所以才會產生她變成了顏天心的感覺。

龍玉公主口中念念有詞，雙手持住髮釵，稍一用力就將之分離，暗藏在髮釵中的小劍閃爍著寒芒脫鞘而出，棄去外鞘，鋒利的刃緣劃過左手的掌心，紅色的鮮血從刀痕中湧出。

羅獵望著她的舉動，不由得皺了皺眉頭，血液滴落在棺槨之上，瞬間點亮了棺槨外古怪的紋飾，一條條扭曲的字元和圖案閃亮在棺槨之上。

羅獵心中暗忖，現在不動手更待何時，他準備出手突襲控制龍玉公主之時，突然感到頭暈目眩，四肢痠軟無力，竟然連抬起右手的力量都已經失去了，羅獵心中駭然，自己不該等待太久，一心想要等到轉生陣的核心再動手，卻不料錯過了絕佳的機會，現在這種狀況，分明是中了龍玉公主的暗算。

龍玉公主唇角露出一絲淡淡的笑意道：「我好生待你，你卻想害我，有件事你可能不知道，這慧心石也是一把雙刃劍，我師父就算犧牲自己也不會傷害我分毫，你對我動了殺念，慧心石就能夠感受到你對我的惡意，它自然會產生約束你的力量。」

羅獵對她的話並不相信，喘了口氣，暗自恢復著體內的力量，輕聲道：「我可沒那麼想過。」

龍玉公主厲聲道：「撒謊！我最恨別人騙我！」明澈雙眸之中迸射出森寒殺機，她揚起右手，那柄寸許長度的鋒利尖刀瞄準了羅獵的咽喉位置。

羅獵在此時居然還能夠笑得出來：「殺了我，你就前功盡棄。」

龍玉公主呵呵笑了起來，雙眸在周圍掃視了一下：「為何你不看看這是在什麼地方？」

羅獵怎會不知道這裡是什麼地方？要怪就應當怪自己的好奇心，竟然隨著她一路來到了這裡，目前的狀況下，自己已經沒有了和她談判的籌碼，完全淪為一頭待宰羔羊。

龍玉公主道：「我本不想殺你……」說到這裡，她卻突然停頓了一下，雙眸中的殺機瞬間削弱了許多，羅獵看出她的內心應當真的處於猶豫之中，而眼前的龍玉公主連神態都像極了顏天心。

龍玉公主咬了咬櫻唇，表情重新變得堅定起來：「雖然我引你前來是讓你成為祭品，可是並非一定要奪去你的性命。」腦海中突然浮現出羅獵親吻自己的影像，龍玉公主的內心又是一軟，她在內心深處慌忙提醒自己，當時羅獵親吻的是顏天心，自己只是湊巧潛入了顏天心的腦域，跟自己毫無關係，可是親吻的感覺卻如此清晰，如此真切，甚至到現在自己的嘴唇上還留有他的餘溫，龍玉公主黑長的睫毛垂落下去，甚至來不及掩飾她臉上浮現出的羞澀。

羅獵在情場上的經驗要遠比龍玉公主豐富得多，龍玉公主前世並未有過任何男女感情的經歷，更不用說親吻，上次功敗垂成也是因為羅獵親吻顏天心而讓她無所適從，她還不知道已經發明的電燈泡這個詞語，而她在無形中卻充當了一次最為尷尬的燈泡。

龍玉公主即便是知道這個詞兒的意義，也不會認同，上次經歷留給她的記憶終身難忘，甚至可以用刻骨銘心來形容，有時候她甚至分不清羅獵究竟親吻的是自己還是顏天心？

龍玉公主悄悄提醒自己，自己在侵入顏天心腦域的時候自身的精神力也受到了影響，她本來並沒有將顏天心放在眼裡，認為顏天心的精神力和自己相比根本就不值一提，自己完全有把握掌控一切，可現在看來一切絕非那麼簡單。

龍玉公主意識到自己在是否殺死羅獵這個問題上產生了猶豫，她已經將祭品帶到了轉生陣的核心，已經來到了血池邊緣，只要她一刀刺入羅獵的心臟，那麼一切就可以結束，她的使命就可以完成。

刀距離羅獵的心口尚不及半寸的距離，可龍玉公主卻沒有刺落下去。

身後傳來棺蓋開啟的聲響，橄欖核形的棺槨在血池的上方解體，暴露出其中金光燦爛的軀體，這是一具用金甲包裹的遺體。金甲閃現之時解體後的棺槨紛紛落入血池之中，沸騰的血池內，六頭獨目獸浮現出來，牠們尾部交纏，承托著那金光燦爛的軀體，護衛著他來到血池的邊緣，來到龍玉公主的身邊，將那具遺體放下。

龍玉公主的注意力暫時從羅獵的身上轉移開來，她口中輕輕誦念著咒語。

羅獵大聲道：「你讓他復生的目的何在？你知不知道如果昊日大祭司復生，他會帶給這個世界怎樣的災難？」

龍玉公主停下誦念，看了羅獵一眼：「昊日大祭司心繫蒼生，慈悲為懷，他又怎會危害這個世界？」

羅獵道：「那些殭屍，那些因為你們而無辜慘死，流離失所的百姓，這就是你們的心繫蒼生？慈悲為懷？」

龍玉公主道：「犧牲在所難免，用一部分賤民的生命去換來昊日大祭司的復生，拯救天下蒼生於水火，孰輕孰重，就算是個小孩子也應當懂得。」

羅獵怒吼道：「你也只不過是被他利用的棋子而已！」

龍玉公主厲聲道：「你住口！」她抓住羅獵的手腕，揚起手中尖刀，猛地劃破了羅獵的脈門，鮮血從羅獵的脈門汩汩流出，鮮血滴落在金甲之上，一個個奇怪的字元亮起，羅獵雖然無力掙扎反抗，可是他並未失去視覺，這一個個的字元分明就是夏文。

龍玉公主口中念念有詞，她的左手緊緊抓住羅獵的右腕，兩人的鮮血混合在一起，不斷滴落在金甲之上。

羅獵感覺自己的生命隨著鮮血不停向外流逝，他的內心中湧起難言的悲哀，自己並未能夠阻止這一切，反而成為一場災難的促成者，他高估了自己的能量，早知如此還不如儘早結束自己的性命，至少可以讓龍玉公主的轉生陣無法完成。

一動不動的金甲突然有了反應，在浸染了龍玉公主和羅獵的鮮血之後，金甲緩緩從地面豎立起來。

龍玉公主驚喜地望著那尊金甲，羅獵心中黯然，看來一切已經成為事實，昊日大祭司的復生已經無可阻止了，不過自己還未死去，龍玉公主並沒有用自己的性命去活祭昊日大祭司，所利用的只是自己部分的血液。

羅獵看到自己右手的脈門仍在流血，不過他周身痠軟無力，根本無力去完成包紮傷口那麼小的事情。

龍玉公主此時已經完全被那尊金甲所吸引，根本忘記了羅獵的存在。她來到金甲的面前，手掌貼在金甲的胸前護心鏡上，那圓形護心鏡漸漸變得明亮起來，光芒越來越盛，將周圍映射得亮如白晝，羅獵下意識地閉上了雙目，他感覺自己的體溫在不斷的降低，彷彿就要睡去。

就在他即將睡去的時候，心靈深處忽然傳來一個聲音：「醒醒！孩子……你醒醒……」

腦域中一片漆黑的世界突然亮起了一束光，光束籠罩著一個美麗的白色身影，她溫婉而慈祥，分明是自己的母親。

素來堅強的羅獵居然感到鼻子一酸，他流淚了，他感到內疚，感到慚愧：「娘……」

母親笑得如此溫暖，柔聲道：「站起來！」

羅獵搖搖頭，他何嘗不想站起來，可是他沒有力氣：「娘，我不行了……」

笑容從沈佳琪的臉上消失，她的目光充滿了失望，這目光刺痛了羅獵，他甚至不敢去看母親的目光。再度抬起頭來，看到的卻是父親。

沈忘憂身穿白色長衫，站在光束中，他的身邊卻沒有妻子的身影：「你是我們的兒子，你的身上流著我們的血，我們給了你生命，你不可以輕易放棄！」

羅獵用力咬著嘴唇道：「我……我真的站不起來了……」

沈忘憂道：「**只要有一顆種子在，就可以生根發芽，只要有一線希望就絕不可以放棄**，記住，你不僅僅為了自己而活，你從出生在這個時代就背負了深重的使命，可以犧牲，不可以放棄，放棄侮辱的不僅僅是你自己，還有我們！」

羅獵被父親的話刺痛了，他攥緊了雙拳，身體雖然無法操縱自如，可是他的意識尚在，他的精神仍然可以活動，不錯！他和別人不同，他從出生在這個時代就背負了深重的使命，過去他尚且不知，可現在他已經知道了，他不可以放棄，不可以讓父母死不瞑目，不可以侮辱父母的榮耀。

父母的影像隨著光芒黯淡而消失，羅獵恍惚中如同蜷伏在寒冷冰面中的一頭狼，孤獨的狼，牠的鮮血染紅了冰面，低垂著頭顱，從冰面上看到自己孤獨無力的倒影，狼的眼神充滿了不屈，牠竭力抬起頭，身體卻似乎無法承受頭的重量，目光落在流血的右腕，牠低下頭去不是為了屈服，而是要舔舐那流血的傷口。

生命在，希望就在！

金光大盛，龍玉公主向後退了一步，雙手合什，虔誠地等待著。

金甲中的身體正在迅速恢復著強大的生命力，周身散發出的光芒讓周圍獨目獸因為忌憚和惶恐蜷伏在地面上，他的右手緩緩抬起，沉寂八百餘年的甲冑發出了金屬摩擦的聲音。

龍玉公主抬起頭，看到那伸向自己的右手，驚喜道：「師父！師父！」

金甲人並沒有說話，只是將右手又向前探伸了一些，龍玉公主自從復甦以來始終處於孤單之中，在她看來昊日大祭司的復甦意味著從今以後自己不再孤單，心中的激動難以名狀，她伸出手去，和師父的右手相握，可此時意想不到的一幕發生了，昊日大祭司竟一拳擊中了她的腹部。

這變故來得實在太快，龍玉公主怎麼都不會想到向來將自己看得比自身性命還重要的師父，竟會突然對自己施以辣手。

龍玉公主慘呼一聲，身軀被擊打得倒飛了出去，撞在羅獵的身上。羅獵更加沒有想到會發生這樣的狀況，剛剛才積蓄了些許的力量，這次又被龍玉公主撞了個正著，兩人撞作一團，從祭台的台階上嘰哩咕嚕滾了下去。

金甲人緩緩抬起右手，將臉上的黃金面具摘下，面具後方是一張四四方方的面孔，膚色黧黑，虎目獅鼻，濃眉虬鬚，鬚髮都已花白。

羅獵摔下祭壇，龍玉公主趴在他的身上，噗地噴出一口鮮血，兩人相互扶持著從地上坐了起來，羅獵倒還沒覺得什麼，只是奇怪昊日大祭司復生之後因何第一個向龍玉公主出手。

龍玉公主看清他的面貌，整個人卻猶如五雷轟頂，驚呼道：「怎麼是……你……？」她的聲音充滿了難以置信的意外和惶恐。她萬萬沒有想到，藏身在棺槨中的並非是昊日大祭司，而是她的父親，有雄獅王之稱的西夏王。

雄獅王魁梧健碩的身軀傲立於祭台之上，俯瞰周圍，神情倨傲而不可一世，聲如洪鐘道：「怎麼不會是我？」陰鷙的雙目鎖定龍玉公主道：「你這孽種，以為我當真不知道你的身分？若非為了王族顏面，我早就應當生啖爾肉，不念本王養育之恩，卻一心偏袒昊日那無恥小人。」

羅獵心中大奇，從雄獅王的這番話能夠聽出，他和龍玉公主之間並非父女關係，難道龍玉公主真正的父親是昊日大祭司，難怪她才會不計代價地將昊日大祭司復活，只是這轉生陣明明是為昊日大祭司所設立，這棺槨中本該盛放的是昊日的遺體才對，怎麼會突然變成了雄獅王？

龍玉公主道：「我師父呢……」

雄獅王咬牙切齒道：「你師父？你果然狼子野心，心中記掛著的只有那個混帳，這百靈祭壇，這轉生陣，你以為本王當真一無所知？」

「你害死了他！」

雄獅王怒道：「他該死！本王對他恩同再造，他假意效忠，為本王保駕護航，背著本王卻勾搭貴妃，穢亂宮廷，乃至產下你這孽種，他掌控重生秘訣卻不肯與至親分享，冷血絕情，莫過於此！」

龍玉公主道：「是你強霸了我娘害死了我爹，又設計將我送往虎狼之國。」

雄獅王冷笑道：「小賤人，你夠陰險，居然將本王騙過，若非本王英明，又怎能用這李代桃僵之計換來今日之重生。」他說到開心之處，不禁發出一陣快慰的狂笑。

羅獵在一旁聽得暗暗心驚，這發生於八百多年前古西夏的宮廷秘史實在是超乎他的想像，其實這種事情歷史上並不鮮見，只是一場倫理狗血劇能夠在八百多年之後的今天重新復甦，只怕是當世獨一份了。

讓羅獵歎為觀止的絕不是故事本身，而是雄獅王和龍玉公主的復甦，從他們的對話中可以判斷出他們並無血緣關係。

至於昊日大祭司，那個倒楣蛋估計早已被大仇人雄獅王毀屍滅跡，絕不可能再有復生的機會。眼前最緊迫的事情是如何從這裡逃走，其他的事情都要往後放一放了。

羅獵壓低聲音向龍玉公主道：「幫我解毒！」雖然龍玉公主不肯承認，可羅獵卻堅持認為她在自己的身上動了手腳，否則自己也不會渾身上下沒有一丁點的力量。

龍玉公主咬了咬嘴唇，忽然湊了過去，櫻唇吻在羅獵的嘴唇之上，羅獵心中一怔，不明白她因何要做出這樣的舉動，可馬上就感覺到一股香甜芬芳的味道沿著龍玉的舌尖送入自己的口中，羅獵第一反應是口味不對，這妮子八百多年沒有刷牙漱口，怎麼口氣還如此清新呢？難不成是自己的味覺出了毛病？清涼味道傳入自己的舌尖，整個身體瞬間就恢復了力量。

雄獅王還未察覺下面的變化，他哈哈大笑道：「若非此番長眠，本王也無法參悟黑日禁典，若非此番長眠，本王又怎能喚醒深眠的記憶和力量，昊日，你這混帳，你不會想到今日吧，哈哈！本王要毀滅你口口聲聲想要維護的世界，本王要折磨你捨棄性命想要保護的親人！」

他的目光垂落下去，卻發現剛才滾落到台階下的羅獵和龍玉公主，已經站起身來，羅獵背起龍玉公主正朝外面逃去。

雄獅王怒吼一聲，雙手一揮，六頭蜷伏在他腳下的獨目獸得到了他的命令，全速向羅獵和龍玉公主追趕了過去。

世事滄桑變幻莫測，剛才還是敵對的雙方，可現在卻突然變成了統一戰線，兩害相權取其輕，羅獵幾乎沒做太多的考慮就將龍玉公主救起，如果沒有龍玉公主指引，他只怕也難以從這裡逃出去。

龍玉公主同樣也沒有了選擇，她苦心經營了那麼久的轉生陣，直到現在方才發現復活的對象並非是昊日大祭司，那個自己真正意義上的父親，而是害死她親生父母，又將她一手送入火坑的雄獅王，正可謂聰明反被聰明誤，到頭來反倒為他人做了嫁衣裳。

羅獵雖然沒有轉身，卻從急促的奔跑聲判斷出那些倒戈相向的獨目獸已經追到近前，他提醒龍玉公主道：「快，快讓那些怪物退下去。」此前獨目獸被龍玉公主所驅馭，羅獵認為龍玉公主仍然可以控制牠們。

龍玉公主此刻仍未從雄獅王那次重擊中恢復過來，她何嘗不想控制住那些獨目獸，其實在剛才羅獵帶她逃離之時，她就嘗試用意志力控制獨目獸，讓她惶恐的是，昔日可行的辦法而今卻對那些獨目獸失去了效用，她感到獨目獸的腦域被一種無形的屏障封閉，應當是雄獅王利用強大的意識搶佔了這些獨目獸的腦域。

在任何時候都是強者為尊，除非龍玉公主的意志力強大到足以戰勝雄獅王的地步，否則她很難取得對這些獨目獸的控制權。

羅獵的身軀猛然一個急轉，身後一頭獨目獸騰空撲了上來，因為羅獵的突然變向，牠的這次攻擊落空，撲到前方猛獁巨大的骨架上，猛獁的骨架經牠一撲，頓時散落了一地。

羅獵向前方白骨堆衝去，龍玉公主提醒他道：「向右，那裡走不通。」

羅獵再度變向，此時一頭獨目獸已經預判出他們前進的方向，率先前往右側封住他們的去路。羅獵的右腕脈門雖然已經止血，可是剛才身體失血不少，經過剛才的劇烈奔跑，再加上他還抱著龍玉公主，此刻體力急劇下降，已經是上氣不接下氣。

龍玉公主道：「你幫我，你幫我，我們合力興許還能控制住這些怪物……」

第四章

雄獅王

羅獵道：「昊日大祭司是你的生父，你母親是西夏王妃……」
龍玉公主打斷他的話道：「這跟你又有何關係？」
羅獵毫不畏懼道：「本來沒有關係，可現在有了，
我釋放了你，而你又釋放了雄獅王這怪物，
如你所說，雄獅王重見天日之時就是這世界之末日！」

羅獵望著不斷迫近他們的獨目獸，沉聲道：「怎樣做？」

龍玉公主道：「你盯住牠的眼睛，只要你能夠抵受住牠目光的蠱惑，我就有機會控制住牠。」

羅獵盯住那頭獨目獸，獨目獸妖異的綠色眼睛閃爍著詭異多變的光芒，羅獵一面提防這獨目獸隨時發動進攻，一面嘗試用自身的精神力和獨目獸抗爭，鷸蚌相爭，漁翁得利，獨目獸鎖定羅獵，以獨目蠱惑對手的時候，也是牠防守最為薄弱之時，龍玉公主趁虛而入，攻破雄獅王在獨目獸腦域中設下的壁壘，成功取得控制權。

獨目獸發出咿唔一聲，殺氣全消，龍玉公主催促羅獵將她送上獨目獸背脊。說來奇怪，那獨目獸竟明白了她的意思，前爪伏地，羅獵將龍玉公主送上獨目獸的背脊，自己也抬腿跨了上去，此時又有兩頭獨目獸靠近了他們，兩人有了剛才對付獨目獸的經驗，這次從容鎮定了許多，合力又將兩頭獨目獸分別馴服。

雄獅王站在祭台之上並沒有急於發難，他張開雙臂，血池內血色煙霧不停升騰而起，將他的周身籠罩，他的身體因為吸收那血色煙霧而不斷膨脹。

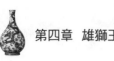

龍玉公主顫聲道：「另一顆慧心石被他吸收了……」

羅獵心中一震，他本以為自己得到的慧心石是這世上唯一的一顆，卻想不到除此之外還有另外一顆慧心石存在。

龍玉公主口中念念有詞，重新被她控制的兩頭獨目獸調轉方向，朝著祭壇上方挺進，靠近被血霧籠罩的雄獅王，在龍玉公主的命令下，兩頭獨目獸同時向雄獅王撲去。

雄獅王猛然睜開雙目，雙目也成為血紅的顏色，揚起右拳狠狠擊中左側那頭獨目獸的額頭，獨目獸堅逾金石的額頭竟然被他一拳洞穿，另外一頭獨目獸咬住了他的左肩，尖利的牙齒撕開了雄獅王肩頭的黃金護甲，雄獅王肌肉虯結的紫色肩頭暴露出來，他反手抓住獨目獸的長尾，猛地將之扯落下來，旋即抬起大腳狠狠踏在獨目獸的腹部，清脆的骨骼碎裂聲從他的腳下傳來。

雄獅王的身體在迅速生長著，金甲已經成為他身體的束縛，被發達膨脹的肌肉掙裂開來。

羅獵目瞪口呆地望著祭壇上的怪物，雄獅王的身高已經達到了兩米，金甲崩裂之後，僅有一片破布遮羞，周身虯結的肌肉蘊藏著驚人的力量，他的面部猙獰，一雙瞳仁火一般赤紅，雄踞於祭壇之上，肌膚仍然不斷吸收著血色煙霧，宛如從煉獄中走出的魔鬼。

龍玉公主再次發出號令，又有三頭獨目獸分從不同的方向發動了攻擊，與此同時，她命令她和羅獵騎乘的這頭獨目獸轉身逃離。

雄獅王發出一聲怒吼，抬腳將一頭獨目獸踢飛，雙臂又抓住一頭獨目獸，將牠們的身體狠狠撞擊在一起。

獨目獸也感覺到了危險來臨，沒命狂奔，羅獵下意識地摟住龍玉公主的纖腰，大聲道：「他怎麼了？」

龍玉公主的聲音明顯有些顫抖：「必須封閉這裡，如果讓他離開了這裡，他會毀掉整個世界，殺光所有一切……」

羅獵相信龍玉公主絕沒有欺騙自己，只是除掉這宛如惡魔的雄獅王又談何容易，看他殺死獨目獸宛如掐死一隻螞蟻般容易的手段，就知道他驚人的戰鬥力，自己絕不是他的對手。

這惡魔恰恰是龍玉公主一手釋放，解鈴還須繫鈴人，興許她有辦法。

龍玉公主道；「只要他無法離開這裡，見不到月光，就無法達到巔峰狀態，就還有消滅他的機會。」

羅獵道：「怎麼辦？」

龍玉公主道：「引他去銅鼎！」

籠罩在雄獅王身體周圍的血霧開始漸漸變淡，他向前邁出了腳步，腳下祭台竟然被他踏得裂開。俯下身去，抓起前方巨大的猛獁象牙，瞄準了遠方逃離的兩人猛地擲了出去。

猛獁象牙何其沉重，正在雄獅王的手中舉重若輕，經他投出，宛如飛梭一般向逃跑的兩人疾速射去。

羅獵聽到身後風聲呼嘯已經知道不妙，轉身一望，嚇得一把抓住龍玉公主，兩人從獨目獸的背上跌落下去，剛剛離開獨目獸的背脊，那猛獁象牙就砸在獨目獸的身上，將獨目獸砸成了血糊糊的一片肉泥。

獨目獸鮮血四濺，不少灑落在羅獵和龍玉公主的身上。

雄獅王向前跨出一步，落地後身軀騰飛而起，一下就飛躍了數十丈的距離。

羅獵和龍玉公主兩人還未來得及從地上爬起，羅獵抽出一柄飛刀向身在半空中的雄獅王射去，刀如疾電，可是雄獅王身在半空中仍然一把準確抓住了飛刀，大手一握，地玄晶鑄造的飛刀在他的掌心化為齏粉。

龍玉公主雙目緊閉，似乎放棄了反抗，雄獅王俯衝而下，揚起右拳，意圖將羅獵一拳轟殺。

生死一線之時，地面上噗地噴出一團血沙，血沙包裹了雄獅王，然後看到五彩斑斕的沙蟲從沙面下一躍而起，將身在半空中的雄獅王一口吞了下去。

峰迴路轉，羅獵本以為他們必死無疑，沒想到沙蟲在關鍵時刻現身，幫助他們解決了雄獅王這個麻煩。

沙蟲龐大的身體不停變形，顯然是雄獅王在牠的體內不停掙扎。

龍玉公主臉色煞白，顫聲道：「快走，困不住他的……」她從地上爬起身來，向左前方逃去，羅獵緊跟其後。

兩人進入前方甬道，龍玉公主放下銅門。銅門剛剛放下，就有物體從外面重重撞擊了一下，頭頂灰塵簌簌而落。

羅獵找出手電筒，龍玉公主快步向前，羅獵道：「到底發生了什麼事？」

龍玉公主邊走邊道：「他是西夏王，我只是沒有想到，他會在這裡……」

羅獵對西夏皇室的這段秘史原本並無太多的興趣，可今天雄獅王的出現已經讓他不得不去探究此事的根源，他幾乎能夠斷定，昊日大祭司、龍玉公主，乃至雄獅王他們都和正常的人類不同，沒有人可以存活這麼多年，即便是進入深眠狀態也不行。雍州鼎不會恰巧出現在這裡，所有這一切都存在著因果關係，絕非是一種巧合。

羅獵道：「昊日大祭司是你的生父，你母親是西夏王妃……」

龍玉公主打斷他的話道：「這跟你又有何關係？」

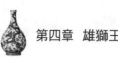

羅獵毫不畏懼道：「本來沒有關係，可現在有了，我釋放了你，而你又釋放了雄獅王這怪物，如你所說，雄獅王重見天日之時就是這世界之末日！」

龍玉公主尖叫道：「夠了！我只是想救我的父親，我不知道他毀滅了我父親的身體，搶佔了血巢！」她的唇角在流血，剛才雄獅王的一拳已經傷到了她的肺腑，她每說一句話都會感到胸膛劇痛。

羅獵望著她，現在的龍玉公主外貌幾乎和顏天心一模一樣，現在的她已經不再囂張跋扈，目光中也失去了過去的殺機。事已至此，埋怨也是無用，羅獵道：「他會追上來？」

龍玉公主點了點頭，她的情緒也平復了一些，低聲道：「這世上沒有人敵得過他，沙蟲也不行。」

羅獵不無擔心道：「他會不會直接離開？」

龍玉公主搖了搖頭道：「不會，他雖然復生，可是身體還未完善，他必須要得到全部慧心石的能量。」

羅獵下意識地看了自己受傷的右腕一眼，如果不是突然生變，自己此刻或許已經流乾了鮮血，不可被龍玉公主現在的模樣所蠱惑，剛才她還要殺死自己。

龍玉公主猜到了他心中所想，低聲道：「無論你信與不信，我剛才都沒有打算至你於死地，否則雄獅王現在已經得到了慧心石的全部能量。」

她並沒有撒謊，雖然她親手割開了羅獵的脈門，可是她並沒有想殺死羅獵，確切地說，曾經有過這樣的念頭，卻很快就被她自己否定了，她不得不承認，自己的某部分意識同樣被顏天心改變了，她擁有著和這世界上多數人不同的特殊體質，在沉睡若干年之後，她再次復甦，心中原本唯一的信念就是喚醒她的師父，也是她的生身之父昊日大祭司。

她不知自己未來的日子將何去何從，需要喚醒父親，讓父親為自己指引方向。昊日大祭司在死前就向她吐露了一些秘密，他的死並非終結，只是他並未想到雄獅王早已知悉一切，一直隱忍到昊日大祭司離開之後，方才下手對付自己。

如果不是雄獅王將自己送入金國，昊日大祭司的復甦原本並不需要等待那麼久，事情的發展超出了很多人的預料，或許冥冥中都有註定，自己在九幽秘境沉睡八百餘年。

而雄獅王得悉轉生陣的秘密之後，渴望重生的他用卑鄙手段取代了昊日大祭司。如果自己永眠在九幽秘境，這裡的轉生陣就不會重新啟動，雄獅王也不可能迎來重生。

人生的太多轉折都發生在一念之間，正是自己對羅獵的一念仁慈，方才沒有

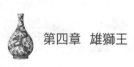

讓雄獅王得到慧心石全部的能量，也給他們留下了一線機會。

三組人馬回來了兩組，唯有顏拓疆帶去的人馬遲遲未歸，張長弓感到有些不對，他和陸威霖合計了一下，正準備派人去尋找的時候，阿諾匆匆跑了過來，上氣不接下氣道：「我發現了好多炸藥。」

陸威霖聞言不禁歎了口氣道：「你喝多了，不是你佈置的嗎？」

阿諾搖了搖頭道：「不是我佈置的，我的手法，我當然清楚。」

陸威霖和張長弓對望了一眼，兩人同時想到了一件可怕的事情，他們的臉色都變了，張長弓道：「莫非顏拓疆想要炸毀這裡？」

阿諾道：「顏天心和羅獵都在裡面，就算他不管羅獵，難道也不管自己的侄女不成？」

陸威霖抿了抿嘴唇道：「他能夠成為一方霸主，就絕不是一個優柔寡斷之人，顏天心已經變成了那個樣子，說不定……」

眾人的內心同時沉了下去，張長弓果斷命令道：「先離開這裡。」

陸威霖搖了搖頭道：「只怕來不及了！」他的話音未落，外面傳來了一聲爆炸，地面震動起來，阿諾憑著他豐富的經驗判斷，這聲爆炸只是開始，用不了多久導火線就會將分佈在骨洞中的全部炸藥引爆，他們沒機會在爆炸之前逃出去了，阿諾大聲道：「跟我來，有個地方或許能夠躲過爆炸！」他帶著眾人向深處逃去。

爆炸接二連三的發生，所有人不敢停下腳步，甚至顧不上緩一口氣，隊伍中不斷有人被爆炸震落的物體砸中，有人甚至因此而丟了性命，可在眼前的狀況下，他們已經無法去兼顧那些無辜送命的同伴，停下來就意味著死亡，唯有不停前進才有可能尋得一線生機。

董方明和周圍的同伴每個人都表情凝重，他們的內心處於深重的愧疚中，他們已經做出了選擇，這選擇會讓他們負罪終生，望著在爆炸聲中坍塌的陵墓，爆炸掀起的沙塵遮天蔽日。他們親手將自己的大當家埋葬在了這裡，還有曾經和他們並肩戰鬥，並多次挽救他們生命的恩人……

顏拓疆緊握雙拳，指甲都掐入了掌心的肉裡，他的內心在滴血，他的負罪感比其他人更加強烈，可是他必須要這樣做，如果任由龍玉公主逃出，那麼這個世界會變得不可收拾，任何時代，總有人要做出決斷，總有人要做出犧牲。

回過身去，他發現董方明率領那群人已經漸行漸遠，他們低垂的頭顱充分表現出他們的愧疚，他們不斷遠離自己的背影表達著對他的鄙視。

兩行苦澀的淚水沿著顏拓疆滄桑的面頰滑落，他的嘴唇品嘗到淚水的苦澀，連他自己都鄙視自己。

黃沙漫天，昔日隱藏在沙面之下的天廟竟然呈現在月光之下，天廟的周圍是此起彼伏的沙丘，這些沙丘如同山巒將天廟圍攏在中心，天廟巍峨的殿宇在周圍沙丘的映襯下失去了應有的壯觀，從沙丘頂部向下俯瞰，這片建築更像是縮小的模型。

吳傑看不到，雖然他能夠用內心勾勒出多彩的四季，秀麗的河山，壯闊的天地，可所有的一切也僅僅存在於他的記憶和想像，吳傑不喜歡回憶，回憶中雖然有美好，可更多的是痛苦和傷害。

他的手中握著天火令，正是這支天火令方才讓他號令這群天廟騎士，如果不是他們，自己也不可能順利找到這裡，他所要做的是摧毀，摧毀這裡的一切。

一道雪亮的閃電蛇一樣扭曲迅速撕裂了黑沉沉的天幕，吳傑的內心還沒有來得及感悟這亮光，一聲震徹天地的悶雷在他的頭頂炸響。天廟騎士紋絲不動，對外界的感覺他們早已變得麻木。

吳傑緩緩揚起了天火令，準備發出摧毀天廟的號令之時，卻聽到遠方傳來駝鈴聲響。

駝鈴從天廟的方向而來，由遠及近，老僧扎罕，滿面淒苦，白駝載著老僧來到沙丘之下，他抬起頭，面孔朝向吳傑，他和吳傑一樣都是盲人，兩人誰都看不到誰。

扎罕嘶啞的聲音隨風送來：「岳鷹，你既已離去，為何又要歸來？」

吳傑並未否認這個名字，輕聲道：「扎罕，我不殺你！」

扎罕道：「你要摧毀天廟嗎？」

吳傑道：「你知不知道昊日會帶給這個世界怎樣的災難？」

扎罕搖了搖頭道：「他是我們的神，我們都是他的子女，他心念仁慈，胸懷眾生，怎會危害我們，他復生之日就是這個世界重獲光明之時。」

吳傑歎了口氣道：「你被他所蠱惑，看看你們一手造成的這些殺戮，還是清醒一些吧。」

扎罕道：「不要以為控制了天廟騎士就能夠摧毀天廟，大祭司的甦醒是爾等凡人無法阻擋的。」

吳傑高舉右臂，手中的天火令閃耀出藍色的光華，隨著他手臂下落，天火令的頂端直指天廟的方向，他不會猶豫，在如此緊迫的形勢下，他只剩下摧毀天廟這唯一的選擇。

天廟騎士從沙丘之上啟動，宛如一道鋼鐵洪流在吳傑的引領下向沙谷底部的天廟衝去。

馬蹄將黃沙激起，一時間沙塵漫天，空中的圓月也被揚起的沙塵所遮蔽。

扎罕獨自騎在白駝的背上，在攻擊方的面前宛如狂風中的一片樹葉，只要這鋼鐵洪流來到他的面前，他就會被撕裂成碎片。

扎罕面無懼色，他翻身下了白駝，雙手合什，口中念念有詞，那白駝因為心中惶恐，已經掉頭逃走。

扎罕前方的沙面緩緩隆起，突然一隻巨大的黑色甲蟲從沙面下方現出身來，那甲蟲宛如坦克般堅硬的身軀衝向前方，強橫的身軀衝入天廟騎士的陣營之中，這還只是開始，從四周沙丘，一隻又一隻的甲蟲破土而出，牠們在扎罕的指揮下和天廟騎士衝殺在一起。

吳傑縱馬前行，雖然他的雙目不能視物，可是他卻可以清楚感知戰場上的一切，躲過甲蟲的阻截，直奔扎罕而去。

射人先射馬，擒賊先擒王，想要在最短的時間內控制整個戰局，首先就要將扎罕剷除，扎罕和吳傑抱有同樣的想法，扎罕身在風沙之中，兩隻超出普通人長

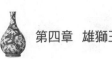

度的耳垂急劇擺動著。

吳傑不斷接近扎罕，他將天火令納入懷中，反手抽出細劍，劍鋒直指前方。噗！一道由甲蟲噴出的紅色火柱向吳傑襲來，吳傑騰空躍起，身體脫離了馬背，而他胯下的那匹駿馬就沒有那麼幸運，被烈火包圍，發出陣陣哀嚎。吳傑的身軀在空中凌空翻轉，達到最高點而後俯衝而下，劍鋒刺向扎罕的咽喉。

扎罕不閃不避，直到那劍鋒即將刺中自己之時，方才伸出手去，以一雙肉掌將劍鋒夾住，而後一個有力的擰轉，爆發出宛如鳴金般的大吼：「回！頭！是！岸！」

他的聲音宛如破鑼，聒噪到了極致，彷彿有千萬根鋼針直刺吳傑的耳膜，吳傑頭皮一緊，額頭上冷汗簌簌而下，不過他仍然挺住了對方的這次聲音攻擊，身軀陀螺般旋轉，細劍在兩人的作用下扭曲成螺旋的形狀，最終因承受不住這巨大的扭力，鏘的一聲從中折斷。

吳傑卻是有意為之，細劍中斷他的攻擊卻沒有因此而停頓，以手中的斷劍刺向扎罕的小腹，扎罕同樣以半截斷劍刺向吳傑的面門。

吳傑手中的斷劍刺中了扎罕的小腹，與此同時扎罕手中的另外半截斷劍也刺入了吳傑的眼眶，只是吳傑的雙目早盲，眼窩深陷，失之毫釐謬以千里，而他的性命就因為這短短的距離而峰迴路轉。

斷劍雖然刺破了吳傑的眼眶，卻沒能更進一步，吳傑手中的斷劍卻刺穿了扎罕的小腹，畢竟他手中的這一截斷劍要長上許多，一寸長一寸強，在生死搏殺的關頭，這一點尤為重要。

扎罕在被吳傑刺中之後，非但沒有後退反而向前撲了上去，竟然將吳傑死死抱住，這種不顧性命的打法連吳傑也未曾想到，這樣一來等於他手中的斷劍更加深入地刺到扎罕的腹部。

扎罕卻在此時抓住了天火令，將吳傑原本貼身存放的天火令奪了回去。

吳傑手中斷劍扭轉，意圖刺殺扎罕重新奪回天火令，扎罕死死抓住天火令，用盡全力念出咒語，天火令綻放出的藍光越發強烈，吳傑伸手去奪天火令，那天火令在兩人的爭奪之下喀嚓一聲斷為兩半。

殺聲震天的戰場突然寂靜了下去，靜得嚇人，原本拚命搏殺的雙方都如中了定身術般靜立在那裡。沙塵漸漸平息，一輪血色紅月從黑天鵝絨般的天空中顯露出來。

整個天廟都蒙上了一層血色，隨著紅月的變化，這血色變得越來越濃，突然一道耀眼奪目的閃電從高空中擊落在天廟大殿之上，閃電點燃了大殿，烈火熊熊燃燒了起來。

扎罕和吳傑的身體彼此糾纏，他們都在用盡全力想要將對方控制住，而他們也幾乎在同時感覺到了來自天廟的光和熱。扎罕的手慢慢鬆開，他哀嚎著：「你做了什麼？你做了什麼？」他向天廟跑去，沒跑出幾步就一個踉蹌跌倒在了沙面上，他手足並用在沙面上爬行。

吳傑四仰八叉地躺在黃沙上，在他的身邊就有一隻木立在那裡的巨大甲蟲，吳傑似乎壓根沒有感覺到牠的存在，手中握著已經斷成半截的天火令，莫名其妙地笑了起來。

地面劇烈震動起來，羅獵和龍玉公主聽到了來自身後的破壁之聲，沙蟲果然沒能成功阻截雄獅王的腳步，雄獅王撕裂了沙蟲的腹部，帶著沙蟲難聞的體液衝出，只一拳就擊穿了龍玉公主設下的屏障。

羅獵的內心毫無頭緒，他並不知道怎樣去對付這個擁有著強大戰鬥力的怪物，如果能夠選擇，他寧願復活的是昊日大祭司，至少昊日大祭司與許還能夠保持理智，雄獅王的內心中充滿了對生命的仇恨和蔑視，同時又擁有著不可一世的野心，這樣的怪物如果重見天日，不知要有多少生命遭殃。

現在他方才意識到龍玉公主並非是真正的麻煩，她的執著只是為了復活她的生父，以她的智慧和洞察能力都無法堪破這塵封近千年的騙局。

龍玉公主現在所能做的只是召喚一些古怪生物阻擋雄獅王的腳步，可是在雄獅王出現之後，她的召喚能力明顯大打折扣，她清楚這一切究竟是為何發生，雄獅王不但奪去了父親的血巢，也奪走了父親保存在肉身內的所有能量，在他領會黑日禁典之後，他同樣擁有了驅馭地底生物的能力，隨著他的覺醒，他的能力只會變得越來越強。

龍玉公主憑藉對地形的熟悉，啟動一道道機關，這些機關可以阻擋住常人，卻會被雄獅王輕易摧毀。他們現在唯有拚命趕路，按照龍玉公主的說法，只有趕到銅鼎內，方才有對付雄獅王的可能。

前方兩道銀灰色的影子擋住了他們的去路，卻是兩頭獨目獸，這兩頭獨目獸的眼睛並非是常見的綠色，而是血紅色，這讓牠們的模樣顯得越發猙獰。

羅獵伸手擋住龍玉公主，低聲道：「我配合你控制住牠們。」

龍玉公主搖了搖頭道：「來不及了，牠們的心智已經瘋魔。」她的話音剛落，一頭獨目獸已經全速衝來，兩人慌忙分開，羅獵手中寒光一閃，飛刀射向那獨目獸血紅色的眼睛。

他感覺自己出刀的力量明顯弱了許多，事實證明也是如此，獨目獸頭顱一轉，竟然將那口飛刀準確叼住。龍玉公主心中暗歎，羅獵失血過多，慧心石的能量因為失血而流失不少，更何況原本那些能量就沒有被羅獵完全吸收，歸根結底這一切還是自己造成的，她忽然想起了那句老話，搬起石頭砸自己的腳，她當真是作繭自縛。

如果不是被雄獅王突襲受傷，控制這些獨目獸並不困難，就算控制不住，自己也可以輕易殲滅他們，而現在自己的身體遭受重創，就連過去引以為傲的意志力也大打折扣。

羅獵盯住獨目獸血紅色的眼睛，心中盤算著應付的方法，這會兒功夫，又有兩頭獨目獸圍攏過來。他們兩人被四頭獨目獸困在了中心，雖然一時間那些獨目獸並未急於發動進攻，可是他們也沒有突圍的辦法。

羅獵無論體力還是精神都處於低谷狀態，他感到強烈的饑渴，醫學常識告訴他，這是因為大量失血的緣故，羅獵低聲向龍玉公主道：「我引開牠們，你儘快趕到銅鼎中去。」

龍玉公主歎了口氣道：「你還不清楚，他想要的是你而不是我。」雄獅王對自己只是仇恨，只要追趕上來，他會毫不猶豫的殺死自己，對羅獵卻是要先吸取他體內慧心石的能量。相較而言，羅獵對雄獅王的意義比自己更加重要。她已經感覺到雄獅王正在破除障礙不斷迫近，興許一切都已經無法改變，她和羅獵始終無法逃過眼前一劫。

正在灰心之時，龍玉公主的唇角卻露出一絲笑容，小聲道：「我們還有機會！」

咻！一道紅色光束從後方射中了獨目獸，羅獵心中一怔，那光束分明是鐳射槍所發。抬頭望去，卻見三道身影出現在前方，正中舉槍射擊之人正是顏天心，另外兩人竟然是宋昌金和蘭喜妹。

顏天心此前遭遇空前強大的獨目獸，原本被逼入絕境，生死存亡之時宋昌金和蘭喜妹出現，三人合力將那隻怪獸除掉，說起來立下頭功的要數宋昌金，三人雖然不在同一立場，可是在尋找羅獵方面卻達成了一致，顏天心將羅獵的下落告知，他們短暫商量之後就決定繼續深入尋找羅獵。

當然決定這件事的是顏天心和蘭喜妹，宋昌金沒有發言權，縱然發言也起不到任何的作用，他能做的只是服從，不過宋昌金也不是無關緊要的角色，如果不是他在黑暗中辨別方向負責帶路，他們也不可能一路找到這裡。

在這種環境下顏天心已經沒有掩飾先進裝備的必要，在發現羅獵遇險之後，顏天心果斷開槍，鐳射槍雖然對此前的獨目獸失去效用，但是對付這些普通的獨目獸卻得心應手，接連四槍，全都命中目標，再加上四頭獨目獸已經喪失了理智，血紅色的獨目始終圓睜，這就等於將弱點暴露在人前。

顏天心俐落地幹掉了四頭獨目獸，再次見到羅獵，宛如經歷了一場漫長的生死，顏天心顧不上還有外人在場，含淚衝了過去，撲入羅獵的懷中。不曾想羅獵因為失血體虛，竟然禁不住她撲來的力量，雙腿一軟被顏天心撲倒在了地上。

蘭喜妹看在眼裡，心中醋意盎然，譏諷道：「顏掌櫃還真是夠矜持啊！」美眸一轉落在羅獵身邊紅裙女子的身上，心中不禁有些發毛，蘭喜妹向來做事冷血無情，從來也只有別人怕她，很少有她害怕別人的經歷，可這次真是有種恐懼的感覺，這紅衣女子的外貌竟然生得和顏天心一模一樣。

蘭喜妹以為自己看錯，用力眨了眨眼睛，卻發現那紅裙女子也在盯著自己，和顏天心難以分出區別的俏臉上露出一絲詭異莫測的笑容。蘭喜妹看到她的笑容不由得心神不定，腦海中突然出現那身穿紅裙披頭散髮的小女孩形象。

龍玉公主向她笑盈盈道：「你終於認出我了！」

蘭喜妹只覺得一股冷氣沿著脊柱上行，凍得她半邊身體無法移動，這生得和顏天心一模一樣的女子竟然是龍玉公主。

宋昌金心中震駭絲毫不差於蘭喜妹，他暗叫活見鬼了，翻遍老祖宗的三泉圖也不曾記載過這樣的古怪事，看來自己有必要在祖傳秘技上添上精彩的一筆了。

顏天心的眼中只有羅獵，別後重逢，內心中喜不自勝，反倒忽略了龍玉公主的存在，歘然將羅獵從地上扶起，方才發現這個和自己一模一樣女子的存在，不由得倒吸了一口冷氣，她即刻又反應了過來，舉起鐳射槍，對準了龍玉公主光潔的額頭，在她心中認定了對方是一切混亂和殺戮的根源，只要殺掉這妖女，一切就迎刃而解。

羅獵驚慌失措道：「不要！不要開槍！」

龍玉公主格格笑了起來，雙眸盯著和自己一模一樣的顏天心，柔聲道：「你聽到了沒有，他讓你不要開槍。」

顏天心目光死死盯住龍玉公主：「為什麼？」

羅獵已經來不及向她解釋，歎了口氣道：「此地不宜久留，咱們先回到雍州鼎，再晚就來不及了。」遠方傳來坍塌碎裂的聲音，地面隱隱震動著，這震動隨著時間的推移不斷增強著。

龍玉公主毫無畏懼地望著顏天心手中的鐳射槍，輕聲道：「不妨殺了我試試看，大家一起死！」

旁觀者清，蘭喜妹已經從越來越強烈的震動感到危險在迫近，她低聲道：「有什麼恩怨，以後解決。」

顏天心將手槍垂落。

龍玉公主道：「一起是逃不掉的，我們必須分頭離開……」停頓了一下，目光盯住顏天心道：「你和我！」她的意思再明顯不過，她和顏天心兩人必須要分開。

其餘人也明白了她的意思，畢竟她和顏天心生得一模一樣，如果不是深悉內情的人，壓根看不出兩人之間的分別。

龍玉公主道：「我和羅獵一起，你們三人一起。」

顏天心怒道：「不可以！」

龍玉公主微笑道：「就知道你不會同意，那就你和羅獵一起。」

雖然和龍玉公主處於同一陣線，可是羅獵仍然不能對她抱以太多信任，她剛才無意中透露過，自己才是雄獅王的首要目標，雄獅王應當能夠感知到慧心石的能量，自己去哪裡，雄獅王就會追蹤而至，所以說，誰在自己的身邊，誰反倒是最為危險的。

羅獵道：「還是我和你一起，其他人離開！」

在場人無一不是智慧出眾，宋昌金率先道：「我看行！」

顏天心和蘭喜妹兩人都是為了羅獵而來，歷盡千辛萬苦方才找到了羅獵，卻想不到剛剛見面就要分開，兩人雖然沒有說出口，可心中都是難以割捨。就在此時頭頂突然出現了一道綠色光芒，眾人抬頭望去，卻見頭頂懸掛著一個綠色梭形的發光體，發光體的中心是一個藍色的圓球。

羅獵心中劇震，他曾經無數次在腦域中看到這樣的影像，血色沙漠的上空高懸一隻邪惡之眼，想不到居然出現在現實之中。

宋昌金喃喃道：「邪惡之眼……」他的話證明羅獵看到的並非幻象。

龍玉公主望著那隻懸浮的發光獨眼，神情也變得緊張起來，低聲道：「來不及了！」她向羅獵道：「一起走！」

平心而論，宋昌金是寧願分頭離開的，可造化弄人，現在不得不和所有人捆綁在同一條船上，有龍玉公主帶路，自然比起他更加熟悉，宋昌金的嘴巴不停詢問，試圖從羅獵那裡挖到更多的資訊。

羅獵以最為簡明的回答告訴眾人，甦醒的並非是昊日大祭司，而是一個更為可怕的惡魔。

宋昌金從周圍的地形已經推斷出他們距離銅鼎已經不遠，有個問題他仍不明白，就算抵達了銅鼎，難道就可以對付羅獵口中的惡魔？

羅獵心中也沒有任何的把握，這群人中真正瞭解內情的人只有龍玉公主，無論他們相信與否，都不得不選擇聽從龍玉公主的指引。

龍玉公主提醒眾人道：「千萬不要看那隻眼睛！」

顏天心咬了咬櫻唇，卻忍不住又向那隻眼睛望去，不祥的陰雲籠罩了她的內心，她感覺自己的內心世界彷彿被看了個乾乾淨淨，這讓她憤怒，也讓她惶恐，顏天心突然舉起鐳射槍瞄準那隻懸浮在空中的眼睛扣動了扳機。

「不要！」龍玉公主發現並出聲阻止的時候已經晚了，鐳射光束射中了那隻巨眼的中心，藍色瞳孔驟然收縮，光暈波動，很快又恢復了平靜。

羅獵被龍玉公主的那聲阻止嚇了一跳，看到顏天心射擊之後並無異樣方才放下心來。他握住顏天心的手臂關切道：「天心，你有沒有事？」

顏天心搖了搖頭，可眼前卻陡然強光閃現，只是在瞬間她什麼都看不到了。

龍玉公主道：「這隻獨眼乃是雄獅王的精神力凝聚形成，你這一槍讓他找到了尋蹤而至的途徑……」她也看出顏天心的表情有異，倒吸了一口冷氣，心中暗忖只怕晚了。

此時顏天心雙膝一軟，身體癱軟下去，一直都在關注她狀況的羅獵及時將她扶住。

蘭喜妹看到顏天心的模樣也是吃了一驚：「她怎麼了？」

龍玉公主道：「可能被人侵入了腦域。」

羅獵明白，這種事情並非第一次出現在顏天心的身上，此前龍玉公主曾經兩度侵入她的腦域，不過在顏天心自身堅強意志和自己的幫助下終於擊敗了龍玉公主，找回了自我，然而圍繞意識的控制之爭不可避免地傷害到了顏天心的腦域。她還沒有足夠的時間去修復，目前在他們幾人之中，顏天心的腦域防禦能力其實是最弱的一個。

如果雄獅王擁有和龍玉公主同樣的能力甚至還要超過後者，那麼他就同樣擁有操縱意識入侵他人腦域的能力。

羅獵大聲呼喚道：「天心！」

龍玉公主道：「快走！你叫不醒她，他和我不同，我的初衷是為了控制，而他的內心中只有毀滅！」

漫天風雪，顏天心看不到任何同伴，她穿著輕薄的衣衫，頂著凜冽的狂風和暴雪，前所未有的孤獨宛如黑暗般正在吞噬她的內心，顏天心大聲呼喊著羅獵的名字，前方風雪中看到一個朦朧的影像，顏天心將手遮在眉前，以此阻擋不斷撲面而來的風雪，好看得清楚一些。

風雪中一頭凶猛的雄獅出現在她的面前，那雄獅雙目死死鎖定了獵物，顏天心吃了一驚轉身就逃，雄獅馬上在她的身後展開了追逐。

羅獵背負著顏天心，從她身軀的不斷顫抖已覺察到她在掙扎，他不停呼喚著顏天心的名字，希望能將她從這種狀態中喚醒，然而很快他就意識到是徒勞的。

而今或許只有一個辦法，羅獵決定冒險進入顏天心的腦域，也許只有通過這個辦法方才能夠將她喚醒。

雄獅距離顏天心越來越近，顏天心聽得到來自牠喉頭低沉的呼吸，她太冷，太累，再加上內心的恐懼，她感覺到自己無法前進了，或許這就是她的宿命。

雄獅已經做好了最後捕食的準備，身體騰躍而起的剎那，斜刺裡一道灰影衝出，一頭蒼狼突然出現，從側方飛撲在雄獅的身上，一口咬住雄獅的脖頸。

事發突然，雄獅並未覺察蒼狼的突襲，大出蒼狼一倍以上的身體竟然被蒼狼突然的一撲撲倒在地，蒼狼的進攻一氣呵成，牠隨即又咬住了雄獅的脖子，試圖利用鋒利的牙齒撕開雄獅的咽喉。

蒼狼的利齒根本無法刺穿雄獅堅硬的皮膚，雄獅的頸部一個用力的甩動，從蒼狼的口中擺脫開來，兩頭猛獸在雪地上翻滾廝打，沿著傾斜的雪坡滾落下去。

顏天心聽到羅獵催促她快逃的聲音，她沒命狂奔著，不知何時已經失去了鞋襪，赤裸的雙足被地面上的碎冰割裂出無數傷痕。在雪地上留下一個個觸目驚心的殷紅腳印。

雄獅很快就佔據了上風，牠將蒼狼撲倒在地上，咬住蒼狼脖子將之狠狠甩了出去，蒼狼撞擊在冰岩之上，身上遍佈傷痕，撞擊讓牠骨骸欲裂，不過牠仍然頑強地站了起來。

面對雄獅再次發起的攻擊，靈活地一個翻滾躲過，然後繞行到雄獅身後飛撲到牠背上，一口再度咬住了雄獅的頸部，雄獅一時間無法擺脫蒼狼，牠向前方衝去，高速奔跑之中突然一個急停，利用慣性將死死糾纏的蒼狼從背上甩脫出去。

蒼狼被雄獅再次甩了出去，沿著傾斜的雪坡宛如雪球般翻滾，雄獅並沒有追趕，抖落了身上的雪花，站在高處鄙夷地望著下方的蒼狼。

鄙夷的眼神稍縱即逝，因為牠看到那頭倔強的蒼狼從雪地上搖搖晃晃站起，雖然遍體鱗傷，不過狼的雙目中仍然充滿了不可征服的勇氣。

雄獅挪動了一下腳步準備發動攻擊，卻想不到蒼狼率先向上方衝來，雄獅詫異於蒼狼的頑強，陰沉的雙目中閃過一絲錯愕，不過這錯愕很快就變成了暴戾和殺氣，聳起肩頭，後腿屈起，猛地騰躍而起，挾猛虎下山之勢向蒼狼全速衝去，牠要畢其功於一役，這次必然要將蒼狼擊倒，讓牠再無反手之力。

蒼狼倔強的雙目死死定格在雄獅的身上，宛如燃燒了兩團火焰。憤怒或許能夠提升些許的潛能，但是絕不可能讓實力在短時間內發生蛻變，雄獅的速度已經達到了極致，力量恰到好處地分配到牠身體的每一部分，腳下積雪紛飛，牠已經做好了最後一擊的準備，如同利箭在弦。

蒼狼雖然處在劣勢，卻絲毫沒有退讓的勢頭，逆風而行，全速狂奔。

雄獅爆發出一聲狂吼，聲震天地，血盆大口向蒼狼的頸部咬去，牠要一口咬斷蒼狼的脖頸，將這膽大妄為挑戰自己權威的傢伙撕成碎片。後腿用力一蹬，龐大的身軀於風中躍起，飛撲向下方的目標，蒼狼也在同時躍起。

雄獅志在必得，勝券在握，可是牠的身體卻在空中突然一個停頓，在牠躍起的同時，身後一道紅色的光影如影相隨，並迅速追上了牠，卻是一隻紅色的火狐，在雄獅將所有的注意力都集中在蒼狼身上的時刻，一口咬住了雄獅的尾巴。

牽一髮而動全身，更何況咬住的原本就是肉體的一部分，如果是正面衝突火狐絕不可能是雄獅的對手，然而火狐勝在突襲，而雄獅用盡全身力量的飛撲等於加重了自身的損傷。

尾部被咬住，改變了雄獅進攻的節奏，而蒼狼的反擊依然如故，這就讓牠在原本必敗的狀況下扭轉了形勢，一口叼住了雄獅的咽喉，繼而用鋒利的爪撕裂雄獅的雙眼。

雄獅從虛空中墜落到雪地上，牠此時方才明白蒼狼雙眼中並不是燃燒著兩團火，而是火狐身影的反映，火狐仍然死死咬住牠的尾部，蒼狼的利爪刺入了牠的雙目，鋒利的牙齒緊緊鎖住牠的喉頭。

顏天心聽到身後的廝殺與嚎叫，她的雙腳已經麻木，感覺不到疼痛，在雪地上留下一連串觸目驚心的血印，轉過身去，生死搏鬥的聲音仍然在不斷傳來，顏天心提醒自己所有這一切都是幻想，一定要儘快從腦域中的幻象中醒來。她感覺有人正在看著自己，抬頭望去，並未看到異常。暗自鬆了口氣，收回目光舉目前望，卻見前方一隻巨大的獨目宛如黑洞般漂浮在純然一色的雪野上。

顏天心提醒自己千萬不可去看那雙眼睛，可內心在短暫的掙扎後又馬上屈服，那隻巨大的眼睛猶如一個無底的黑洞，對她擁有著無法形容的吸引力，她慢慢向那隻巨眼走去。

雄獅擺脫了火狐和蒼狼的糾纏，在這場貼身搏殺中牠並未占到任何的便宜，雙目被蒼狼的利爪抓傷，不停流血。尾部也有血液不斷滴落在地面上。

火狐和蒼狼趁著雄獅雙目受損迅速撤離了戰場，蒼狼在這場搏鬥中遍體鱗傷，腳步踉蹌，火狐在前方為牠引路，憑藉著對這腦域世界的熟悉，暫時擺脫了雄獅的追殺。

顏天心赤裸的雙足踩在了血泊中，並非是她的鮮血，這鮮血屬於那隻巨大的眼睛，這血液缺少應有的溫度，殷紅色的鮮血在顏天心的腳下迅速擴展開來，她感覺自己的身體在迅速下沉，心中的惶恐讓她迷失的內心清醒了一些，她掙扎著想要從血泊中逃走，但是她的掙扎非但無濟於事，反而讓她越來越深地陷入這血液中。

火狐和蒼狼出現在遠方，牠們看到眼前的一幕，都意識到不妙，蒼狼率先向血池邊緣的顏天心衝去。

顏天心聽到呼喚聲，這聲音來自於羅獵，她看到遍體鱗傷的蒼狼在風雪中化為人形，那蒼狼就是羅獵，羅獵拚盡全力朝她奔來，阻止她沉溺下去。

顏天心望著羅獵，明澈雙眸中充滿了淚水，然而一切都已經為時太晚：「保重……」她的櫻唇啟動著，卻發不出一絲一毫的聲音。

一個龐大的身影從後方飛速追趕著羅獵，火狐率先發現了雄獅的存在，發出一聲尖叫，單薄的身體撲向雄獅，卻被雄獅一巴掌打得橫飛出去。雄獅渾身流滿鮮血，牠以驚人的速度向羅獵追去。

顏天心眼中的羅獵時而成為人形，時而又變化為蒼狼，牠完全忽略了身後的大敵，全力衝向顏天心。暴怒的雄獅從後方撲倒了牠，雙方再度撕咬在一起。

顏天心看到蒼狼身體上不斷飛濺的鮮血，雖然她意識到蒼狼並非羅獵本身，只是代表著他在自己腦域中意識的投影，可是一旦羅獵的意識被毀滅，那麼他的下場可想而知。

在雄獅和蒼狼搏鬥的時候，顏天心停止了沉沒，她意識到所有一切都發生在自己的腦域世界中，那雄獅和巨眼都是雄獅王邪惡意識的投影，羅獵的意識是那頭灰狼，至於火狐就是龍玉公主。

受傷的火狐一瘸一拐地向搏鬥的現場奔來，她發出陣陣尖叫，顏天心卻從她的尖叫中聽懂了，從她惶恐的聲音中知道一切都已經迫在眉睫，蒼狼已經占盡弱勢，就算是火狐和蒼狼聯手也不可能敵得過那頭雄獅。

顏天心轉過身去，望著被雄獅再度撲到的蒼狼，她已經是淚眼朦朧，蒼狼仍在掙扎，不屈的雙目從餘光中感受到了顏天心的眼神，蒼狼忽然發出一聲悲吼，牠意識到顏天心想要做什麼。

顏天心再不回頭，她繞開了巨眼，向不遠處的冰岩奔去，頂著如同刀割的冷風和冰雪，奮起全身的力量，以她單薄的身體向堅硬的冰岩撞去。

「不！」蒼狼發出一聲痛徹心扉的吼叫，腦海中塵封的影像湧上心頭，身穿白衣的修女義無反顧地撲向荊棘燃燒熊熊而起的大火。

眼前，顏天心的嬌軀撞擊在冰岩上，身體宛如玻璃一樣碎裂開來，碎片又被漫天的飛雪擊中，旋即又變成一個個更小的碎片，彼此間相互撞擊成為冰塵。

顏天心的嬌軀從具象變成了虛幻，直到完全化成了晶瑩的冰塵，冷風將冰塵吹散，就這樣在天地間慢慢消失了影蹤。

蒼狼因悲痛而貫注了力量，牠將強大於自己數倍的雄獅從身上推開，瘋狂地衝向對手，利用牙齒和利爪發動暴風驟雨般的狂攻。漂浮在空中的巨眼在顏天心的影像消失之後，開始碎裂，然後是冰岩、血池，而後蔓延到整個的天地，整個世界在瞬間崩塌，雄獅被這突然而來的變故嚇得落荒而逃。

蒼狼卻仍然對雄獅窮追不捨，火狐追上了蒼狼，斜刺裡將牠撞倒，牠們在天崩地裂中沿著雪浪和冰塵翻滾騰躍。

第五章

難言的悲涼

羅獵心底有股難言的悲涼，他知道顏天心不會回來了，
龍玉公主再次侵佔了顏天心的腦域，
顏天心的意識採用自毀的方式毀掉自己，
龍玉公主借機徹底將之重建。
羅獵此時心情是悲傷還是憤怒，已經分不清楚。

「羅獵！」

耳邊傳來蘭喜妹惶恐的呼喚聲，羅獵宛如從夢中驚醒，長吸了一口氣，思緒方才回到現實中來，頭疼欲裂，腦袋如同剛剛被人鋸開了一般，他捂著頭，發現顏天心就躺在距離自己不遠的地方，顧不上檢查自己的身體，第一時間衝到了顏天心的身邊，緊緊握住顏天心的手，大吼道：「天心！」

顏天心一動不動，手足冰冷，羅獵將她的嬌軀抱起，感覺到她仍然有微弱的呼吸和心跳，緊緊擁住顏天心道：「你沒事，你會沒事的……」嘗試用身體溫暖顏天心。

龍玉公主在一旁的角落中站起，她的樣子又變成了昔日那個稍顯稚嫩的小女孩。羅獵的全部注意力都集中在顏天心身上，而蘭喜妹關注著羅獵。唯有宋昌金並未忽略這個詭異的女孩。

宋昌金明明記得剛才龍玉公主的樣子幾乎和顏天心一模一樣，可這會兒功夫又轉變了，難怪說女子善變。

龍玉公主道：「快走，他來了……」

地面傳來一聲聲低沉的震動，龍玉公主口中的他就是雄獅王。

羅獵抱起顏天心，此時他方才發現龍玉公主變回了原來的模樣，一種不祥的預感籠罩了他的內心，龍玉公主的樣貌改變是因為她在侵入顏天心腦域之時受到了影響，所以才發生了變化，現在她回歸了自身本來的模樣，難道意味著她已經擺脫了顏天心對她的影響？羅獵不敢繼續想下去，緊擁著顏天心，也唯有顏天心微弱的心跳和呼吸能夠帶給他些許的安慰。

可是無論怎樣呼喚，顏天心對外界都沒有絲毫的意識和反應。

龍玉公主的目光從顏天心蒼白的俏臉上掃過，輕聲道：「她不會醒了……」

羅獵發出一聲憤怒的大吼：「住口！」虎目卻已經發紅。他其實早已明白，剛才在顏天心的腦域中，自己不顧一切想要營救顏天心，而顏天心的意識在最後一刻覺醒，為了避免自己受到雄獅王的傷害，顏天心不惜毀滅腦域世界，以整個腦域世界的崩塌來阻止雄獅王對羅獵的誅殺。龍玉公主說得不錯，顏天心只怕永遠都不會醒來了，而無論她是否情願，顏天心也成為她的恩人，如果不是顏天心選擇自我毀滅，她和羅獵的意識都無法及時抽離出顏天心的腦域，都會被雄獅王扼殺於此。

龍玉公主道：「你們快走，沿著這條道路一直向前，很快就能夠回到雍州鼎內，希望還來得及……」

羅獵抱起顏天心，一言不發地向前方奔去，宋昌金和蘭喜妹慌忙跟了過去，兩人沒想到羅獵居然走得如此堅決。

龍玉公主望著羅獵遠走的背影，稍嫌稚嫩的臉上表情複雜無比，她抽出藏在秀髮內的小劍，口中念念有詞，眼前的地面龜裂開來，一隻隻毒蠍從裂縫中冒升出來，宛如地底湧出的黑泉。

蓬！煙塵瀰漫之中，兩扇石門被砸得橫飛而起，雄獅王健碩雄武的身軀出現在甬道的盡頭，額頭之上青筋暴起，潛入顏天心腦域之中的那場戰鬥他原本就要勝利，可是在最後一刻顏天心竟然選擇自我毀滅，腦域世界的毀滅讓他無法繼續進行追殺，同時也令他的精神力受損，這場挫折並沒有讓雄獅王放棄，反而激起了他沉睡千年的狂暴和殺念，他此番必要掃清一切障礙，必要天地為之變色，必要蒼生俯首於面前。

毒蠍黑壓壓湧了上來，雄獅王大踏步迎了上去，對那些劇毒黑蠍沒有任何的畏懼，無數黑蠍被他踩踏為泥，雄獅王看到了遠處那單薄的紅色身影，唇角泛起一絲冷笑。

龍玉公主忽然躬下身去，雙手趴在了地上，右腿蹬地，左腿向上反折如蠍。

面前潮水般湧出的毒蠍應當是得到了指引，一個個聚攏起來，無可計數的毒蠍迅速排列堆積成一隻巨大的毒蠍，阻擋在雄獅王的面前，雄獅王的體態雖然魁梧，可是在這巨大的組合怪物面前也是小巫見大巫。

雄獅王冷哼一聲：「米粒之珠，也放光華！」他一把抓起一旁的石門，揚起石門狠狠向這隻巨蠍的頭頂拍落，啪的一聲巨響，將巨蠍的頭部拍得四散飛起。

龍玉公主左腿勾起，巨蠍身後的蠍尾，隨著龍玉公主的動作，向下落去，而後橫掃，蠍尾橫掃在雄獅王的身上，雄獅王只感到一股空前強大的巨力傳來，就再也立足不住，被這股強大的力量橫掃飛起，撞擊在身後石壁之上。

龍玉公主雙臂交替爬行，操縱巨蠍爬行，巨蠍原本被雄獅王擊散的頭部，又迅速聚攏在一起。

一雙大螯向雄獅王的咽喉夾去，雄獅王抓住大螯，可這整隻巨蠍都是無數的黑蠍聚合而成，雄獅王縱然能夠捏死數十隻，更多的黑蠍又聚攏上來，雄獅王魁梧的身軀被黑蠍掩埋。

前方就是雍州鼎，蘭喜妹是第一次來到這裡，她被眼前所見到的一切深深震撼了。

宋昌金看了看神情木然的羅獵，小心翼翼道：「接下來，應該怎麼做？」

羅獵沒有理會他，蘭喜妹此時方才留意到龍玉公主並沒有跟上來，她向宋昌金道：「那小姑娘呢？」

宋昌金皺了皺眉頭，此時腳下又傳來一陣隱隱的震動。

覆蓋在雄獅王身體外的黑蠍被他震飛，雄獅王魁梧的身軀重新出現，他的肌膚已變成了紫黑色，抓起破損的石門，宛如擲鐵餅一般扔了出去，石門撞擊在那隻巨大的組合黑蠍身上，在黑蠍上砸出一個巨大的缺口，而後繼續向後方飛去。

龍玉公主慌忙伏在地上，破裂的石門呼嘯著貼著她的背脊飛了出去，如果她稍稍慢上一刻，只怕就會被石門砍成兩段。

巨蠍衝向雄獅王，雄獅王的周身彌散出紫色的光焰，他猛地揮出一拳，巨大的拳頭砸在黑蠍的頭顱上，砸出一個宛如磨盤大小的紫色光洞，光洞的邊緣宛如燃燒般迅速擴展。

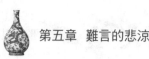

雄獅王一個箭步衝了上去，強健的身體以驚人的速度撞擊在巨蠍之上，蓬！他的身體高速洞穿了巨蠍。

龍玉公主試圖操縱黑蠍變幻攻擊的方式，而雄獅王的速度已經超越了她的想像，只看到一道紫色的光芒，雄獅王的大手就抓住了她的左腿，猛地將她丟了出去，龍玉公主宛如稻草人般飛起，而後撞擊在身後堅硬的岩壁之上，她聽到自己骨骼碎裂的聲音。

不等龍玉公主受傷的軀體滑落，雄獅王又趕了上去，大手一把扼住她的咽喉，龍玉公主的身體無法落地，咽喉被雄獅王緊緊扼住，雄獅王血紅色的雙目變得越來越亮，目光鎖定了龍玉公主的明澈雙眸，從雄獅王的血色雙目之中兩道粉紅色的強光宛如電弧般射向龍玉公主的雙眸，並深入其中。

雄獅王在探尋龍玉公主的心靈世界，他要徹底摧毀她的腦域，吸取她的能量，他要用盡一切手段折辱這個小妮子，以泄心頭之恨。

電光在龍玉公主的腦域世界中化身為一頭雄獅，可雄獅很快發現牠衝入的卻並非是一個風和日麗的世界，沒有天地日月，漆黑一片，在周圍只有一道道用森森白骨築起的牆。

雄獅的腳下是黑沙，周圍是一道道的骨牆，牠意識到在龍玉公主的腦域世界已經沒有絲毫的生命氣息，暴怒讓雄獅失去了理智，牠衝向那一道道的骨牆，肆意毀滅著這個試圖圈住自己的腦域世界。

宋昌金道：「羅獵，你醒醒，顏姑娘不會醒了……」

羅獵仍然沒有理會他。

宋昌金飽經滄桑的臉上佈滿悲愴，悲傷可以讓一個人充滿鬥志，也能夠讓一個人喪失活下去的希望和勇氣，不幸的是，他從羅獵的臉上恰恰看到的是後者。

他搖了搖頭，向蘭喜妹道：「我們都會死……」

蘭喜妹咬了咬櫻唇，小聲道：「我不怕！」來這裡尋找羅獵是她自己的選擇，她不後悔，可是心中充滿了遺憾，遺憾的是羅獵心中最重要的只有顏天心，在這種時候，他甚至根本看都不看自己一眼。他只記得顏天心的付出，卻不記得自己對他的好，這樣死去，縱然能和羅獵同眠，可是他的心中永遠不會有自己。

地面又傳來一次震動，這次的震動比起此前更加的猛烈。

宋昌金嚇了一跳，他聽到了一聲憤怒的吼叫，這聲吼叫像是來自地底深淵的惡魔，激起了他心底最深層的恐懼。

羅獵也被這聲吼叫驚醒，他抿了抿嘴唇，堅毅的面孔充滿了刻骨的仇恨。

雄獅摧毀了面前一道道的骨牆，衝出了龍玉公主這如同墳墓般的腦域世界，雄獅王目光鎖定了龍玉公主瘦弱的軀體，變得越發灼熱和明亮，這目光點燃了紅裙，點燃了龍玉公主的肌膚，很快龍玉公主就被紫色的烈火包圍。

望著在自己掌心中漸漸燃為灰燼的龍玉公主，雄獅王的目光漸漸由明轉暗，他的瞳孔恢復了正常顏色，目光中沒有絲毫痛苦，擁有的只是大仇得報的快慰。

龍玉公主的身軀化為飛灰，成千上萬的毒蠍潮水般退去。

雄獅王輕蔑地拍了拍手，他聽到叮噹聲響，循聲望去，卻見地上只剩下一根髮簪，雄獅王本想撿起那髮簪，可是馬上又改變了念頭，他不可將時間耽擱在這毫無意義的事情上面，他還有更重要的事情去做。

羅獵同樣不知道應該怎樣去做，雖然龍玉公主告訴他們儘快趕到雍州鼎，也只有這樣才有可能阻止雄獅王出世，可她並沒有告訴他們應當怎樣做。一切已經為時太晚，或許一切都已註定，無論是父母還是自己，又或是懷抱使命守護族人的顏天心，他們都沒能夠阻止這場悲劇的發生。

自己的實力絕非雄獅王的對手，可是他絕不會逃，羅獵沉聲道：「走，你們一起走！」

宋昌金看了看蘭喜妹，蘭喜妹緊咬櫻唇，她咬牙切齒道：「沒有人能夠命令我離開。」雖然她明白羅獵是一番好意，是想把生的機會留給自己，可是她此刻卻嫉妒能夠讓羅獵選擇和她一起死的顏天心。當她的目光落在顏天心的臉上之時，竟然發現顏天心的眼皮動了一下。

蘭喜妹以為自己看錯，用力眨了眨雙目，此時羅獵也感到懷中人掙扎了一下，顏天心虛弱無力的聲音道：「羅獵……我……我這是怎麼了？你放我下來……」羅獵內心中一陣驚喜，可這驚喜只是稍閃即逝，他曾經親眼見證顏天心腦域世界的崩塌，也看到顏天心在腦域中投影的身體撞擊冰岩隨風而逝的景象。就在剛才他已經意識到顏天心不可能再醒來的事實，然而顏天心在短暫的昏迷之後再度醒來，難道是自己的真心感動了上蒼，所以才出現了奇蹟？

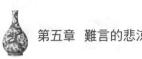

羅獵希望出現奇蹟，可是當奇蹟如此容易的來到他的身邊，他卻又不敢輕易相信了。他放開了顏天心，本想繼續攙扶顏天心，顏天心卻搖了搖頭，手扶著青銅牆壁，穩定身形之後，從蘭喜妹的手中要過手電筒，將光束射向上方，催促道：「快去……將那個符號按下去……」

其餘三人同時抬起頭望向光束所指的方向，蘭喜妹主動請纓道：「我去！」說完她就沿著青銅銘文手足並用攀援而上，羅獵靠在顏天心對側的牆壁默默調息著，他的目光始終沒有離開顏天心，他將顏天心一路抱到了這裡，就算剛才沉默之時也沒有放棄嘗試再度進入顏天心的腦域世界，他的精神力之強當世之中已經少有人及，可是面對崩塌瓦解如同廢墟的腦域世界根本不得其門而入。

顏天心通過自毀腦域的方式挽救了他和龍玉公主，讓他們免受雄獅王的傷害，龍玉公主已經斷言顏天心不會醒來，羅獵在心底也認同了這個事實，然而奇蹟卻突然出現了。

蘭喜妹攀爬的速度很快，並沒有花費太大的功夫就抵達了顏天心用光柱鎖定的地方，按照顏天心的指引，將字元摁了下去，那字元下沉之後，從他們後方的甬道中接連傳來銅門閉合的聲音。

顏天心舒了一口氣道：「希望能夠擋住他一會兒。」經過羅獵的身邊，她甚至沒有向羅獵看上一眼，昂起頭大步向雍州鼎的深處走去。

蘭喜妹回到地面，看到羅獵仍然站在那裡沒有移動腳步，用手肘輕輕碰了他一下：「走吧！」身後傳來金屬被洞穿的聲音。

宋昌金因這聲音而打了個冷顫，快步跟上他們的步伐。

他們每走過一段距離，顏天心就熟練地啟動機關，將身後銅門關閉，確切地說，這銅門的材質並不純粹，應當是合金，羅獵抬起手腕，看到探測儀上已經完全沒有了信號。

蘭喜妹心中充滿了疑問，從羅獵的裝備，到顏天心的甦醒，可是她並沒有發問，因為她清楚自己得不到解答。

宋昌金靠近羅獵的身邊，本想說什麼，可是話到唇邊卻咽了下去，他知道羅玀的智慧不次於自己，自己都能夠看明白的事情，羅玀不會不明白。

他們已經進入了雍州鼎的內部，顏天心的狀態迅速回升，開始的時候，三人還能輕鬆跟得上她的腳步，到最後，他們必須要一路小跑。

顏天心對雍州鼎的結構極其熟悉，啟動隱藏在銅鼎內部的機關，一條條隱藏的內部通道出現在幾人面前，如果不是有她帶路，就算是通曉夏文的羅玀也不清楚這銅鼎的內部居然隱藏著這麼多的奧秘。

顏天心在一間卵圓形的內部建築前停下了腳步，此時就連蘭喜妹都能夠確定她絕非是顏天心本人。

顏天心指了指那卵圓形建築內部，向羅玀道：「你應當知道如何啟動它！」

羅玀彷彿沒有聽到她的話一樣，目光注視著顏天心道：「你是誰？」

顏天心望著羅玀道：「現在討論這件事並無意義，如果你無法將光梭打開，那麼我們乃至這世上的所有生命都會被滅絕。」

羅玀心底深處升騰起一股難言的悲涼，他知道真正的顏天心或許永遠都不會回來了，龍玉公主無疑再次侵佔了顏天心的腦域，雖然在此之前顏天心的意識已經採用自毀的方式毀掉了她自己的整個腦域世界，龍玉公主借機徹底將之重建。

羅玀無法描摹自己此時的心情，悲傷還是憤怒，他已經分不清楚。

顏天心道：「外面的屏障阻擋不了太久，雄獅王的能量會隨著時間的推移不斷增加，他掌握了黑日禁典，擁有了吞噬之力，我們必須要利用這光梭將他送到無間地獄……」停頓了一下又道：「在他羽翼未豐之前。」

宋昌金和蘭喜妹都聽得心驚肉跳，一個羽翼未豐的雄獅王就已經表現出如此驚世駭俗的戰鬥力，如果他當真達到實力巔峰，那麼這個世上就再也沒有能和他抗衡之人，只是這隱藏於雍州鼎內部奇怪的卵圓形物體當真能夠將雄獅王送走？

羅獵強迫自己驅散心中悲傷的情緒，低聲道：「我能幫上你什麼？」

顏天心道：「你擁有慧心石的能量，只是沒有來得及完全吸收，我可以幫助你，引導並開發你的智慧。」

羅獵望著顏天心道：「你要進入我的腦域？」

顏天心點了點頭，確切地說她只是擁有著顏天心的軀體，而真正的意識是屬於龍玉公主的。在雄獅王毀掉龍玉公主的身體之後，她的意識就在雄獅王尚未完全覺醒之前逃走，而顏天心失去意識的身體無疑成了她最好的歸宿。

破而後立，對羅獵而言顏天心已經完全崩塌毀壞的腦域世界，對龍玉公主卻是一片絕佳的空白之地，而此前她就已經控制過顏天心的腦域，在已經成為荒蕪的腦域中重建顯然要比控制本身來得更加容易。

蘭喜妹聽到這裡，忍不住道：「不可！」她對這位詭異的古西夏公主抱有很大的疑心。

宋昌金同樣認為這件事並不可行，顏天心的下場他已經見到，眼前的顏天心縱然還活著，可主宰她意識的是龍玉公主，只怕她腦海中關於自己所有的記憶早就被抹去，龍玉公主現在又提出進入羅獵的腦域，羅獵如果答應，任由她進入腦域世界，最終的結果或許也和顏天心一樣。

羅獵自然明白這個道理，如果換成過去，他一定不會答應，可是在目睹顏天心腦域世界崩塌之後，他悲痛欲絕現在已經是心如死灰，一時間只覺得這世上沒有什麼讓他在乎，也沒有什麼讓他害怕之事。

蘭喜妹苦口婆心地勸道：「你又怎麼知道這一切不是她所導演？不要忘了是誰喚醒了雄獅王。」她生怕羅獵會答應顏天心的要求。

顏天心並沒有說話，雖然蘭喜妹的這番話全都指向她，可是她沒有反駁的意思，也沒有反駁的必要，決定這件事的不是蘭喜妹，她也看出蘭喜妹無法影響到羅獵，其實任何人都不可能輕易影響羅獵，決定權始終在羅獵自己的手中。

地面又傳來震動，暴怒中的雄獅王在橫衝直撞，他要把所到之處徹底摧毀。

顏天心三人都沒有說話，所有人都靜靜望著羅獵，等待著羅獵的最終決斷。

羅獵緩緩點了點頭。

蘭喜妹大聲道：「羅獵！」甚至連她自己都被自己嚇了一跳，她試圖通過這樣的方式來喚醒羅獵，在她看來只要羅獵還擁有正常的理智和判斷力，就不會答應龍玉公主的要求，可羅獵並沒有做出自己希望的決斷。

「你醒醒！」蘭喜妹話未說完，淚已經流了下來，她在人前少有表現出這樣的軟弱，她知道自己對羅獵的感情已經掩飾不住，她不想掩飾，也不能掩飾。

羅獵望向蘭喜妹，他的雙目中寫滿了憂傷，這憂傷是因為顏天心而起，突然他的唇角露出一絲笑容，雖然笑容無法掩蓋憂傷，可這笑容讓蘭喜妹相信，他已經回到了現實中，悲傷並沒有影響他的判斷。

羅獵道：「謝謝！」

蘭喜妹聽著這溫和客氣的兩個字，內心中更加酸楚難當，羅獵應該明白自己對他的感情，可他表現得如此客氣，這兩個字或許發乎於真誠，卻代表著他們之間看不見的距離。

羅獵又向宋昌金道：「三叔，有機會就逃，帶上蘭喜妹！」

宋昌金點了點頭，向來巧舌如簧的他此刻卻如同被一團棉花堵住了喉頭，老狐狸覺得有些不捨，有些感動，他發現自己還有良心，到了這種地步，也沒什麼好怕，更沒有什麼可顧忌的地方，宋昌金歎了口氣道：「咱們老羅家可只剩下你這根獨苗了，你可要三思。」

羅獵道：「覆巢之下安有完卵……」他的話被一聲沉悶的撞擊聲打斷，是雄獅王正在不斷逼近。

於是宋昌金不再說話。

顏天心輕聲道：「跟我來！」伸出手挽住羅獵的手臂，和羅獵一起向前方那卵圓形狀的物體走去，蘭喜妹試圖跟上前去，眼前卻現出一團刺目的強光，她下意識地伸手遮住那強光，等到光芒減弱，卻發現羅獵和顏天心都已消失了蹤影。

宋昌金也和蘭喜妹一樣被強光所影響，不過強光過後，他腦海中卻映出了一幅地圖，這地圖和他們現在所處的環境極其契合。

蘭喜妹大步向前方那卵圓形的物體衝去，她認定羅獵和龍玉公主就進入到了那裡。

白色卵圓形的物體如同一隻巨大的蛋，靜靜佇立在那裡，從外表上看不到任何的縫隙，也找尋不到任何的入口，蘭喜妹伸手去觸摸它的外表，手剛剛觸及到表面，就感到一麻，一道藍色的電波擊中了她，蘭喜妹被這股電波打得橫飛出去，重重落在十多米外的地面上。

宋昌金慌忙趕過去扶起了她，而此時地面再次震動起來，從這次震動的幅度來判斷，雄獅王的腳步已經越來越近，宋昌金顫聲道：「走吧，快走！」

蘭喜妹怒道：「要走你一個人走！」

宋昌金苦笑道：「你不走，我一個人走還是難逃一死。」其實現在他對自身所中的毒已經不是那麼緊張。

蘭喜妹道：「你走吧，我等羅獵一起，你放心，我只是騙你，那毒無需解藥。」

宋昌金聽到這個消息驚喜參半，自己白活了大半輩子居然被一個小姑娘騙得如此之慘，不過他不恨蘭喜妹，一點都不恨，反而從心底有那麼一些佩服，無論蘭喜妹對自己怎樣，她對羅獵的這份真情他看在眼裡，此女敢愛敢恨，為了心上人甘心赴死，這樣的勇氣實在是讓人佩服。他點了點頭，忽然出人意料地伸出手去，一掌擊打在蘭喜妹的頸後。

這裡的一切都是純白的，光芒柔和，就連身下的椅子也柔和溫軟，羅獵和顏天心面對面坐在卵圓形的椅子裡。

羅獵望著顏天心清麗的俏臉，卻明白屬於自己的那個她早已遠去了。

「準備好了嗎？」

羅獵閉上了雙目，無需準備，龍玉公主此前曾經試圖進入他的腦域，卻始終都未得逞，而現在自己居然主動放棄防禦，任由她的意識進入自己大腦，命運給他們開了一個天大的玩笑，讓他們居然站在了同一陣營，他和他的同伴一直都想消滅的龍玉公主，現在成為了他們的戰友，也是他們，乃至全人類最大的希望。

顏天心的唇角抿動了一下，她小聲道：「你還有什麼想問的？」

羅獵道：「如果能夠渡過這場劫難，我自然會問。」

顏天心點了點頭，不錯，如果他們無法抵禦雄獅王，那麼今天就是他們的忌日，而這個世界也將面臨著毀滅，就算知道真相又有什麼意義？

羅獵似乎轉變了念頭，只問了一個問題，卻和顏天心無關：「你的身體是不是被雄獅王毀掉了？」

顏天心點了點頭，猶豫了一下還是向羅獵道：「如同顏天心的意識一樣。」

她和顏天心本是兩個完整的人，一個被毀滅了精神，而另外一個被毀掉了肉體，現在的她就是一個兩人的綜合體，連她自己都不清楚自己究竟是顏天心還是龍玉公主。

羅獵的雙手在白色的椅背上放鬆，他彷彿即將睡去，輕聲道：「我準備好了……」

紅色的火狐奔行在開滿鮮花的草原之上，頭頂是藍天白雲，陽光明媚，春風徐徐，她從未進入過一個如此美麗的世界，感受著這全新美麗世界的同時，她因腦域中的陽光而溫暖。

可美好的事物往往是短暫的，沒多久天空烏雲密佈，在那片開滿鮮花的土地上一叢叢的荊棘冒升出來，火狐止住了腳步，目光中充滿了不解。

顏天心從座椅上緩緩站起身來，來到羅獵的面前，羅獵閉著雙目，兩道劍眉凝結在一起，他的內心正處於巨大的煎熬中，雖然答應了讓龍玉公主進入自己腦域的要求，可是真正等這一刻來臨卻無法全盤放棄心理的防線。

腦域萬象因意識而改變，那一叢叢的荊棘實則是羅獵築起的一道道防線，他還沒有完全做好準備，將自己的腦域向龍玉公主徹底敞開。

龍玉公主握住羅獵的雙手，望著他凝重而矛盾的表情，她只希望羅獵能夠儘快放鬆下來，雖然明白在這麼短的時間內讓羅獵放下所有的防線接納自己希望渺茫，畢竟她不是顏天心，羅獵也不可能將她當成顏天心，可是留給他們的時間已經不多了。

剛才遍野的鮮花而今已經完全被叢生的荊棘取代，這荊棘宛如雨後春筍一般沒完沒了地冒升著，遮天蔽日，非但如此它們還在不斷地蔓延生長，漸漸逼近了火狐的腳下，火狐不得不向後退去，可是牠很快就發現，在牠的身後同樣有一叢叢的荊棘，這荊棘宛如高牆般將她圍困起來。

羅獵已經完全沉浸在腦域世界中，他決定將腦域世界向龍玉公主敞開，可是當龍玉公主的意識進入他的腦域之後，他腦域中潛在的防禦自然而然地啟動。

羅獵的精神力要比顏天心強大許多，在決定進入羅獵腦域的時候，龍玉公主也做好了最壞的打算，如果她的精神力在進入羅獵腦域之後不能儘快被他接受，就會遭遇反噬，一旦這種狀況發生，她將會處於險境，甚至面臨和顏天心一樣意識破碎，灰飛湮滅的下場。

望著羅獵堅毅的面龐，她能夠感覺到內心深處的愛意，這愛意本不屬於自己，她緩緩仰起頭，櫻唇輕輕印在羅獵的嘴唇上。

火狐在飛速蔓延的荊棘森林中停下了腳步，牠閉上了雙目，等待被荊棘刺穿身體的時刻來臨，最近的荊棘已經觸及了牠火紅色的皮毛，卻在此時停止了生長，火狐睜開雙目，看到荊棘森林迅速褪去，腳下重新生長出鮮花，藍天白雲重新出現在她的上方。

陽光直射在荊棘上，荊棘燃燒了起來，熊熊的火焰席捲了荊棘森林，火狐尋找著前方的道路，卻看到一個身穿白衣的修女正奔向那熊熊的烈火，火狐被眼前的所見驚呆了。

她想要看清那修女的面龐，可是那修女始終沒有回頭，義無反顧地投身到烈火之中。

烈火舞動，有如千萬魂魄在向她招手，火焰中，一座高聳如雲的哥德式教堂冉冉升起，教堂穹頂的十字架刺穿了藍天，黑夜瞬間侵佔了整個天宇，遮住了陽光，遮住了空中的一切。

夜空中沒有一顆星，火狐看到一個白色發光的身影冉冉升起，她的背影頎長而優雅，從她的背脊舒展出兩隻半透明的羽翼，羽翼舞動之時，仿若一切都突然靜止了。

那身影漸漸變得透明，很快就如同空氣般消失在夜色之中。

遠方傳來一聲孤獨的狼嚎，在教堂後方的山丘之上，一頭蒼狼傲立其上，牠的身影孤獨而不羈。

火狐全力向那頭蒼狼奔去……

蓬！一聲巨響宣告著雍州鼎內最後一道防線的毀滅，率先衝入這秘密區域的是兩頭獨目獸，牠們身上原本銀白色的毛已經變成了深紫色，牠們的獨目很快就鎖定了那卵圓形的物體。

雄獅王魁梧的身軀出現在牠們的身後，伴隨著雄獅王的一聲呼喝，兩頭獨目獸宛如離弦之箭向那卵圓形的物體衝去，以身體撞擊在那物體之上，電光閃現，兩頭獨目獸在電光中被彈飛出去。

雄獅王一步步走向那電光縈繞的物體，他的臉上浮現出欣喜若狂的表情，這表情非但沒有讓他顯得溫和，反而讓他的神態變得越發猙獰。

雄獅王的大手向那物體抓去，臨到近前停了下來，他的雙目盯住那物體，雙目變得明亮起來，迸射出紫色的電光。電光所及之處，漸漸變得透明，他看到裡面緊緊相擁的軀體。

雄獅王爆發出一聲怒吼，他揚起右拳凝聚全力向那物體擊去。

就在此時，地面突然凹陷，卵圓形的物體從他眼皮底下掉落下去，雄獅王低頭望去，一團紅沙從洞穴中噴射出來，這股強大的沙塵將雄獅王噴得身體後仰。

卵圓形的物體掉入洞穴，早已等候在那裡的沙蟲一口將之吞下。

兩頭獨目獸在沙暴平息之後，第一時間衝入地穴之中，牠們看到了光芒，卻是那隻吞下卵圓形物體的沙蟲正沿著地洞向遠方逃去。

蘭喜妹甦醒過來感覺到整個地面都在戰慄，周圍沙塵瀰漫，她趴在宋昌金的背上，宋昌金手足並用，在沙地上沒命攀爬。

蘭喜妹不知發生了什麼，尖叫著想要離開宋昌金的後背，卻發現宋昌金用繩索將他們捆在了一起，蘭喜妹尖叫道：「放開我……」她還未掙扎開來，前方的地面就塌陷下去，宋昌金帶著她一起從陷坑中跌落下去，雖然下方是鬆軟的沙面仍然跌得頭昏腦脹，眼冒金星，更慘的是宋昌金，他被蘭喜妹壓在身下，跌落時肋骨被壓斷了一根。

蘭喜妹抽出匕首割斷繩索，四處尋找羅獵的身影。

宋昌金捂著胸口從地上坐起，咬牙忍痛道：「快走……這裡就要塌了……」

蘭喜妹怒道：「羅獵呢？」

宋昌金道：「他和顏天心逃了，那怪人追了出去……」

「你撒謊！」蘭喜妹手中的匕首指向宋昌金。

宋昌金剛才看得真切，他親眼看到沙蟲將那卵圓形的物體吞下然後逃走的場景，雄獅王追趕了過去，他們先後離去，這裡就地動山搖，眼看就要崩塌，於是宋昌金才背起暈過去的蘭喜妹離開，不曾想沒走出多遠，就因為沙面塌陷而進入這地洞之中。

宋昌金判斷這地洞應當是沙蟲離開的通道，他低頭望去，指向前方的一串巨大腳印道：「你看！」

沙蟲一路狂奔，在流沙中行進的速度驚人，兩頭獨角獸如影相隨，雄獅王宛如一頭暴怒的雄獅，周身的肌膚變得紫色發亮，高速奔跑讓他變成了一團燃燒的紫色烈焰。

羅獵進入了一個前所未有的悠長夢境，睜開雙眼已經離開了雍州鼎，這是一個陽光明媚百花開放的世界，站起身來，舉目望去，東方正有一輪朝陽冉冉升起，金色的晨光中，一個姣好的身影走來，因為逆光的緣故，他看不清她的容顏，可是從身形上仍然判斷出那是顏天心。

顏天心明澈的美眸望著他，柔和的唇角現出深情的微笑，她緩緩向羅獵走來，一邊走，一邊用纖長的手指觸碰著五彩繽紛的鮮花，晶瑩的晨露從花瓣滑落，露珠滴落的同時，五彩斑斕的蝴蝶從花叢中飛出。

羅獵靜靜望著顏天心，整個人癡了，他挪不動腳步，淚水卻無聲中流下……

一股沙柱沖天而起，遮住了紅色的月亮，整座天廟已經完全沐浴在火焰之中，沙蟲衝向天廟，從天廟騎士的陣營中通過，失去天火令控制，在原地呆若木雞的天廟騎士在沙蟲的衝撞下宛如草芥，斷線紙鳶一般四處飄蕩，又如狂風中落葉飄零。

一波未平一波又起，一團紫色烈焰緊隨其後從沙柱中現身，卻是雄獅王如影而至。

紫色烈焰包裹著雄獅王隨著沙柱沖上天空而後又俯衝而下，遠遠望去只見一個紫色光球以驚人的速度墜落在天廟騎士的陣營中，雄獅王落地之時引起的震動和衝擊排浪般向周圍輻射而去，波及範圍內的天廟騎士被震得飛向半空。

老僧扎罕也被這空前強大的震動掀起，宛如無根漂萍一般在空中翻騰，於虛空中和數名天廟騎士幾度撞擊，方才落在地面上，接連幾次重擊已經讓他氣息奄奄，噗地噴出一口熱血，他掙扎著想要站起，卻已失去了站起的力量，用盡全力嘶吼道：「岳鷹……你做的好事……岳鷹……」

吳傑就在不遠處，他同樣沒能躲過沙蟲和雄獅王先後出現引起的強大衝擊，體內熱血翻騰，周身骨骸因為受到劇烈衝擊無處不在疼痛，聽到扎罕的嘶吼，他心中不由得一沉，他雖然看不到，可是能夠感覺到那兩股強大的力量，顫聲道：「莫非……龍玉公主復生了……」他和羅獵等人分頭行事，由他負責摧毀天廟，羅獵帶領其他人去摧毀轉生陣，如果龍玉公主仍然復生，那麼就意味著羅獵的任務全盤失敗。

吳傑忍痛向扎罕爬去，將他的衣領抓住大吼道：「那是什麼？那是什麼？」

扎罕哈哈狂笑，口中鮮血不斷噴湧慘然道：「晚了，晚了……」話未說完已經氣絕身亡。

第六章

西夏王

西夏王想要將王妃攬入懷中，
王妃突然揚起一柄尖刀狠狠戳入他的心口，
西夏王捂著心口，望著王妃：「愛妃……你……」
昊日大祭司出現在王妃身邊，伸手將王妃攬入懷中，道：
「她從未喜歡過你，在她心中由始至終只有我一個。」

兩頭獨目獸一左一右向沙蟲的尾部撲去，牠們咬住了沙蟲的肌膚，沙蟲尾部橫掃，將兩頭獨目獸遠遠扔了出去。

雄獅王猶如天神下凡，原地騰空躍起，這一躍足有二十米的高度，於高處急速落下猶如一顆出膛的炮彈，擊落在沙蟲的體表，在離開地底之後，他的身體在紅色月光的沐浴下迅速完善，變得越發強橫，身體的每一部分都成為了無堅不摧的武器。

沙蟲龐大的身軀抽搐了一下，雄獅王強橫的身體直接將牠堅韌的肌膚衝擊出一個大洞，成功侵入了牠的體腔。

雄獅王的目標並非沙蟲，而是沙蟲吞入腹腔的卵圓形物體，羅獵和龍玉公主就藏在那物體之中。

那卵圓形的物體在沙蟲體內已經變成了一個明亮的光球，這光球將沙蟲原本就透明的身體映照得晶瑩剔透，沙蟲的身體因被雄獅王洞穿而驟然回縮，而後用盡全身的力量將體腔內的黃沙全都噴射出去。

光球在這次全力的噴射中離開了沙蟲的體內，高速向熊熊燃燒的天廟衝去。

雄獅王看到唾手可得的光梭再度離去，暴吼一聲，身軀在沙蟲體內橫衝直撞，將沙蟲龐大的身軀撞出數十個大洞，衝出沙蟲奄奄一息的軀體，紫色的肌膚上佈滿沙蟲綠色的黏液。這腐蝕性極強的黏液對他的身軀絲毫無損，紅月當空，月光籠罩了雄獅王的身軀，將他照耀得越發猙獰。

雄獅王發達的肌肉之上筋脈宛如一條條長蛇般扭曲，抬起斗大的頭顱，血紅色的雙目死死盯住夜空中宛如血染的紅月，紅色的月光勾起了他沉睡的記憶，記憶的不斷復甦同時在積累他內心中的怨恨和憤怒。

身後原本奄奄一息的沙蟲突然奮起，全力張開大口向雄獅王撲去，試圖將雄獅王再度吞入腹中。

雄獅王猛然回過身去，一拳擊出，紫色的光球脫離他的右拳飛出，一直衝入沙蟲的巨口之中，而後光芒擴展開來，沙蟲龐大的身軀被一團強光炸裂開來。雄獅王再度騰躍而起，朝著熊熊燃燒的天廟挺近。

羅獵彷彿度過了一個漫長至極的夢境，在夢中他和顏天心攜手走過四季，纏綿相擁度過一生。

然而任何的美夢終有醒來的時候，羅獵在劇烈的撞擊中醒來，讓他詫異的是，他的身邊已經沒有其他人，他躺在地面上，從身下地板充滿彈性的回饋來判斷，他仍然處於光梭之中，這光梭已經損毀，在右側出現了一個巨大的裂縫，透過裂縫能夠看到外面有火光。

羅獵腦海中迴盪著龍玉公主的聲音：「你已經徹底吸收了慧心石的能量，如果你阻止不了雄獅王，那麼這個世界上不會有第二個人能夠做到。」

羅獵下意識地捂住額頭，他從地上坐起身來，記憶在一點點復甦，在他主動放棄防禦接受龍玉公主進入他的腦域之後，龍玉公主引導他進入了這個夢境，夢境中發生過的一切他記憶猶新。這次的決定實則冒著巨大的風險，如果龍玉公主對他懷有歹意，那麼在進入他的腦域之後，就可以輕易破壞他的意識，讓他成為一具行屍走肉，甚至會像對待顏天心一樣佔據自己的身軀。

還好這一切並未發生，羅獵並不知道自己現在身處何方，也不知道自己究竟睡過去多久，他清楚記得夢中發生過的一切。在夢中他和顏天心抵死纏綿，在夢中他們甚至組建家庭擁有了自己的孩子……

內心中一股危機正在迫近，羅獵雙手撐著地面坐起，此時他才意識到自己是完全赤裸著，慌忙去尋找自己的衣服，只找到滿地的碎裂布片，腦海中旖旎的幻影再度閃現，羅獵用力掐了掐自己的眉頭，提醒自己要清醒一些。

他宛如一個喝醉酒的人跌跌撞撞走向前方，看到卵圓形的座椅上擺放著一疊黑色的衣服，這種時候他已經沒有了其他的選擇，羅獵將衣服穿上，這身衣服應當是皮革製成，質地輕柔，重量也要比尋常的皮革輕上許多，他穿在身上稍嫌緊了一些，不過這種感覺非常短暫，在他剛剛產生這種念頭，衣服就似乎擴展了一些，羅獵知道這不是自己的錯覺，也不僅僅是衣服自身彈性的原因，這套衣服應當擁有適應使用者身材的功能。

羅獵並沒有感到驚奇，真正讓他感到驚奇的是他腦域中的回饋，龍玉公主在幫助他吸收慧心石能量的同時，也進一步激發了昔日父親種植在他體內的智慧種子。在未來的社會中，高度發展的仿生科技讓自我調整穿戴已經變得普及。

羅獵穿好了衣服，又看到衣服下方壓著的武器，鐳射槍、逃生筆，還有一把烏沉沉的弓箭，幾乎沒有任何的猶豫，羅獵就拿起了那把烏沉沉的弓，將箭囊背在身後。

此時光梭隨著地面震動起來，羅獵知道雄獅王正在不斷逼近，他深吸了一口氣，暫時將一切拋在腦後，將長弓握於手中，這長弓不知是用何種金屬做成，上方紋路清晰，入手頗為沉重，弓弦閃耀著深沉的光芒，抽出一支羽箭，扣在弦上，緩緩拉開弓弦。

奇異的一幕發生了，在羅獵拉開弓弦的時候，一股能量從他的丹田氣海迅速貫注到了雙臂，無形之力在注入弓弦之後，讓弓弦泛起藍色的幽光，這光芒以肉眼可見的速度沿著箭杆傳遞到了鏃尖。

雄獅王衝破層層烈焰，他看到了倒塌的神殿，看到了被烈火包圍的光梭。雄獅王血紅色的雙目迸射出欲壑難填的瘋狂光芒，可這光芒卻突然變得迷惑甚至帶有一絲的惶恐。

卵圓形的光梭原本光滑的表面迅速龜裂，一道藍色的電光破殼而出，追風逐電般直奔雄獅王的咽喉。

雄獅王望著那開裂的光梭，血紅的雙目瞪得滾圓，發出聲嘶力竭的狂吼：

「不！」他一拳向那電光擊去，高速擊出的右拳化為一團紫色的電光，那道射向雄獅王的藍色光芒正是羅獵射出。

卵圓形的光梭其實在雄獅王到來之前就已經開裂，羅獵的這一箭徹底將光梭擊毀。這光梭同樣是雄獅王想要得到的，摧毀光梭粉碎雄獅王的目的，同時也會進一步激怒雄獅王，憤怒固然可以激發一個人的潛力，可是卻會影響到理智和判斷。雄獅王早已擁有了驚世駭俗的強大力量，而羅獵所採用的戰略就是不斷地去激怒他，讓他喪失理智，乃至影響他的判斷力。

雄獅王的右拳重擊在藍光之上，復生之後和他力量同樣強大的是他的信心，他認為自己擁有了接近毀滅一切的力量，所欠缺的那部分正是羅獵擁有的，只要自己擊敗羅獵，奪得他所擁有的剩下那部分慧心石的力量，他就能夠毀天滅地，掌控一切。

被羅獵寄予厚望的一箭被雄獅王一拳擊碎，雄獅王雖然沒有受到重創，可是卻吃了一驚，擊碎箭矢之時，他的右臂被震得一麻，鏃尖刺破了他的肌膚，紫黑色的血液滴落在腳下的地面上，那血液迅速燃燒了起來。

雄獅王不可思議地望著自己受傷的拳頭，傷口以肉眼可見的速度迅速痊癒，這怎麼可能？除非射箭人擁有著和他不分伯仲的力量，雄獅王大步向前方奔去，在他衝向光梭的同時，咻！咻！咻！咻！羽箭宛如連珠炮般向外射出。

一個黑色的矯健身影向殘破的光梭外奔去。

雄獅王不敢再像剛才那般輕敵，抽出背後的護盾，這護盾宛如磨盤大小，可是在他魁梧身體的對比下卻顯得如同孩童玩具一般，雄獅王用護盾精準地將射向自己的羽箭盡數阻擋在外。

羅獵在雄獅王阻擋羽箭的同時猶如一頭獵豹，猛然從光梭中躥出，速度驚人的移動讓他整個人化為一道黑色電光，這黑色閃電瞬間就已經出現在雄獅王的面前，騰躍而起，弓如滿月，瞄準雄獅王血紅色的雙目接連射出兩箭。

雄獅王以護盾護住面門，卻沒料到羅獵的連番箭擊真正的用意是引開他的注意力，在雄獅王用護盾護住面門的同時，他抽出虎嘯，照著雄獅王的右腿橫削而過，虎嘯在羅獵的手中也迸射出藍色光芒，弧光劃過雄獅王粗壯的右腿，成功切開了他的肌膚，紫黑色的鮮血迸射出來。

雄獅王負痛，他應變也是奇快，右拳一記黑虎掏心，重擊在羅獵的胸膛之上，羅獵被雄獅王的這一記重拳打得倒飛了出去，從光梭的裂口中跌入，去勢不歇，又從另外一端撞開了光梭的外壁，跌落在神殿堅硬的地面上，接連幾個翻滾方才止住倒飛的勢頭。

羅獵本以為自己會被雄獅王全力施為的一拳擊成肉泥，可是他身上的衣服將力量緩衝了大半，而他自身的防禦力也在短時間內得到了迅速的提升。

疼痛雖然劇烈，卻不足以致命，羅獵此時方才相信，體內剩餘慧心石的能量在龍玉公主的幫助下應當已經完全被自己吸收了，否則他不會擁有這樣強大的力量，更不可能和雄獅王面對面交手。

雄獅王魁梧的身軀衝入破損的光梭，大手將光梭的裂口撕開，踏著烈焰，一步步走向趴伏在地上的羅獵。他認為羅獵已經喪失了反抗的能力，根本不可能從地上爬起來。

讓他驚奇的是，羅獵竟然一點點從地上爬起，雄獅王迅速加快了步伐，他不會給這小子再度爬起的機會，衝上前去抬腳踢向羅獵的胸膛。

看來搖搖晃晃的羅獵卻在雄獅王出腳之時舉起鐳射槍，一道灼熱的紅色光束射向雄獅王的眼睛，雄獅王下意識地揚起手來去遮擋光束，鐳射光束只是燒焦了他掌心的部分肌膚，並沒能穿透他的身體。

雄獅王一腳踢中了羅獵，羅獵的身體再度飛起，雄獅王循著羅獵的身影望去，卻發現羅獵並沒有如他所願重重撞擊在神殿的牆壁上，他的身體周圍籠罩了一個兩米直徑的光球。

羅獵不敢過高估計自己的抗擊打能力，所以他及時啟動了逃生筆，雄獅王這一腳並沒有直接命中他的身體，而是踢在了防護罩之上，防護罩被雄獅王踢中，如同一個皮球般飛向神殿的頂部，撞擊頂部之後又以同樣驚人的速度向雄獅王的身軀撞去。

雄獅王對這次的反彈並沒有足夠的準備，包裹著羅獵的防護罩撞擊在他的身上，雄獅王剛才全力踢出的一腳等於全部反擊到了自己的身上，魁梧的身體遭遇重擊，騰空飛起數丈，而後又重重摔落在地上，堅硬的花崗岩地面被他的身軀壓得蜘蛛網般龜裂開來。

羅獵原本能在防護罩內利用鐳射槍繼續向雄獅王發動射擊，可在剛才的搏戰之中鐳射槍不知失落在何處，其實就算還在手中，也對雄獅王造不成致命傷害。

任何的力量都會被消耗，雄獅王也是如此，龍玉公主利用自己血液中的能量喚醒了他，可是因為顏天心對她的影響，龍玉公主在完全掌控羅獵生死的狀況下並未拿他活祭，正是這一念之慈，方才讓雄獅王沒有獲得慧心石全部的力量，而羅獵也得以僥倖保存了慧心石剩下的力量。

為了對抗雄獅王，龍玉公主提出了進入羅獵腦域幫他徹底激發體內慧心石能量的建議，而羅獵也決定拿自己的性命去賭一把，這才造就了眼前的局勢。

羅獵的腦域在飛速活動著，他甚至能夠感覺到能量正在源源不斷滲入自己每條筋脈，每個細胞。對眼前的強敵，他已經擁有了成熟的戰術，利用防護罩盡可能地耗費雄獅王的力量，而自己在其中可以得到暫時的喘息之機，趁著這個機會迅速修復身體，此消彼長，或許自己還有勝算。

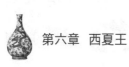

雄獅王被羅獵徹底激怒，爬起身後，他不顧一切地撲向防護罩，雙手抓住那透明的護罩，全力撕扯，防護罩周邊電光遊走，雄獅王雖然用盡全力也無法將這透明的護罩撕開，他又改變了策略，雙手向其中擠壓。

羅獵望著近在咫尺的雄獅王，雖然雄獅王目前無法奈何自己，可一切都是暫時的，用不了太久時間防護罩的能量就會消失，而自己又將面臨和他貼身肉搏的局面。

雄獅王忽然放開了防護罩，轉身向一旁走去，雙手抓起了地上一截斷裂的石柱，狠狠向防護罩砸去。

防護罩被石柱擊中蹦蹦跳跳向後方彈射而去，羅獵的身軀在防護罩內來回轉動，從雄獅王剛才的這一擲之力，他察覺到雄獅王的力量並沒有因為這段時間的發洩而下降多少，這對他而言絕不是什麼好事。

腦海中忽然響起一個聲音，只能智取，不能強攻，縱然你吸收了慧心石的能量，可是仍然無法和雄獅王硬碰硬抗衡。

雄獅王再度舉起石柱，擲鐵餅一般向防護罩砸去。

防護罩的光芒明顯在弱化，雄獅王撲了上去，他並非一味蠻勇之輩，也看出這防護罩正在迅速衰減，或許用不了太久的時間防護罩就會消失，自己不可以過多的消耗力量，羅獵以逸待勞，如果自己因為憤怒而不斷做出毫無意義的出擊，豈不是正中了他的下懷。

雄獅王血紅的雙目死死盯住羅獵，他忽然意識到對方臉上流露出惶恐的光芒，看來自己已成功地讓對方感到畏懼。在力量上自己無疑是勝過對方的，無論是羅獵還是任何人都無法和自己抗衡。

雄獅王望著防護罩中的羅獵，彷彿盯住了已經成為掌中之物的美味，他必須要完全得到慧心石的能量，他要侵入羅獵的腦域，控制他的身體。

雄獅王嘗試侵入羅獵的腦域，卻遭遇到一股無形壁壘的阻擋，他意識到這是因為這層透明薄膜的緣故。雄獅王眯了眯血紅色的雙目，他決定耐下性子，等了八百多年，也不在乎多等一會兒。

雄獅王捕捉著羅獵的雙目，羅獵卻在躲閃，他的眼睛不敢和雄獅王正面相接。雄獅王越發肯定羅獵心中的恐懼，結局已經註定，他逃不掉。

防護罩的能量在迅速衰減著，那透明的防護罩似乎開始縮小，羅獵在變得狹窄的空間內開始顯得侷促，雄獅王終於捉住了他的雙目，血紅色的雙目迸射出紫電般的光芒……

一頭雄獅衝入了百花盛開的草原，牠肆無忌憚地踐踏著嬌豔的花朵，百花在牠的踩踏下不斷凋零，就在遠方的草丘之上，一頭遍體鱗傷的蒼狼靜靜望著牠，雄獅發現了獵物的蹤影，牠發出一聲暴吼，瞬間加快了速度。

蒼狼並沒有逃跑，甚至沒有因雄獅的到來而感到惶恐害怕，居高臨下地望著那頭奔向自己的獅子，讓雄獅憤怒的是，蒼狼的雙目中流露出的全都是嘲諷的目光。

被弱小者俯視和嘲諷，這是任何一個強者都無法容忍的，雄獅已經踏上了這片本屬於蒼狼的領域，牠要擊敗蒼狼，牠要將蒼狼碾壓並殺死，牠要毀滅這百花盛開的世界。

雄獅經行的地方百花迅速枯萎，草地變成了燒灼般的焦黑色，而荊棘卻破土而出，雄獅加快了腳步，牠詫異於蒼狼世界的變化，同時又意識到這或許是一個圈套。

蒼狼的背後，一座白色的聖殿如雨後春筍版生長起來，蒼狼挪動了一下腳步，雙目盯住了不斷逼近的雄獅。

雄獅的身後荊棘叢生，雄獅將速度提升到最大，避免荊棘生長的速度追上自己，避免自己高貴的毛皮被荊棘劃破。

蒼狼開始啟動，在白色教堂金色十字架的輝映下向雄獅勇敢地發動衝擊，這超出了雄獅的判斷，牠本以為蒼狼應當落荒而逃，可是這眼中的弱者卻迎難而上，主動送死？

蒼狼撲向雄獅，帶著從高處衝下的力量將雄獅撲倒在地，牠們在斜坡上翻滾，雄獅掙脫開來，重新站立起來，卻發現牠們已經被荊棘叢林包圍。荊棘密密匝匝，遮天蔽日，宛如高牆般將牠們困在其中。

雄獅張開血盆大口，露出寒光森然的利齒，牠知道所有一切都是假像，只要牠擊敗這頭灰狼，那麼所有的荊棘都會消失，牠會成為這一世界的新主人。

蒼狼仍然用鄙夷的目光望著雄獅，這目光讓雄獅憤怒，牠嘶吼一聲向蒼狼衝去，撲到蒼狼的身上，撲了一個空，直接撲在了荊棘叢中，無數荊棘的細針刺入了牠的身體。

蒼狼卻從雄獅的後方現身，撲向雄獅，雄獅及時反應過來，忍痛一個翻滾，躲開蒼狼的突襲，蒼狼同樣撲空，落入荊棘叢內。

雄獅和蒼狼都是鮮血淋漓，彼此都沒有急於進攻，死死盯住對方的雙目。

雄獅準備出擊之時，周圍的荊棘卻燃燒了起來，牠因這突然燃起的大火心頭波動，蒼狼卻依然如故地望著牠。

雄獅突然感到蒼狼的目光有若兩道利劍刺破了牠的雙眼，深達腦部……

「愛妃！本王要為你打下這大大的江山，本王要讓天下人臣服在你我的腳下！」

「江山又有何用？如果不能和心愛的人在一起，和死了又有什麼分別？」

雄獅不斷後退著，縱然牠的身體被荊棘劃破牠也渾然未覺，牠從未感到如此害怕，內心的秘密被窺破，有若被剝光了軀體暴露於人前，牠的弱點，牠的過去，牠的一切都毫無保留地被蒼狼知道。

荊棘燃燒著，點燃了雄獅的皮毛，讓雄獅遍體鱗傷，比起肉體的創痛，更痛苦的是雄獅的內心，牠不為人瞭解的過去，牠曾經被人踐踏的尊嚴和驕傲。

雄獅王發出一聲暴吼，他的精神力卻仍然無法抽離出羅獵的腦域，他知道自己犯了一個深重的錯誤，他本想侵入羅獵的腦域並將之佔領，雄獅是他精神力在羅獵腦域中的投影，並非實質存在。

蒼狼是羅獵自身精神力的投影，雄獅王本認為自己在這場腦域之戰中穩操勝券，羅獵表現出的畏懼更讓他堅定了自身的信念，可是真正侵入羅獵的腦域之後方才發現這是一個陷阱。

縱然是陷阱，他也堅信自身強大的精神力可以擊敗羅獵，強行奪得對方的腦域，但是他並未想到，羅獵擁有了操縱精神力侵入對方二重腦域的能力，並非實質的蒼狼，竟然進入了同樣以精神力彙聚而成的雄獅的腦域。從而窺探到被雄獅王重重深鎖的秘密。

西夏王想要將王妃攬入懷中，王妃突然揚起一柄尖刀狠狠戳入他的心口，西夏王捂著心口，望著王妃：「愛妃……你……」

昊日大祭司的身影突然出現在王妃的身邊，他伸手將王妃攬入懷中，充滿譏諷地望著西夏王道：「她從未喜歡過你，在她心中由始至終只有我一個。」

「你撒謊！」

王妃深情地望著昊日大祭司，丟掉了染血的尖刀，甚至懶得去看垂死掙扎的西夏王，幸福地偎依在昊日大祭司的懷中。昊日大祭司伸出手去輕輕撫摸著她隆起的肚子，柔聲道：「我們的孩子……」

「不！」西夏王聲嘶力竭地吶喊著，他掙扎著想要去撿起那柄染血的尖刀，他要不惜代價殺掉這兩個背叛自己的人，還有他們未出世的孩子。

昊日大祭司歎了口氣，伸出手去，那柄染血的尖刀被一股無形力量抛離了出去。他俯視著西夏王：「你什麼都得不到！」然後西夏王的身軀緩緩從地上飄起，四肢張開，被幾股無形的力量束縛著。

那柄尖刀緩緩漂浮了過來，一刀又一刀刺入西夏王的身體……

雄獅在烈火中掙扎，高貴的毛皮已經被燒得烏黑，荊棘的尖刺撕裂它受傷的肌膚，困擾住牠的卻並非是這渾身的傷痕和周圍的險境，而是來自內心的恐懼，牠本以為自己強大到近乎完美，對手不會發現自己的弱點，可當牠的弱點在對手面前暴露無遺的時候，牠馬上就產生了逃遁的念頭。

烈火並沒有燒毀荊棘叢林，這邊燃燒著，那邊荊棘又在被燒得焦黑的土地沒完沒了地冒著。

雄獅放棄了逃遁，牠決定拚盡全力和蒼狼作生死一搏。

同樣遍體鱗傷的蒼狼充滿了昂揚的鬥志，牠的目光仍然牢牢鎖定了雄獅，刺穿雄獅的腦域。雄獅的腦域中，西夏王宛如十字架一般漂浮在虛空中，他正在遭受著尖刀的淩遲，鮮血從他的身上不停流淌。

這塵封於歷史中的仇恨，被鮮血洗刷得格外鮮明，在鮮血中開始，也只能在鮮血中結束。

雄獅發出一聲暴吼，穿越荊棘叢林，穿越烈火，奮起全力撲向蒼狼，蒼狼的軀體卻在奔跑中生長變大。

現實中，防護罩完全消失，雄獅王伸出雙手，想要用他有力的雙手捏碎羅獵的頭顱，他不再奢望得到羅獵體內慧心石剩餘部分的能量，心中只想著儘快結束這讓他煎熬又讓他恐懼的戰鬥。

羅獵的出拳速度超越了自我，也超出了雄獅王的預計，狠狠一拳擊中了雄獅王的下頜，雄獅王遭受重擊，龐大的軀體宛如小山一般轟然倒塌。

蒼狼撲倒了雄獅，雄獅同時咬住了蒼狼的咽喉。

羅獵擎起虎嘯，騰空一躍，身軀在魚躍中飛向半空，雙手擎刀高舉過頂，然後用盡畢生之力向雄獅王的心口刺去。刀氣森寒，刀鋒未至，藍色刀氣已經擴展到丈許開外。

雄獅王在感受到刀氣的時候平躺的身體方才做出向右平移的動作，這一動作讓他避過了心口的刺殺，虎嘯從他的腋下穿過，雄獅王故意賣出的破綻讓羅獵錯過了目標，然後他的右手迅速出動，一拳擊中了羅獵的小腹，將羅獵打得倒飛了出去。

羅獵宛如斷了線的紙鳶一直撞擊在神殿殘破的牆壁上，強大的撞擊力讓他的身體深深陷入牆壁之中。

雄獅王抓起虎嘯，騰躍而起，在羅獵尚未落地之前，挺起長刀閃電般刺入了他的右肩，將羅獵的身體硬生生釘在了牆壁上。

雄獅憑藉強大的力量將蒼狼重新壓制住，血盆大口不斷用力，收縮的利齒越來越深地刺入蒼狼的咽喉。

蒼狼仍然沒有放棄，死死盯住雄獅的眼睛，即使在完全被壓制的狀況下，牠仍然還是那幅鄙夷的表情，這表情對驕傲的雄獅來說是一種前所未有的傷害。

雄獅王巨大的頭顱狠狠撞擊在羅獵的額頭之上。

沉重的撞擊讓羅獵的腦域世界地動山搖，參天的荊棘城牆因這次的撞擊而倒塌，地面出現裂痕，草丘之上那白色的教堂搖搖欲墜，教堂穹頂黃金十字架出現了一道裂痕。

雄獅王咧開大嘴，血紅色的雙目光芒越來越盛，內心中反反覆覆提醒自己，自己才是真正的強者，在這個世界上沒有人能夠勝過自己。他必須克服內心中的恐懼，他要重新掌控局面，他要虐殺眼前的對手。

蒼狼已經被體型數倍於自己的雄獅徹底壓制，雄獅閉上了雙目，希望以此來躲避蒼狼犀利如刀的目光，可是仍然有光芒在不斷射入牠的眼睛，牠意識到是錯覺，努力將這種念頭排遣出去。

荊棘停止了生長，熊熊的烈焰不斷摧毀著剩餘的荊棘，血色烈焰沿著大地不斷地蔓延，教堂的底部已經被烈焰包圍，白色教堂的底部已經完全變成了紅色，燃燒引起的黑煙升騰到空中，濃煙在空中擴展形成一支巨大的眼睛，這隻眼睛遮住了陽光，籠罩住了教堂，巨眼死死鎖定了金色的十字架。

十字架的中心裂縫不斷延長，蒼狼的背脊倔強地拱起，雄獅全力將牠壓制下去，可很快蒼狼又開始第二次努力，只要還有一口氣在，牠就不會放棄。

羅獵的膝蓋狠狠抵在雄獅王的胯下，雄獅王麻木的表情證明這樣的攻擊對他根本沒有任何作用，他將頭顱後仰，重重撞擊在羅獵的面門，一次比一次猛烈。

羅獵的腦域世界，地面開始崩塌，烈火從裂縫中冒升出來，一道燃燒的壕溝迅速擴展到蒼狼和雄獅的身邊，雄獅死死咬住蒼狼的脖頸試圖將牠甩向深淵，遠方的教堂已經完全被烈火包圍，只剩下那金色的十字架，在火光的映射下越發顯得金光燦爛。

雄獅並不在乎那道光，只要教堂崩塌，那金燦燦的十字架就會倒伏在地上，就會倒在牠的腳下，濃煙遮蔽了天空，在十字架的上空，巨眼的目光越發陰沉。

蒼狼的雙目倔強地捕捉著金色的十字架，牠倔強而不屈的眼神投射到十字架上又反射出去，有如利箭般射中了空中巨眼的中心，紫黑色的瞳仁宛如玻璃般碎裂，煙霧聚集最為濃郁的地方率先開始變淡，天光從散去的濃煙中重新投射進來，在天光的映射下，十字架的金光變得如同正午的陽光一般燦爛。

燦爛的金光刺痛了雄獅的雙目，雖然牠緊閉雙目，仍然可以感覺到強光從牠眼睛的縫隙中射了進來，有若千萬支羽箭同時射入了牠的腦髓。

西夏王看到了鮮血，看到從自己血脈中噴射而出的鮮血，他的血甚至無法落到地上就被金色的陽光蒸騰乾涸，他的身上千瘡百孔，鮮血沒完沒了地流著。耳邊響徹著那對男女的笑聲，西夏王掙扎著想要捂住自己的耳朵。

雄獅的腦海一片空白，蒼狼一個有力的弓背將雄獅龐大的軀體從背上甩脫，然後猛然一撲，和雄獅一起墜入烈火燃燒的深淵。

雄獅王血紅色的雙目現出茫然之色，一時間他竟然忘記了攻擊，羅獵轉守為攻，以額頭狠狠撞擊在雄獅王的鼻翼之上。鼻翼的痛苦尚在其次，雄獅王感到腦海深處宛如被人千萬根鋼針刺入，他捂住頭顱。

羅獵反手將插入自己肩頭的虎嘯長刀拔出，忍住這深入骨髓的疼痛，衝向雄獅王，一刀從雄獅王的左肋刺了進去。

雄獅和蒼狼糾纏翻滾，向熊熊燃燒的深淵繼續跌落，蒼狼的目光視死如歸，雄獅的雙目卻流露出恐懼。

西夏王爆發出從心底的哀嚎，他不可以死，他還有心願未了，他還有太多事情沒來得及做……

羅獵的瞳孔燃燒著兩團火焰，雄獅王卻從他目光中看到了龍玉公主的身影。

一身紅衣的龍玉公主出現在神殿的高台之上，她彎弓搭箭瞄準了雄獅王的後心，鏃尖包裹著綠色的光華，弓如滿月，箭在弦上。伴隨著一聲弓弦的嗡鳴，一道綠光從後方沒入了雄獅王的身體。

雄獅王不顧一切地撲向羅獵，不顧他的長刀刺入自己的體內，強有力的雙臂死死圈住了他。

西夏王漂浮的身軀在虛空中不斷撕裂……

雄獅和蒼狼穿越烈焰向無盡的深淵中不停墜落……

羅獵看到烈火中奔跑的白色倩影，當身影被烈火淹沒之時，周遭卻突然又變成百花盛開。微風輕動彩蝶翩翩，顏天心就坐在開滿鮮花的山坡上，含情脈脈地望著他，望著他甜甜露出一個微笑，這微笑永久的定格在羅獵的記憶中……

「大家都還在嗎？」張長弓在爆炸之後從沙石中爬了出來，很快他聽到了陸威霖的回應，然後又聽到阿諾劇烈的咳嗽聲，張長弓循聲找到了阿諾，陸威霖幾乎和他同時來到了阿諾的身邊，兩人一左一右將灰頭土臉的阿諾從沙塵中扶了起來，阿諾頭腦仍然有些發懵，迷迷糊糊道：「我喝醉了嗎？怎麼天旋地轉……瑪莎……瑪莎在什麼地方……」

張長弓想起了鐵娃，此時他們的右前方傳來鐵娃的呼救聲，幾人慌忙趕了過去，鐵娃也沒什麼事情，只不過瑪莎就沒有他那麼幸運，右腿被一塊掉落的石塊壓住，在他們的身邊還有幾名同伴，不過已經被砸死了。

瑪莎痛得滿頭大汗，不過她的性情極其硬朗，就算右腿被砸斷壓在石下，仍然堅持一聲不吭，阿諾看到她的模樣簡直比自己受傷還要心痛。

張長弓讓大家務必要小心，眾人合力將壓在瑪莎腿上的石頭抬起，由阿諾抱住瑪莎，在石塊被抬起之後迅速將瑪莎拖了出來。離開險境發現瑪莎右腿已經被砸得血肉模糊，在場的人中並沒有精通醫術者，張長弓建議先為瑪莎止血，先離開險境而後再考慮下一步治療。

瑪莎因為傷痛，意識變得有些模糊，被阿諾抱在懷中，靠在他寬厚的胸膛上，強忍疼痛道：「發生了……發生了什麼事情……」

阿諾怒道：「顏拓疆那個狗賊出賣了我們！」

張長弓幾人都沒有說話，不過每人的臉上都充滿了憤怒。

鐵娃道：「師父，出口都已經被他們炸塌了，咱們還出得去嗎？」

張長弓伸出大手摸了摸鐵娃的後腦勺，呵呵笑道：「天無絕人之路，老天爺不會難為我們的。」

阿諾道：「咱們往這邊走！」

陸威霖發現他所指的分明是和出口相反的方向，愕然道：「為何要往那裡？」心中暗忖，這金毛莫不是被炸糊塗了，現在往外走方才有可能找到出路。

阿諾道：「你們有沒有留意到，剛才發生了好幾次爆炸？」

張長弓和陸威霖對望了一眼，兩人同時點了點頭，其實他們在第一聲爆炸中聽力就已受到了影響，接下來的幾次爆炸他們只是從地面震動中感覺到，不過幾次地面震動相隔時間很長，陸威霖也是軍事方面的專家，他當時就有些納悶，因何幾次震動傳來的方向不同，現在細細想來，有幾次爆炸應當來自於洞穴深處。

幾人商量了一下決定按照阿諾的想法向骨洞深處走去，途中又遇到幾名爆炸後的倖存者，眾人集合一處繼續前行，洞穴和縫隙中曲折行進了近三里的距離，在他們的眼前出現了一個巨大的地洞。

張長弓打開手電筒向地洞下方照射，這地洞底部深有十米左右，張長弓對著下方叫道：「有人嗎？」他的聲音在空曠的地洞中迴盪，過了好一會兒都沒有聽到回應，張長弓點了點頭，正準備尋找繩索攀爬下去的時候，突然聽到下方傳來一個熟悉的聲音道：「張長弓，是你嗎？我啊！你宋叔！」

幾人全都聽出那聲音來自宋昌金，雖然眾人多半對宋昌金沒什麼好感，可是在這裡能夠聽到他的聲音卻顯得格外親切。

宋昌金和蘭喜妹是從雍州鼎沿著沙蟲留下的地洞一路追蹤而來，到了這裡剛好聽到張長弓的聲音，宋昌金得遇同伴，內心中自然激動非常，蘭喜妹卻表現得極其冷漠，以她古怪的性情認為這些人全都死了都跟自己無關，在她心中真正在乎的只有羅獵一個。

眾人和宋昌金劫後重逢，彼此之間明顯變得親切了許多，就連張長弓也破例叫了一聲宋三叔。

宋昌金將羅獵和顏天心逃走的消息告訴眾人，至於過程他並未明說，其實就算他說了也不會有人相信。

眾人聽到羅獵仍然活在這個世上，一個個歡呼雀躍。

蘭喜妹看到眾人的模樣忍不住潑冷水道：「有什麼好開心的？人還沒有找到，等找到了羅獵再開心也不遲。」

眾人聽她這樣說馬上又回到了現實中來，現在別說找到羅獵，甚至連他們都不知能否從這裡走出去。不過好在有宋昌金在，這老狐狸雖然老奸巨猾，可盜墓掘墳的本領絕對頂尖高手，有他在，離開這裡，甚至找到羅獵都有希望。

宋昌金自然明白眾人對自己寄予的厚望，今日之所見早已顛覆了他以往的認知，所有這一切，就算是祖宗留下的《三泉圖》也沒有記載過，宋昌金的內心中充滿著激動，他要把這一切記錄在《三泉圖》中，他要在老羅家的族譜上留下濃墨重彩的一筆。

當然他的成就無法和羅獵相比，對這個剛剛相認的侄兒，宋昌金不知不覺生出了感情，他渴望羅獵平安，羅獵的勇氣、擔當早已感化了他，宋昌金終於明白因何羅獵的身邊會有一群甘心和他同甘苦共患難的朋友，會有顏天心、蘭喜妹這樣的女孩子為他捨生忘死，這樣的年輕人應當受到上天眷顧，他不該死也不能死，他若是遭遇了不測，會讓多少人為他傷心難過。

他們沿著這條沙蟲留下的地下洞穴中前行，途中看到不少獨目獸的屍首，也看到地面上讓人觸目驚心的腳印，這腳印乃是雄獅王留下，這樣的腳印絕不屬於正常的人類。

張長弓憑著獵人獨有的感覺，意識到羅獵和顏天心的逃離必然和腳印的主人有關，他蹲下去觀察那腳印的時候，突然聽到陸威霖道：「你們快來！」

眾人慌忙趕到陸威霖的身邊，卻見陸威霖呆呆站在那裡，在他前方的白色沙面上靜靜躺著一個紅裙女孩，那女孩臉色蒼白黑髮散亂，躺在沙面上一動不動，宋昌金倒吸了一口冷氣，那女孩分明就是龍玉公主。

在場的人中有不少曾經親眼目睹過龍玉公主的真身，蘭喜妹咬了咬嘴唇，鼓足勇氣走了過去。

宋昌金提醒她道：「小心！」

蘭喜妹蹲下身去，摸了摸龍玉公主的脈門，觸手處冰冷一片，又探了探龍玉公主的鼻息，發現她已經沒有了呼吸心跳。

蘭喜妹緩緩搖了搖頭道：「她死了……」雄獅王追擊他們的時候，龍玉公主選擇留下獨自阻攔雄獅王，其實在龍玉公主的意識進入了顏天心的身體之後，他們就已經料到龍玉公主的肉體已經被雄獅王消滅。

張長弓等人並不清楚分別後發生的事情，阿諾道：「如此禍患死了最好，也免得禍害人間！」

此時瑪莎懷中發出奇異的金色光芒，眾人的目光全都被這金光吸引過去，瑪莎從懷中取出那兩半已經破損的古蘭經，古蘭經在拿出之後突然片片碎裂開來，化為千萬片，宛如蝴蝶般飛向空中，而後又迅速化為纖塵。

龍玉公主的肌膚此時也出現宛如瓷器般的裂痕，就在眾人的眼前灰飛煙滅，眾人呆呆望著一切，腦海中突然變得一片空白……

七月十六，天還未亮就刮起了一場沙塵暴，這場沙塵暴遮天蔽日，一直持續到當天的下午方才平息。

距離西夏陵區以北十里左右的地方，一群人從黃沙掩埋的沙洞中爬出，他們一個個灰頭土臉，失魂落魄，為首一人是宋昌金，雖然成功逃出生天，他的臉上卻沒有絲毫的喜悅之色，他甚至忘記了自己在地洞中那麼久的時間內發生了什麼，和他同樣迷惘的還有其他人。

蘭喜妹只記得自己逼迫宋昌金進入陵區尋找羅獵，可是這其中到底有沒有遇到羅獵，在裡面又究竟發生了什麼，她已經完全不記得了，可是她忘不了羅獵，心中仍然惦念著羅獵。

遠方的天地間，因為光線的緣故，景物變得飄渺而朦朧，剛剛脫險的人們瞪大了雙眼，努力辨認著他們的位置。

突然天地間出現了一個黑色的小點，張長弓用力眨了眨眼睛，以他的目力也看不清遠方天地間的那個黑點究竟是什麼？

陸威霖素來穩健的手在歷經劫難之後也變得有些顫抖，他掏出望遠鏡，拉近遠方的景物，當那個小黑點在視線中變得清晰，他驚呼道：「吳先生！」

吳傑頭髮蓬亂，手中拄著一支竹竿，瘦削的身軀像蝦米一樣躬著，他並不是一個人，在他的背後還背負著一個人。

「羅獵！」蘭喜妹忽然發出一聲尖叫，然後她就飛快地向吳傑跑去。身後眾人都被她的這聲尖叫嚇了一跳，即便是手拿望遠鏡的陸威霖也沒能辨認出吳傑背著得究竟是誰？他們一個個向吳傑跑去，心中帶著一個即將得到解答的疑問。

「嗨！你叫什麼？」

「安……安翟……」

「你說話始終這個樣子嗎？」

「不……不……我覺得好玩，學著學著就……結巴了……」

「謝謝你剛才幫我！」

「不客氣……我……我們是好朋友……」

呃，誰說結局了？只是一個故事告一段落。

陸威霖拍了拍瞎子寬厚的肩膀，瞎子非但沒有回頭，反而轉過身將頭壓得更低，陸威霖歎了口氣，靠在瞎子寬厚的脊背坐下：「放心吧，吳先生來了，有他在，陳阿婆不會有事。」

瞎子回過頭來，眼睛已經哭紅了，他揉了揉鼻子，帶著哭腔道：「我不是擔心外婆，吳先生說過能治好她，我只是……」

陸威霖道：「你在擔心羅獵？」

瞎子用力點了點頭，前往甘邊求醫的朋友一個個都回來了，可是羅獵並沒有隨同他們一起回來，以他對羅獵的瞭解，如果羅獵知道外婆有事，一定會回來探望，可這次羅獵非但沒有回來，反而在吳傑將他救回之後，未等傷勢痊癒就悄然離開。在聽說他們這次遭遇的凶險之後，瞎子越發為老友感到擔心，如果顏天心當真遭遇了不測，那麼對羅獵而言，將會是他有生以來最為深重的打擊。

瞎子自責道：「都怪我，我始終都在拖累羅獵，每次我遇到麻煩的時候都是他幫我解決，可是他遇到事情的時候，我卻不在他的身邊。」

身後響起張長弓雄渾的聲音：「你不在才好，你若是在場，只怕羅獵還要分出手來照顧你。」

瞎子和陸威霖同時站起身來招呼道：「張大哥！」不知不覺中，張長弓已經在他們心中樹立起了相當的威信，兩人都已經將張長弓視為自己的大哥。張長弓遇事沉穩，處處為這些朋友考慮，遇到麻煩總是衝在最前，也的確擁有大哥的胸懷。

張長弓道：「其實，你們不用為羅獵擔心，你們都比我認識他要早，理應比我更瞭解他才對，這個世界上沒有任何人任何事能夠打倒他。」

瞎子和陸威霖對望了一眼，兩人同時點了點頭。

陸威霖笑道：「是我們多慮了，羅獵就像是一頭孤狼，表面隨和，骨子裡卻充滿了驕傲，就算是受傷，他也不想被別人看到，寧願一個人躲到無人發現的角落，獨自舔傷口……」說到這裡，他的內心不由得又變得凝重起來。

「是啊！」張長弓深有同感道，其實他心中何嘗不在為羅獵擔心，事情已經過去了一個多月，在吳傑救回羅獵之後，沒多久羅獵就一個人悄悄離開，甚至吝惜到連一句話都沒有留下。

羅獵走後，蘭喜妹也選擇離開，阿諾護送受傷的瑪莎返回塔吉克族部落，每個人都明白這廝另有所圖，估計他和瑪莎之間郎情妾意，此刻已經如膠似漆。反倒是性情孤僻不近人情的吳傑聽聞瞎子的外婆生病，毫不猶豫地答應跟他們回來為陳阿婆治病。

這一路之上，他們曾經旁敲側擊試圖從吳傑那裡問出一些事，可是吳傑惜字如金，對於發生過什麼，他又是在何處找到了羅獵隻字不提。

他們只知道羅獵的獨自離去必然和顏天心有關，他和顏天心從白山黑水到戈壁大漠，無數次的生死與共早已讓兩人的內心深處滋生出難以割捨的感情，而顏天心在這件事之後再也沒有現身，種種跡象表明她很可能遭遇了不測，如果一切當真如此，羅獵必然是受傷最重的那個。

吳傑拄著竹竿緩步走了出來，灰色長衫，黑鞋白襪，清臒消瘦的面孔上架著一副新配的金絲邊墨鏡，舉手投足間帶著一股出塵的儒雅氣質。在眾人的心中，吳傑無疑是最為神秘的一個，他們甚至認為，此前發生的一切，最清楚的人就是吳傑，他應當知道顏天心的下落，只是他不肯說也不會說。

瞎子恭敬道：「吳先生！」

吳傑微微頷首道：「安翟，你放心吧，只需幾日調養，老太太就會恢復如初。」

瞎子聽他這樣說，心中頓時寬慰：「多謝吳先生。」

吳傑淡然道：「區區小事犯不著如此客氣。」

瞎子看到吳傑手中的行李箱，愕然道：「吳先生這是……」

吳傑道：「藥方我已經開好了，既然老太太沒事，我也沒必要留在這裡，我這個人向來都喜歡清淨。」

張長弓道：「吳先生這就要走？」

吳傑點了點頭道：「人生在世凡事都講究個緣分，緣來則聚，緣盡則散，若無分別又怎有相聚？」他向眾人拱了拱手，大步向門外走去。

幾人同時要送，張長弓使了個眼色示意其他人都留下，獨自一人送了出去。

吳傑走了幾步停下腳步，他聽到張長弓的腳步聲，並未轉身道：「張老弟還有事情想問？」

張長弓鼓足勇氣道：「吳先生知道顏天心發生了什麼事情嗎？」

吳傑搖了搖頭，歎了口氣道：「我知道你們心中都在惦念羅獵，這一路走來，你們抱著怎樣的心思我都看在眼裡，我也明白，可是羅獵的事情只能他自己對你們說，我又怎能說得清楚？」

張長弓道：「叨擾先生了。」語氣中充滿了失落。

吳傑道：「羅獵不會永遠消沉下去，這個世界也不允許他永遠消沉下去。」

張長弓雙目一亮，吳傑的這句話似乎在暗示他不久就有和羅獵相見的可能。

吳傑道：「這裡並不太平，或許不久之後日本人就會來找你們的麻煩。」

張長弓頓時想到了蘭喜妹，蘭喜妹的真實身分是日本間諜松雪涼子，拋開她對羅獵的感情是真是假不論，此女絕對是個心機深重的厲害角色，她本身的立場就和他們不同，張長弓笑道：「這裡是白山。」他的話裡充滿著強烈的自信，這是他的家鄉，附近就是蒼白山，只要進入山林他就如魚得水，如果日本人當真敢來，他會利用地形的優勢將來犯者逐個擊破，讓他們有去無回。

吳傑道：「政府不作為，那些軍閥都在打著他們自己的如意算盤，彼此之間內鬥不已，如果中華民眾都能擰成一股繩，齊心合力，天下間又有誰敢欺辱我泱泱中華？」素來冷靜的他說到此時聲音也變得激動起來。

張長弓對當期的局勢也極其不滿，他雖然武功出眾，可惜報國無門。

吳傑離去之後，張長弓將他的話轉述給眾人，幾人商量了以後，也認為繼續留在這裡很可能會暴露，於是決定前往奉天，一來那裡畢竟是大城市，方方面面的條件好一些，二來瞎子認為羅獵很有可能會去奉天，當初他和羅獵最早來滿洲之時曾經去過奉天，羅獵在奉天還擁有一座棺材鋪。

只是他們找到羅獵的願望並未實現，羅氏木器廠房門緊鎖，從鎖頭上積下的灰塵就能夠判斷出這裡已經很久沒有人來過了，更不用說居住。張長弓和瞎子商量之後決定暫時在奉天住下，畢竟老太太的病情剛有好轉，現在也不適合繼續長途跋涉，眼看就是中秋，滿洲的天氣已經開始轉涼，他們決定以奉天為根據地，四處打探羅獵的消息。

陸威霖抵達奉天不久就告辭離去，他也是性情孤僻之人，雖然和眾人建立起深厚的友情，可是他並不習慣於長期聚在一起熱熱鬧鬧的生活。

陳阿婆的身體一天天好了起來，瞎子孝順終日都在床前照顧，這世上他也只剩下外婆這個唯一的親人，看到外婆康復，瞎子自然倍感欣慰。周曉蝶雖然隨同他們一起來到了奉天，可是對瞎子卻冷漠了許多，連老太太都能夠看出這女娃兒對外孫子的冷漠，不過陳阿婆對周曉蝶也沒有表現出特別的喜歡，瞎子以為應當是老太太嫌棄周曉蝶目盲。原本盤算著想方設法讓老太太接受周曉蝶，可現在周曉蝶對自己擺出拒他於千里之外的樣子，又如何去勸說老太太？

張長弓在眾人安頓好了之後，帶著鐵娃去了趟津門，他知道羅獵在津門有位從小就一起長大的姐姐，所以特地走了一趟，可這一趟也是毫無結果，英子對羅獵的下落也不清楚，自從羅獵離開津門之後他們就沒有聯絡過，甚至連書信都沒有通過。

隨著深秋的到來，天氣一天天的變冷，眾人也開始漸漸接受羅獵離開他們的事實，只要羅獵平安無事就好，他們相信羅獵終有一天會出現在他們的面前。

津門西開教堂的工程就快結束了，法國主教杜寶祿幾乎每天都要來到現場監工，望著這自己一手籌資並建設的教堂，他的內心中充滿了成就感，冬天到來之前，教堂就可以正式對外開放了，他已經開始設想今年的第一個聖誕。

施工現場突然傳來一陣驚呼聲，卻是一名工人失足從鷹架上滑落，他距離地面至少有十米，因為突然踏空，那工人毫無準備，頭朝地掉落下去，更可怕的是，在他落下的地面上擺放著堅硬的花崗岩石塊。

在場眾人已經預見到那工人被撞得腦漿迸裂的情景，有人因為害怕看到血腥的場景，慌忙閉上了眼睛。

千鈞一髮的時刻，一根繩索拋了出去，宛如靈蛇般將那工人的腿部層層纏繞了起來，在工人的腦袋撞到花崗岩上之前，硬生生將他拽住。

第七章

平淡是真

羅獵寧願成為一個普通人，他回到這裡，
悄悄尋找著過去，平凡即幸福，然而這段日子裡，
他開始意識到有些事永遠也回不去了，
留在他腦海中的記憶，不分晝夜的折磨著他。

杜寶祿的長袍都被冷汗濕透，看到眼前一幕他不住在胸前畫著十字，等到眾人圍上去將那倒懸在空中的工人解救下來，他們方才想起去尋找出手營救的人，只看到繩索栓在了立柱上，出手營救之人早已人去樓空。

杜寶祿也不知何時不見了，其實他並未走遠，只是去追那名出手救人的民工，那民工來西開教堂工地已經有兩個月了，他沉默寡言，每天來了就是上工幹活，和其他同事很少說話，因為是零工，所以每天拿了錢就走，就算和杜寶祿這個雇主交集也很少。不過杜寶祿對此人印象頗深，認為此人吃苦耐勞，無論每天工作如何辛苦都從無一句怨言。

那民工似乎知道有人在跟蹤自己，開始加快了步伐，杜寶祿本就肥胖，再加上穿著黑色長袍，已經是氣喘吁吁，他用並不熟練的中文道：「嗨！先生，你等等，你等等我……」

那民工停下腳步，他的臉上生滿鬍鬚，氈帽壓得很低，不過仍然可以看到氈帽下那雙憂鬱的眼睛。

杜寶祿道：「我沒別的意思……你今天的工錢……」

民工搖了搖頭道：「留著吧，算是我留給教堂的一點小小意思。」說完他大步向前方的小路走去。

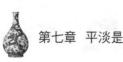

杜寶祿大聲道：「你應該認識我的，以後有什麼用得上我的地方儘管過來找我……」

民工走入樹林杜寶祿的聲音仍然在他的耳邊迴盪，他停下腳步，抬起頭，看到樹上一對相偎相依的鳥兒，深邃的雙目變得越發憂鬱了。

遠處迎面走來了一個女子，那女子看到他，大聲道：「小獵犬，傻站著幹什麼？還不過來給我幫忙？」

那女子就是英子，這民工打扮的大鬍子年輕人自然就是羅獵了。羅獵看到英子推著一輛自行車，車後綁著滿滿登登的包裹，趕緊過去接過車把。英子擦去臉上的汗水道：「真是累死我了。」

羅獵認出這自行車是英子的丈夫董治軍的，這後面捆得小山一樣的包裹極其沉重，不知裡面裝著什麼。

英子道：「書，好心人捐贈的舊書，剛好送回去給孩子們看。」

羅獵嗯了一聲。

英子有些心疼又有些不滿地瞪了他一眼道：「你究竟是怎麼了？三棍子打不出一個屁，過去可不是這樣。」

羅獵露出一絲笑意，笑容顯得有些僵硬，他被吳傑從天廟廢墟救出，和眾人會合後不久，他就悄悄離開，眾人選擇返回滿洲的時候，他又繼續留在當地半個月，這半個月的時間，他去過新滿營，也去過雅布賴山，還去過西夏王陵，所有可能找到顏天心的地方他都去過了，然而他始終沒有找到顏天心的蹤影，其實他也明白，縱然找到顏天心，也只是她和龍玉公主的綜合體罷了。

顏天心的部下已經宣告了她的死亡，顏拓疆收拾舊部，回到了新滿營並重建那裡的一切。

羅獵沒有去找顏拓疆，在認清現實之後，他離開了甘邊，不過他沒有選擇去白山和朋友們會合，也沒有選擇返回黃浦的小教堂，他來到了津門，來到了他幼年時曾經和母親一起生活過的地方，這裡有他的童年，有他人生中最美好的回憶。

羅獵畢竟不是孤狼，並不是每次的受傷都要找到一個無人的角落默默舔傷，父親給他的智慧種子，龍玉公主幫他吸收的慧心石，他這段時間驚世駭俗的經歷已經讓他的胸懷和眼光超越了這個時代，對生命和永恆擁有自己獨特的看法。

雖然親眼見證了顏天心腦域世界的崩塌和毀滅，可是羅獵至今都沒有承認她的死亡，羅獵堅信她一定在世界的某一個地方等著自己，又或是宇宙的某個角落，又或是某個不為人知的時空。

英子從羅獵的頹廢就知道他必然遭遇了人生中前所未有的挫折，她和爺爺所做的只是接納這隻受傷的小獵犬，他們心有默契，他們並不詢問，只是為羅獵提供一個住處，甚至很少主動去找羅獵，他們知道他需要一個獨自思考的空間。

羅獵推著自行車，英子在後面扶著，羅獵推得很穩，她只需要將手放在上面，根本沒有幫扶的必要，英子忽然很嫌棄地說了一句：「邋遢！」

羅獵笑了起來，他的笑聲並不歡快，英子聽到他的笑聲就已經滿足，馬上用銀鈴般的大笑蓋過了羅獵，停下笑聲道：「你朋友來信了！」

羅獵嗯了一聲，甚至懶得問來信的人是誰。

英子道：「安翟！」

羅獵依然嗯了一聲。

英子對他這樣的回應很不滿足，哼了一聲道：「你朋友來了你也躲著不見，現在來信了你居然都不問是誰？小獵犬，究竟是你做了對不起朋友的事情，還是他們做了對不起你的事情？」

羅獵道：「你猜不到的。」

英子杏眼圓睜道：「哦？你是拐彎抹角罵我蠢嘍？」

羅獵道：「太聰明的女人往往不會有什麼福氣。」

英子又笑了起來，她的笑聲很有感染力：「我有福氣嗎？我怎麼不覺得？」

羅獵道：「有個那麼愛你的爺爺，疼你的弟弟，還有一個怕你的丈夫！」

「呸！能耐了啊，挖苦起你姐來了，小獵犬，你就是三天不打上房揭瓦，都告訴你多少次了，別在我面前提董治軍那個混蛋。」

羅獵道：「聽洪爺爺說，他這周就從黃浦回來了。」

「死了才好！」

羅獵知道英子素來都是刀子嘴豆腐心，其實她對董治軍的感情很深，兩人之間的矛盾倒是多半都因為董治軍的家庭而起。董治軍此番被派往黃浦公幹，已有三月，羅獵來津門之前，董治軍就去了黃浦，所以兩人始終沒有打照面的機會。

羅獵暗忖，自己是時候離開了。

兩人邊走邊談，不知不覺已經來到了小學的門前，孩子們正在放學，老洪頭雷打不動地在門前目送孩子們離開，直到最後一個孩子離開，他才看到從遠處走來的羅獵和英子。

看到滿臉鬍鬚的羅獵，老洪頭就打心底感到酸楚，他把羅獵視為自己的親孫子一樣，在心中的地位不次於英子，他焉能看不出這段時間羅獵都是在利用繁重的勞動折磨他自己。

老洪頭一直都想跟羅獵好好談談，可英子提醒他不能問，如果羅獵不肯說那就永遠不要問。

老洪頭只能裝成若無其事的樣子走過來，笑道：「你們兩個怎麼遇上了？」

英子道：「冤家路窄！」

這下連羅獵也忍不住笑了起來。

英子看到校園門前停著一輛黑色轎車，禁不住有些好奇，向爺爺道：「爺爺，這車是什麼人的？」他們這間小學在津門很不起眼，多半孩子連學費都交不起，教師薪資微薄，其中有不少人是義務教學。

老洪頭笑道：「我也不認得，總之是個有錢人家的小姐，今天路過這邊，看到咱們學校，說是要捐錢給咱們，這不，校長正陪著她考察校舍呢。」

英子道：「這麼好？」

羅獵心中一怔，首先想到的是這位有錢人家的小姐該不是衝著自己來的吧？可轉念一想自己來到這裡的事根本沒有外人知道，而且一直以來自己都很謹慎地保密他和英子一家的關係，生怕自己惹麻煩會影響到他們，按理說沒這種可能。

老洪頭道：「就是那位小姐！」

羅獵順著老洪頭所指的方向望去，卻見校長正陪著一位剪著齊耳短髮的女孩兒說話，那女孩二十歲左右年齡，圓臉，眉清目秀，笑起來頗為可人，羅獵一眼就認出這女孩兒他果然認識，乃是津門名媛唐寶兒，說起來他們還有一段淵源，這唐寶兒乃是葉青虹的閨蜜，當初為了解救方克文一家，多虧了唐寶兒出手相助，將他和葉青虹藏在位於馬道場的家中，方才躲過日本人的追擊。

羅獵並沒有想到會在這裡邂逅唐寶兒，正如老洪頭所言，唐寶兒的確是路過此地，不過她此前就聽說過這間小學，路過門前想起曾經聽友人提起過這小學的事情，於是過來看看，並主動提出想要捐款。

對學校而言，唐寶兒這樣的千金小姐自然是貴客，校長極盡熱情地接待了她，並陪著她視察了校園的情況。

校長本想將老洪頭這位學校的開創者介紹給唐寶兒認識，老洪頭笑瞇瞇使了個眼色，表示自己不想露面，他早已習慣了一個老校工的角色。

於是校長只能作罷。

羅獵也不想和唐寶兒正面相逢，於是推著自行車走向側門，唐寶兒沒有看到羅獵的正面，不過目光落在羅獵背影的時候仍然微微一怔，這背影讓她覺得有些熟悉，不過一時間想不起這背影的主人是誰？唐寶兒打消了追上前去看個仔細的念頭，畢竟這世上相似的背影太多。

唐寶兒離去之前捐贈了五百塊大洋，又表示過段時間再過來，為孩子們送些過冬禦寒的棉衣棉褲。

老洪頭晚上吃飯的時候對此表現得非常興奮，手舞足蹈地說著他所知道的情況，又道：「你們知不知道？唐小姐就是唐總理的千金。」

英子糾正道：「前總理，總共也沒當幾天，這些官僚沒一個好人。」

老洪頭對孫女的以偏概全表示很大的不滿，歎了口氣道：「這世道，好人難當，他也有他的難處，和現在的這幫官僚軍閥相比，他還算是一個好官。」

羅獵默默吃著饅頭，如果不是英子堅持他也不會過來吃飯，來到這裡已經有不短的時間了，他陪老洪頭吃飯的次數屈指可數。

老洪頭望著羅獵，臉上又浮現出憐惜：「小子，這鬍子也該剃剃了。」

羅獵將最後一口饅頭塞到嘴裡，然後笑了起來，露出一口整齊而潔白的牙齒，這麼久沒有理髮剃鬚，並不是因為他懶，而是他想過一種和過去完全不同的生活，他想和過去告別，想要麻醉自己，可偏偏無時無刻都處於清醒之中，有個秘密他並沒有告訴任何人，他失眠的症狀越來越嚴重了，自從失去顏天心之後，他幾乎到了夜不能寐的地步。

英子有些不滿地在羅獵肩頭拍了一下：「小獵犬，啞巴了？爺爺跟你說話呢。」

羅獵嗯了一聲，方才道：「明兒我就去剃。」

老洪頭嘿嘿笑了起來：「不必那麼麻煩，明兒一早我幫你剃。」

「您？」英子一雙杏眼又瞪圓了。

老洪頭嚷嚷道：「咋地？還信不過我咋地？」

光可鑒人的剃刀在羅獵的臉上飛速滑動，近三個月滋生出來的鬍鬚簌簌而落，羅獵躺在陽光下，靜靜體會著刀鋒拂面的感覺，昔日的刀光劍影似乎已經離他遠去，這段時間他時常陷入迷惘之中，自己曾經經歷過的一切究竟是真是幻？

英子上完課特地搬了個小馬紮，坐在他們的對面，坐在秋日金色的陽光裡看著他們，原本老洪頭打算連頭髮一起幫羅獵剪了，可英子非得堅持要等自己回來，老洪頭一邊幫羅獵刮著鬍子一邊道：「這丫頭長大了，出息了，都忘了當年她的頭全都是我給剃的。」

英子笑道：「我十二歲之前沒人把我當女孩子。」

羅獵也忍不住笑了起來，這一笑，剃刀在他腮邊劃了一道淺淺的口子，老洪頭慌忙道：「別笑，別笑……哎呦，你看我這老眼昏花的……」

英子走過來道：「不妨事，淺淺一道口子又不會留下疤痕。」她伸手找爺爺要過剃刀。

老洪頭愣了一下道：「你也會？」

英子接過剃刀，熟練地為羅獵淨面，輕聲道：「董治軍的腦袋那麼難剃，還不得乖乖聽話。」

老洪頭笑了笑，來到英子剛才坐的小馬紮前坐下，望著孫女兒熟練的手法，心中有欣慰也有酸楚，英子長大了，在她的婚姻中，她並非沒有付出，這孩子太倔強，就算是受了委屈也不會將那些委屈告訴自己，她是害怕自己擔心，羅獵也是一樣，這些昔日在自己膝下奔跑歡鬧的孩童們不知不覺就已經長大，自己已經老了。

英子手中的剪刀在羅獵頭頂飛舞著，沒多久就為羅獵理好了髮，平頭短髮，並沒有徵求羅獵的意見，就為他將頭髮剪得很短，不足半寸，看起來顯得格外精神。

塞外烈日為羅獵鍍上的那層古銅色仍未褪去，津門的太陽雖然沒有塞外那般火辣和炙熱，可是長時間的戶外工作讓羅獵的膚色反而加深了一些，他的眼睛依舊明亮，只不過雙目深處多了幾分顯而易見的憂鬱。

英子圍著羅獵轉了一圈，對自己的作品表示滿意，向羅獵道：「你們爺倆兒先聊著，我去給你打盆熱水洗頭。」

羅獵道：「不用，冷水沖沖就行。」

英子道：「秋天了，別逞能。」她拍了拍身上的碎髮，風風火火地去了。

羅獵望著英子的背影，臉上帶著感激，老洪頭將捲好的一支煙捲兒遞給了羅獵，羅獵也不挑剔，摸出一盒洋火，先幫老爺子點讓，然後自己也點燃那支煙捲兒，用力抽了口煙，將煙草的清香和辛辣一股腦地抽到自己的肺裡。

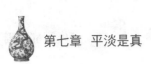

老洪頭道：「我最放心不下的就是他們兩口子。」

羅獵安慰他道：「兒孫自有兒孫福，這事還真輪不到您老操心。」

老洪頭歎了口氣：「也是，我也沒有多少日子好活了，操心也沒用。」

羅獵笑道：「洪爺爺，您老可得長命百歲，您私藏的美酒我還沒喝夠呢。」

老洪頭哈哈笑道：「那是，我得看到你娶媳婦兒才……安心。」話說了半截就意識到自己說錯了話，可能無意中又戳到了這孩子的痛處。

羅獵的內心一緊，臉上的表情卻仍然風輕雲淡：「我可能……」若非老爺子無意中提及這個問題，羅獵還不知道自己在內心深處對婚姻對感情產生了一種畏懼，深深的畏懼，他甚至覺得自己的感情背負上了詛咒，每一個和自己相愛的女人都會不得善終。

老洪頭卻在此時驚喜地站起身來：「治軍？」

「爺爺！」董治軍洪亮的聲音從院門處響起。

羅獵唇角露出一絲苦笑，不僅僅是因為剛才老爺子的問題讓他分神，在天廟和雄獅王的那場殊死一戰讓他身受重傷，他的體力感知力都出現了很大程度的下降，羅獵甚至懷疑慧心石的能量也在那場戰鬥中損失殆盡，失去超人感知能力的他，和一個平常人幾乎沒有什麼分別。

羅獵寧願成為一個普通人，這是他回到這裡的原因之一，他在悄悄尋找著過去，平凡即幸福，然而在這段日子裡，他開始漸漸意識到有些事永遠也回不去了，留在他腦海中的記憶，不分晝夜的折磨著他。

董治軍今天並未像過去那樣身穿警服，西裝革履，三七分的頭髮梳理得油光可鑒，看起來就像個富家公子哥兒，雙手提著禮物，滿臉堆笑地走了過來。

英子端著熱水從房間裡出來，看都不看董治軍，將熱水放在羅獵面前，一把將羅獵的腦袋摁到了水盆裡去，羅獵慘叫道：「燙，姐……燙啊！」

英子哼了一聲，總算看了一眼董治軍：「娘兒們似的，你是個男人啊！」

董治軍聽出她在指桑罵槐，訕訕將手中的禮物放下，陪著笑道：「英子，我從黃浦給你買了香粉和胭脂……」

英子道：「你很瞭解我啊？我平時用過那些東西嗎？」

羅獵掙扎道：「姐，我自己來……」

「別動！」英子用力搓洗著羅獵的腦袋，連老洪頭都開始擔心，這究竟是洗頭還是褪毛？

董治軍笑道：「是我不對，這次去了那麼久，可是我也沒想到，本來說是一個月，誰曾想中途發生了……」

英子道：「行李呢？」

董治軍道：「放回家裡了。」

英子呵呵笑了一聲。

董治軍顯得越發窘迫了：「我帶著行李過來總不是那麼回事兒，所以將行李放下就過來了，我在家連口熱茶都沒顧得上喝。」他一邊說話一邊向羅獵望去，希望他能夠幫自己說話，可羅獵的腦袋被英子摁在水盆裡根本沒機會幫腔。

英子放開羅獵的腦袋，扔給他一條毛巾，然後端起那盆水向董治軍腳下潑去，董治軍沒想到她會來這招，油光發亮的皮鞋躲閃不及，被濺得滿是泥點子。

英子看到他狼狽的模樣忍不住笑了。

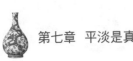

董治軍也跟著呵呵笑了起來，老婆的脾氣向來如此，來得快去得快，如果自己不讓著點兒，兩人只怕根本走不到今天。

老洪頭故意板起面孔，斥道：「英子，越來越不像話了，治軍這麼久沒回來，剛一回來你就這樣對待人家。」表面上是呵斥自己孫女，可仔細一琢磨，話裡滿是責怪董治軍去了這麼久的緣故，到底是向著自家孫女。

董治軍笑道：「怪我，全都怪我。」

擦好頭臉的羅獵樂呵呵走了過來，叫了聲姐夫，跟董治軍打了個招呼。董治軍倒是不知道羅獵也在，笑道：「有日子沒見了，小獵犬，這段日子哪兒發財去了？」

英子呸了一聲道：「小獵犬也是你叫的？」

羅獵幫著打圓場道：「都是一家人，姐夫當然不用跟我客氣。」

董治軍向羅獵遞過一個感激的眼神，他笑道：「眼看中午了，不如這樣，咱們去平津樓吃飯。」

老洪頭道：「花那冤枉錢幹啥？讓英子去買菜，在家吃。」

英子一聲不吭地去推自行車，董治軍倒是會瞅機會，趕緊跟了上去：「英子，我跟你一起去。」

英子搖了搖頭道：「你歇著吧，大老遠來的。」說不心疼還是假的，一日夫妻百日恩，雖然兩口子婚後過得並不如意，可董治軍對她的好她是看得清清楚楚，如若不然，早就跟董治軍離婚了。

英子離去之後，羅獵去屋子裡搬了張小矮桌，三人拿了馬紮圍著矮桌坐著，喝起了大碗茶。

董治軍將自己去黃浦這段時間發生的事情說了一遍，原來他這次去黃浦是公派，董治軍是德租界的華探，前往黃浦是為了調查德國領事被殺一案，白雲飛潛入德國領事府邸，槍殺領事一案在津門鬧得沸沸揚揚，雖然過去了那麼久，可此案一直懸而未結。

隨著在歐洲戰場上的認輸，德方正式成為戰敗國，在國際上的地位一落千丈，而他們在中華區的利益也受到了極大的影響，中華身為協約國中的一員，也是戰勝國之一，此次歐洲戰場勝利的消息傳到國內，讓許多民眾振奮不已，他們都認為通過這次的勝利至少可以擺脫德方對中華的壓迫和剝削，可以讓德方歸還曾經作為租界侵佔的中華土地。

董治軍也因此而興奮，他對未來充滿了期待，對津門德租界未來的歸屬做出了自己的推斷。

老洪頭對國家大事也頗為關心，追著董治軍問個不停，羅獵卻沒有表現出任何的激動，父親在他體內種下的那顆智慧種子早已將未來一段時間的歷史走向滲透到了他的血液之中，他知道作為戰勝國的中華並未從這次戰爭的勝利中得到任何好處，德方在中華的租界和利益並沒有物歸原主，而是被列強送給了虎視眈眈的近鄰日本。

這次無恥的掠奪徹底讓青年人覺醒，一場劃時代的巨變即將到來。

羅獵端起茶碗抿了口茶，歷史早已註定，而自己在歷史中又將扮演一個怎樣的角色，一種難以描摹的孤獨感湧上心頭。

董治軍留意到羅獵對自己所講述的事情並沒有太多的興趣。

老洪頭問道：「治軍，也就是說你以後不用給德國人辦事了？」

董治軍點了點頭道：「我現在為津門政府辦事，這次去黃浦也是將一些過去的舊案結了。」

羅獵聽到這裡心中不由得一動，他想到了被傳刺殺德國領事的白雲飛，放下茶碗道：「白雲飛的案子也結了？」

董治軍點了點頭道：「結了，白雲飛死了！」

「死了？」羅獵愕然道。

董治軍道：「有個傳言，當初德國領事被殺全都是日本人一手策劃，那白雲飛只是替罪羊，日本人看中了他的生意，所以一石二鳥，既幹掉了德國領事，又嫁禍給白雲飛，搶了他在津門的地盤。」

老洪頭氣得在大腿上拍了一巴掌道：「娘的！小日本沒一個好東西！」

董治軍道：「您老消消氣，只是傳言。」

羅獵道：「空穴來風未必無因，我看這傳言八九不離十。」

董治軍道：「白雲飛的確死了，我見過屍體，這次去黃浦其中一個任務就是去認屍。」

羅獵和白雲飛也算有過幾次共患難的經歷，雖然他對白雲飛其人的有些做法不敢苟同，可不得不承認白雲飛也是一代梟雄人物，聽聞白雲飛的死訊，心中也是有些失落，可又覺得白雲飛那種能力出眾的人物如果這麼死了又不太合理，可董治軍說得言之鑿鑿，作為英子的丈夫，他又沒有必要對他們撒謊。

董治軍舒了口氣道：「白雲飛一死，這案子總算結了。」這案子一直由他來負責，雖然德方戰敗，可對他來說，這案子一日不結，心頭的一塊石頭就無法落地。

老洪頭道：「去認屍居然三個多月？」

董治軍笑道：「單單是認屍自然不用三個多月，上頭又安排我在黃浦參加了培訓。」

羅獵道：「看來是要栽培姐夫了。」

董治軍抑制不住喜色，嘴上仍然謙虛道：「哪裡，哪裡！對了，老弟什麼時候來津門的？」

羅獵道：「有段日子了，這不我正打算走呢。」

老洪頭聽他要走，愕然道：「走？怎麼突然就要走了？」

董治軍道：「不是吧，我這一來你就要走，莫不是不喜歡我這個姐夫？」

羅獵笑道：「我總得有些事做，整天這麼遊手好閒無所事事也不成。」

董治軍道：「你不是牧師嗎？西開教堂就快建成了，有沒有考慮去謀個神職？」

老洪頭慌忙搖頭道：「好端端的當什麼牧師？趕緊找個老婆生幾個孩子才是正事兒。」

董治軍笑道：「爺爺，您不懂。」

老洪頭道：「我有什麼不懂的？不就是外國和尚？教堂跟廟也沒分別，一樣去裡面念經。」

羅獵不禁笑了起來，望著大碗茶，他的目光變得有些迷惘：「我在黃浦有一間小教堂，我想，是時候回去看看了。」

老洪頭滿臉錯愕，他可從未聽羅獵說起過這件事。

院門被輕輕敲響了，羅獵起身去開門，應當不是英子，她才不會如此文雅的敲門，拉開房門，卻見門外站著唐寶兒，羅獵心中一怔，唐寶兒卻是滿臉驚喜道：「果然是你，羅獵，你還記得我嗎？」

其實羅獵在昨天見到唐寶兒的時候就擔心她會認出自己，這也是他準備最近離開的原因之一，想不到唐寶兒居然去而復返而且找到了這裡。

事已至此，否認也沒什麼必要，羅獵微笑道：「當然認得，唐小姐好！」

老洪頭和董治軍兩人都知道唐寶兒，這位身分尊貴的大小姐在津門的名氣極大。他們本想起身去打招呼，可看出唐寶兒此次前來是專程拜訪羅獵的，所以他們終於還是沒有過去。

唐寶兒開門見山道：「我有事找你。」

羅獵邀請她道：「進來坐。」

唐寶兒搖了搖頭道：「還是出去說。」她向老洪頭和董治軍擺了擺手，笑道：「打擾了！」笑起來露出兩顆可愛的兔牙，這位千金小姐為人處世倒是平易近人。

羅獵跟老洪頭說了聲，陪著唐寶兒一起離開，兩人來到校園東側的樹林，已是深秋，樹葉金黃，桔色的陽光透過樹葉投射到樹林中，留下深淺不一的斑駁樹影。

唐寶兒踩著鬆軟的樹葉，雙手拎著做工精美的黑色皮包，她本想走得更休閒優雅一些，可羅獵的步子很大，於是她不得不加快腳步，心中埋怨羅獵的表現有些不夠紳士了。

羅獵似乎意識到了這一點，在小路上停下腳步，習慣性地摸出一盒香煙，禮貌地徵求了一下唐寶兒的意見。

唐寶兒點了點頭，她並不介意男人抽煙，她自小遊學列國，雖然長著東方面孔，可內心卻包容開放，她甚至有些喜歡男人抽煙的樣子。

羅獵點燃了香煙道：「不好意思，昨天沒顧得上跟你打招呼。」

唐寶兒笑道：「我當時也沒認出你，只是覺得背影有些熟悉，我離開之後越想越是熟悉，所以就給青虹打了個電話。」

聽到葉青虹的名字，羅獵拿煙的手明顯停頓了一下，秋風吹過，將煙灰吹散，羅獵將香煙重新叼在嘴裡，瞇起雙目望著頭頂被陽光照射成為半透明的樹葉，輕聲道：「她也在津門？」

唐寶兒搖了搖頭道：「她在黃浦，就是她讓我過來找你。」

羅獵點了點頭，心中還是感到一陣溫暖，這個世界上還是有記掛著他的人，他和葉青虹相識於一場陰謀，他們之間確切的關係應當是雇傭關係，在穆三爺死後，他們的這種關係就不復存在了。

記得在北平分別之時，葉青虹曾經提出要和他一起前往歐洲，可最終還是被他拒絕了，不知不覺已經過去了大半年，他本以為葉青虹去了歐洲，或許永遠不會再踏上中華的土地，畢竟這片土地帶給她太多的傷害，可從唐寶兒口中又聽到葉青虹人在黃浦的消息。

羅獵首先想到的是穆三壽留下的財富，葉青虹的回歸難道和那些財富有關？

唐寶兒道：「青虹一直都在想著你。」

羅獵因唐寶兒的表述而皺起了眉頭。

唐寶兒歎了口氣道：「真是不明白，她對你這麼好，人那麼優秀，你為什麼連一點反應都沒有？」

羅獵笑了起來：「依唐小姐的意思我應當怎麼反應？」

唐寶兒道：「我若是你，一定會愛她愛得無法自拔！」

羅獵哈哈大笑起來。

唐寶兒卻被他的笑聲刺激到了，跺了跺腳道：「笑什麼？你知不知道青虹剛剛回到歐洲就生了場大病，病還沒好就決定回來找你，你失蹤的這段時間，她去過滿洲，去過北平，來過津門，去過每一個你可能去的地方，就是為了找你。」

說這話的時候她的眼睛閃爍著晶瑩的淚光，明顯被葉青虹的癡情所感動了。

羅獵抽了口煙道：「她曾是我的雇主，我和她甚至連普通朋友都算不上。」

唐寶兒瞪圓了雙眸：「你……你好無情啊！」

羅獵道：「你還小，感情的事情你不懂。」

唐寶兒憤怒地握緊雙拳，面孔漲得通紅：「我當然懂，我又不是沒戀愛過，羅獵，我本來不想說，青虹得了絕症，醫生說她的生命不會超過三個月！」

羅獵愣住了，直到風將煙灰吹到手上，灼痛方才讓他回到現實，如果說他對葉青虹沒有過心動沒有任何的感情那是欺騙自己，可是在顏天心出事之後，他已經不再考慮任何關於感情的問題。停頓了一下，他向唐寶兒道：「唐小姐的故事說得不錯。」

唐寶兒拉開手袋，從中取出一份病歷遞給羅獵：「你看清楚了。」

羅獵猶豫了一下還是接過了病歷，病歷用德文書寫，來自於世界聞名的德國腦科醫院，葉青虹得了腦瘤，診斷時間是在七個月以前。

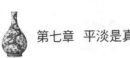

唐寶兒道：「需不需要我翻譯給你聽？」

羅獵搖了搖頭，他將病歷還給了唐寶兒：「什麼時候的事？」

唐寶兒道：「她回到歐洲，就始終頭疼，於是去做了檢查，經過診斷，確診顱內有一個瘤，醫生勸她手術，不過手術風險很大，她毫不猶豫地拒絕了手術，第一時間購買了歸程的船票，她雖然不說，可是我知道，她就是為了在有生之年見你最後一面。」

唐寶兒以為自己的話會讓羅獵感動，可是看到的仍然是一副風波不驚的面孔，她怒急了，指著羅獵的鼻子罵道：「你有沒良知啊？青虹對你這樣難道你連一點都不感動？」

羅獵道：「我受不起，你也無需站在道德的高點來指責我，我再說一遍，我和葉青虹之間最多只是普通朋友的關係，我相信，以她的為人絕不會將心中的秘密告訴你。」

唐寶兒宛如被踩了尾巴的貓一樣尖叫起來：「我是她最好的朋友。」

羅獵重新點燃了一支香煙：「我不是！」

唐寶兒面對羅獵一點辦法都沒有，她眼圈紅了，委屈地吸著鼻子，努力想流出眼淚，這傢伙真是鐵石心腸：「青虹愛上你真是瞎了眼睛。」

羅獵抽了口煙，指了指唐寶兒手中的病歷道：「弄出這樣一份病歷花費了你不少功夫吧？」

「什麼？」唐寶兒臉上的愕然旋即又變成了憤怒：「你居然懷疑我？」

羅獵道：「病歷很專業，可上面的墨水絕沒有七個月，如果你把日期控制在三天以內更可信一些，德文雖然不錯，可七個月前，德國的這家腦科醫院已經毀於戰火。」

唐寶兒本以為天衣無縫的騙局居然被羅獵這麼容易就無情拆穿，她仍然堅持，不肯認輸：「說得跟你去過一樣，青虹沒有說錯，你太多疑。」

羅獵道：「就算沒有這份病歷，我一樣能夠看出你在撒謊。」

「你才撒謊……」唐寶兒已經開始動搖。

羅獵道：「你太單純，說謊話的時候眼神有些飄忽，而且你以為能夠將我騙過，內心中的得意已經掩飾不住流露出來了。」

唐寶兒的睫毛垂了下去：「我沒撒謊，要不你去黃浦親自去問青虹。」

羅獵望著這個一心想成人之美的大小姐，唇角露出一絲笑意：「無論怎樣，詛咒自己的好朋友得了絕症總不是什麼好事。」

「我沒撒謊……」唐寶兒的聲音已經徹底沒了底氣。

羅獵道：「葉青虹不知道你這麼做吧？」

唐寶兒切了一聲道：「說得跟你很瞭解她似的。」

羅獵微笑道：「算不上瞭解，可葉青虹如果想騙我，手段肯定高明一些。」

唐寶兒聽出他是在說自己的方法太笨，這會兒窘迫極了，恨不能找個地縫鑽進去，不過她也沒那麼容易服輸，事已至此只能拿出大小姐的刁蠻勁頭：「羅獵，我有沒有幫過你？」

羅獵點了點頭，唐寶兒幫過自己的忙，這是事實，他必須要承認。

唐寶兒道：「你是男人大丈夫，受人滴水之恩當湧泉相報對不對？」

羅獵道：「說吧，讓我做什麼？」

唐寶兒道：「跟我一起去黃浦見葉青虹。」提出這個要求其實唐寶兒是心虛的，她知道羅獵十有八九會拒絕。

羅獵居然並沒有做太多的考慮，就愉快地點了點頭道：「好！」

這下輪到唐寶兒不相信了，她眨了眨眼睛：「你沒騙我？真沒騙我？」

羅獵道：「沒騙你，我這個人不喜歡欠人情，這次的事後，咱們兩清了。」

「兩清了，哈哈，兩清了！」

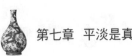

羅獵雖然輕易就看穿了唐寶兒的善意謊言，可他並不是萬能的，他沒想到和自己同去黃浦的不僅僅有唐寶兒，還有一位公子哥兒，這位公子哥是唐寶兒的男友于衛國，背景非常深厚，畢竟當今的時代講究門當戶對，唐寶兒貴為政府前總理之女，能夠成為她男友的也非一般人物。

這個于衛國也有過歐洲留學的經歷，學問應當不錯，口才相當了得，長得也是風度翩翩，只是身上擁有著貴胄公子特有的傲氣，雖然對羅獵也算客氣，可羅獵仍然從他不經意流露出的神情中看出，于衛國心底是看不起自己的，甚至還把自己當成了假想敵。看得出于衛國非常在乎唐寶兒，對於一切可能接觸到唐寶兒的男性他都表現得過於警惕。

羅獵懶得招惹無謂的麻煩，也不想成為別人心中的敵人，所以在旅途中儘量避免和唐寶兒接觸，如果不是唐寶兒盛情相邀，他都懶得和他們同坐包廂。

望著車窗外流逝的風景，羅獵不由得想起唐寶兒欺騙自己的事情，如果這件事並非謊言，他又當如何反應？如果葉青虹出事，他一定會自責，每個接近他的女子都會遭遇噩運，羅獵想起了顏天心，想起了葉青虹，想起了遠在歐洲遊學的麻雀，甚至想起了至今都不知是敵是友的蘭喜妹。

「嗨！」唐寶兒的聲音在對面響起，思緒被打斷的羅獵抬起頭來，向唐寶兒笑了笑，接過唐寶兒遞來的一顆剛剛削好的蘋果：「謝謝！」他都不用回頭，就知道一定收穫了來自于衛國的嫉妒目光。

唐寶兒在羅獵的對面坐下，托著腮靜靜看著他，這讓羅獵很不自在，他笑道：「你這樣看著我，我可吃不下。」

于衛國已經起身走了過來，伸手扶住唐寶兒的椅背，滿臉笑容地望著羅獵：「羅先生，你可別辜負了寶兒的一片苦心。」

唐寶兒有些厭煩地皺了皺眉頭：「你不熱啊？」

于衛國訕訕放開了椅背，站直了身子，雖然他知道羅獵是唐寶兒閨蜜的男朋友，可心中仍然戒備十足，在他看來唐寶兒是一朵馥郁芬芳的鮮花，任何男人都會對她垂涎欲滴，唐寶兒雖然長得恬靜可愛，可絕沒到傾城傾國沉魚落雁的地步，不過如果綜合她的家世，條件之優越就少有人能及了。

于衛國和唐寶兒的關係已經受到兩家家長的認同，他也以唐寶兒的未婚夫自居，只是唐寶兒對他遠沒有他這般投入，平日相處明顯透著敷衍，一旦談及婚姻大事，唐寶兒就會岔開話題。

于衛國的家就在黃浦，為了唐寶兒他追到了津門，聽說唐寶兒要前往黃浦會友，正中他的下懷，於是理所當然地隨同唐寶兒一起回歸，只是途中多了羅獵，于衛國打心底不喜歡，明明內心不舒服，還要在表面裝出大度豁達的樣子，實在是為難了他。

于衛國拉了張椅子在唐寶兒身邊坐下，唐寶兒的表情已經明顯透著厭煩了，她自小在國外生活，說起來在國外的時間要比國內還要長，接受西方教育的結果讓她早早就形成了自由平等的觀念，這觀念甚至影響到她的婚姻戀愛觀，于衛國不是她第一個男朋友，唐寶兒也沒將他當成自己這輩子的歸宿，兩家是世交，她不忍拂了長輩的好意，在她看來和于衛國縱然將來無法成為戀人，能夠成為朋友倒也不錯。

更何況于衛國家世良好，長得也算英俊，還有留學的經歷，唐寶兒本以為兩人能有不少的共同語言，可沒想到于衛國的留洋經歷並沒有讓他發生太大的改變，表面上西化，可內心卻還是極其封建傳統的，最讓唐寶兒鬱悶的是，于衛國的心胸不夠開闊。

在這次的旅途中，于衛國種種針對羅獵的行徑和他時不時流露出的優越感讓唐寶兒越發感到厭煩。

羅獵的目光何其犀利，早已看出了兩人之間的裂痕，他並不想被人針對，也不想被人利用，很快將唐寶兒給他的蘋果吃完，擦淨雙手站起身來：「你們聊

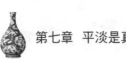

著，我去外面抽一支煙。」

于衛國煞有其事地奉勸道：「羅先生煙癮很大，抽煙對身體可不好。」

唐寶兒道：「抽煙的男人才有魅力。」

于衛國的臉皮有些發燒，內心中的妒火又燃燒了起來。

羅獵禮貌地笑了笑，快步走出了包廂來到兩節車廂的連接處，拉開窗子，一股冷風灌了進來，畢竟是深秋了，羅獵豎起了風衣的衣領，掏出香煙，抽出一支叼在唇上。

唐寶兒居然跟了出來，來到羅獵對面舉起火機打著，羅獵微微怔了一下，還是湊了過去將煙點燃，唐寶兒指了指羅獵的香煙，找他要了一支，自己也點上了，剛抽了一口就劇烈咳嗽了起來。

羅獵看她抽煙的架勢就知道她沒有抽煙的經驗，不由得笑了起來：「不會抽就別逞能。」

唐寶兒橫了他一眼：「誰不會啊？雪茄我都抽過！」嘴上雖然強橫，可剛才的那口煙已經把她嗆得流淚，無論如何也不敢嘗試第二次了。

羅獵道：「他對你不錯，沒必要總是折磨人家。」

唐寶兒輕蔑地撇了一下嘴唇道：「自己犯賤怪誰？」

此時列車即將到站，前方應當是錫城了，距離黃浦已經不遠，羅獵也不想夾在唐寶兒和于衛國之間，心中期望著儘早抵達黃浦，這樣他就能夠擺脫這一路無趣的煎熬了。

「抓賊啊！」聲音從包廂內傳來，羅獵和唐寶兒都是一怔，羅獵率先推門衝了進去，卻見于衛國梳得一絲不苟的頭髮散亂著，他指著包廂的後門道：「有賊，把咱們的行李給搶走了。」

羅獵向行李架上掃了一眼，發現少了幾件行李，其中就包括自己的皮箱。

第八章

錯過的感情

錯過的火車還會有下一班，錯過的感情還會不會重來？
葉青虹坐在春熙茶樓靠窗位置，過去這位置屬於穆三壽，
穆三壽死後，這位子就不再專門保留，
葉青虹返回黃浦後，把這張桌子長期包了下來，
她很少過來，算上今天也不過只有三次。

唐寶兒氣得直跺腳：「你不會追啊？」

于衛國道：「老張和老陳追出去了。」他口中的兩個人是他的保鏢。

羅獵向唐寶兒道：「你留下。」他快步衝向後門，只追出一節車廂，就看到了兩名保鏢，兩人氣喘吁吁地站在那裡，看來已經放棄了。

羅獵道：「人呢？」

兩人搖了搖頭道：「跑了。」

羅獵道：「你們剛才不是在車廂裡嗎？」

兩人道：「他們有槍啊！」

羅獵心中充滿了懷疑，其實他的皮箱內只有幾件換洗衣物，並沒有什麼重要的東西，羅獵總覺得這件事和幾人有關，他也不點破，轉身回到包廂，此時火車也到站了。

這段時間唐寶兒也檢查了一下物品，她倒是沒丟任何東西，一共丟失了三個箱子，除了羅獵的一個其餘的都是于衛國的。

唐寶兒將所有的怨氣都發洩到于衛國的身上：「三個大男人連幾個箱子都看不住。」

于衛國道：「他們蒙著臉衝進來，手裡都有槍，我們哪敢反抗？」

羅獵道：「算了，誰也不想，待會兒給乘警報案。」

唐寶兒可不相信員警的效率：「報案又有什麼用？只怕那些劫匪早就下車了。」她向羅獵關切道：「你有沒有丟失什麼重要的東西？」

羅獵正想回答，卻聽于衛國指著窗外叫道：「我的箱子！」

羅獵順著他所指的方向望去，卻見下車的人群中果然有一個帶著鴨舌帽的黑衣人拎著兩個箱子快步前行，羅獵看得真切，其中一個箱子恰恰是自己的。

羅獵雖然懷疑整件事都是于衛國的圈套，可看到自己的箱子沒理由不找回來，他迅速衝出車廂向外走去，于衛國在身後叫道：「羅先生，別追了，又沒丟什麼重要東西。」

唐寶兒不禁道：「你以為別人都像你那麼窩囊？」

于衛國抬起手腕道：「火車就要開了，我是擔心他趕不及回來，萬一趕不上火車豈不是得不償失？」

唐寶兒聽他這麼說頓時也急了，抬腳就跟了出去，于衛國可沒想到她會跟著下車，趕緊去追唐寶兒，兩名保鏢也傻了眼，後面叫道：「少爺，少爺……火車快開了……」

于衛國氣急敗壞道：「那就讓火車等著。」

于衛國雖然有錢有勢，可這列火車不會為了他專門停下。

那名帶著鴨舌帽的男子手拎兩隻皮箱走得很快，羅獵雖然步伐不慢，可是下車的人群川流不息，每次就要接近都被人群所阻。

那男子出站之後，上了黃包車，羅獵隨後來到火車站外，也叫了輛黃包車，讓車夫緊跟前方的男子。

羅獵也不心急，並沒有讓車夫加快速度超越那名拿箱子的男子，他心中對今日發生的事情大概有了判斷。兩輛黃包車一前一後在錫城的小巷內行進，來到一座不知名的拱橋前方，前方的黃包車停了下來，那名帶著鴨舌帽的男子下了車，不慌不忙地付了車資。

羅獵也下了車給了車錢，卻見那名男子拎著兩隻箱子不緊不慢地走到拱橋之上，他應當已經覺察到有人在身後追蹤，在拱橋的最高處，那男子緩緩轉過身來，他生得濃眉大眼，皮膚微黑，這張面孔對羅獵而言是非常陌生的，此前他從未見過這個人。

羅獵道：「朋友，你好像拿錯了行李！」

那名男子笑了笑，突然一抬手，將兩個箱子同時扔向河中。

羅獵皺了皺眉頭，他意識到對方的目的絕不是為了得到兩個箱子，而是要利用這兩個箱子將自己引到這裡，到現在他已經能夠斷定這是一個局，而且是于衛國布下的局，眼前的這名男子應當是于衛國雇傭。

那男子道：「是我把你丟下去，還是你自己跳下去？」

羅獵笑了起來，他點了點頭道：「于公子給了你多少錢？」

那男子道：「我不認識什麼于公子。」兩根鐵棍從他衣袖中滑落，鐵棍在手，他從拱橋的頂端大步衝了下來，衝到半程騰空一躍，鐵棍向羅獵劈面打去。

羅獵靜靜望著那名男子，雖然他在和雄獅王的生死搏殺中受到重創，至今元氣都沒有恢復，可是並不代表著他失去了戰鬥力，事實上他的眼界和判斷在那場戰鬥之後得到了很大的提升。

羅獵伸出手去，宛如太極中的野馬分鬃，雙手準確無誤地將揮來的鐵棍抓住，順勢一抓，已經將對方的力量化解大半，然後抬腳就踹在那男子的小腹上，羅獵已經很久沒有跟人發生近身格鬥，此番出手無論是力量還是速度都大為減退，可是他對時機的把握卻遠勝從前，出擊的力度和時機都非常巧妙，所以殺傷力反而提升不少。

那名男子被羅獵一招制住，踢得向後飛起，重重摔落在拱橋前方的青石板路面上。

羅獵也不急於追擊，雙手握著從那名男子手中奪來的鐵棍，掂量了一下道：「你還沒回答我的問題。」

那男子摔得不輕，忍著痛從地上爬起來，心中明白遇到了狠角色，不過他仍然向羅獵衝了上來，羅獵向前跨出一步，鐵棍擊落在他的額頭上，另外一根鐵棍橫掃在那男子的腹部，男子先後中了兩記擊打，一屁股坐在了地上，這次爬起來之後再不敢向羅獵發動進攻，轉身就逃，羅獵豈容他逃走，揚起手中鐵棍扔了出去，鐵棍砸在那男子的膝彎，奔跑中的男子失去平衡撲通一聲摔倒在了地上。

此時身後傳來急促的哨子聲，卻是唐寶兒叫了員警追趕過來，看到羅獵無恙方才放下心來，兩名員警走過去將那名男子銬了。

那男子恨恨看了羅獵一眼，可是遭遇到羅獵威懾力十足的目光又膽怯地垂下雙目。

于衛國帶著兩名保鏢隨後趕到，看到竊賊被抓，也是吃了一驚，裝模作樣來到羅獵的面前道：「羅先生沒事吧？」

羅獵笑了笑，搭在于衛國的肩膀上將他拉到河邊，低聲道：「你說怎麼辦？」

于衛國心中一驚，佯裝鎮定道：「什麼怎麼辦？」

羅獵道：「你我心知肚明，要不要我把事情的真相告訴唐小姐？」

于衛國的臉色立時變了，那名男子也是他的保鏢之一，一路上負責暗中護送，怪只怪于衛國心眼太小，又自作聰明，所以才辦了這麼件混帳事，其實那名被抓的男子並未將他交代出來，可兵不厭詐，羅獵連哄帶騙已經讓于衛國亂了方寸，于衛國回頭看了看唐寶兒，他對唐寶兒還是極其在意的，如果讓唐寶兒知道真相，必然不會輕易諒解，他們之間的關係恐怕也要到此終結，于衛國壓低聲音道：「你想怎麼辦？」

羅獵朝河水中努了努嘴，兩隻箱子並未漂遠。

于衛國明白了他的意思，大聲道：「老張，老陳，趕緊去河裡把箱子給撈上來。」

羅獵道：「三千個大洋。」

「什麼？」于衛國萬萬想不到羅獵居然會趁火打劫。

羅獵道：「五千了。」

于衛國道：「你……是不是有點過分……」

「一萬！」

于衛國不敢再討價還價了，一萬塊大洋數目雖然不少，可比起他和唐寶兒的未來，這算不得多，只能先答應他，等到了黃浦再想辦法找回面子，他點了點頭，表示答應。

羅獵向他伸出手去。

于衛國愕然道：「現在就要？我可拿不出那麼多，總得給我點時間。」

羅獵道：「那就先給三千，其餘的給我寫個欠條，簽字畫押。」

于衛國現在才算真正瞭解到羅獵的厲害，如果他對羅獵的實力多一些瞭解，也不會冒失到這種地步，現在說什麼都晚了，羅獵不但借機訛詐了他一筆，還要他寫下欠條，牢牢卡住了他的七寸。

于衛國咽了口唾沫道：「你得答應我，決不可將今日之事告訴寶兒。」

羅獵點了點頭，其實他已經看出，就算自己不把這件事告訴唐寶兒，唐寶兒和于衛國的感情也不會長久，從唐寶兒的目光中就能夠看出她對于衛國的鄙視，試問哪個女人又甘心嫁給一個被她打心底瞧不起的男人？

錯過的火車還會有下一班，錯過的感情還會不會重來？葉青虹坐在春熙茶樓臨江靠窗最好的位置，過去這個位置屬於穆三壽，在穆三壽死後，這位子就不再專門保留，葉青虹返回黃浦之後，又把這張桌子長期包了下來，雖然她很少過來，算上今天也不過是只有三次。

浦江上的船隻還是來來往往，每個清晨都重複著這樣的忙碌，坐在這裡，葉青虹終於可以體會到穆三壽的孤獨和寂寞。她約了人，雖然並不是她最想約見的那一個，可至少可以從她的嘴裡得到不少有關於羅獵的消息。

葉青虹知道羅獵在昨日和唐寶兒一起回到了黃浦，雖然她心中無數次升起想要和羅獵相見的衝動，可是女性固有的矜持和自重讓她又選擇放棄。葉青虹優雅地飲著早茶，她開始學會適應國內的生活，改變用麵包咖啡迎接新的一天的習慣，這樣的生活並沒有太久，可是她卻開始喜歡了。

或許她骨子裡流著更多的是中國人的血。

放下潔白無瑕的德化白瓷，抬起堪比瓷器般細膩的手腕，看了看腕錶，時間已經是早晨九點二十，距離她們約定的時間已經過去了二十分鐘，葉青虹無奈地歎了口氣，唐寶兒一定又睡過頭了。

如果不是想得到羅獵的消息，葉青虹早就失去了耐心，她百無聊賴地望著窗外的江景，直到九點三十五分，唐寶兒方才風風火火地趕了過來，還沒坐下就接連抱歉道：「不好意思，不好意思，我睡過頭了。」

葉青虹道：「反正我也沒什麼事，在這兒看看風景倒也不錯。」

唐寶兒點了早茶和茶點，望著葉青虹笑了起來。

葉青虹道：「笑得跟隻兔子一樣，是不是又在打什麼鬼主意？」

唐寶兒道：「這次你可要好好謝我，我費了好多唇舌才把羅獵請回來。」

葉青虹道：「我可沒說要見他，再說了，他那個人如果自己不想回來，你就是用八抬大轎也休想把他請來。」

唐寶兒一聽傻了眼，眨了眨眼睛道：「照你這麼說我一點功勞都沒有，你一點都不感激我？算了，傷自尊了，我走了！」

葉青虹故意板起面孔道：「你敢，給我坐下！」

唐寶兒一副受驚的樣子，瞪圓了雙眸道：「你別吼我，人家膽子小。」

兩姐妹對視著，終於繃不住同時笑了起來，葉青虹道：「他去了哪兒？」

唐寶兒故意不說話，剛巧侍者送茶點過來，她開始慢吞吞地吃。

葉青虹終於沉不住氣，腳在桌下踢了唐寶兒一下。

唐寶兒道：「哪個他啊？」

葉青虹道：「唐寶兒，你再跟我繞彎子，我可就走了。」

唐寶兒知道她的性子說得出做得到，反正也吊住了葉青虹的胃口，拿起餐巾擦了擦唇角，笑道：「我是真不知道，下了火車他就跟我分道揚鑣了。」

葉青虹白了她一眼，說了那麼多等於白說。

唐寶兒神秘一笑道：「不過我多長了個心眼兒，派人去跟蹤他，發現他去了法租界的一間小教堂，地址就在這裡。」她拿出一張紙，向葉青虹炫耀著。

葉青虹並沒有看那張紙，其實她不問就能猜到羅獵是返回那座小教堂，她發現其實自己對羅獵的瞭解遠比自己認為的要多，只要她想見羅獵隨時都可以，真正阻礙她和羅獵見面的是她心底的莫名畏懼，連她也說不清到底為了什麼。

唐寶兒還以為得到寶似的：「想不想知道？你可得請我好好吃一頓。」

葉青虹道：「好啊！」

唐寶兒愉快地將地址遞給了葉青虹，而後道：「羅獵真的很帥啊！」

葉青虹有些詫異地看了她一眼：「你該不是喜歡上他了吧？」

唐寶兒道：「就算喜歡也很正常啊，證明你的眼光不錯。」

葉青虹道：「別誤會，我跟他只是普通朋友。」

唐寶兒笑道：「他說跟你是雇傭關係，連普通朋友都算不上。」

葉青虹的內心咯噔一下，雖然她無法斷定羅獵的這句話究竟是不是出自真心，可她敢確定唐寶兒說的肯定是實話，勉強笑道：「是啊，我雇了他，不過現在已經結束了。」

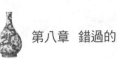

唐寶兒道：「我看未必。」她端起茶杯打量著葉青虹道：「別忘了，我可是感情上的專家。」

葉青虹禁不住笑了起來。

唐寶兒道：「笑什麼？有什麼好笑？」

葉青虹道：「聽說于衛國也跟你一起回來了？」

唐寶兒道：「他是他我是我。」

「怎麼？你們是不是鬧矛盾了？」葉青虹有些好奇。

唐寶兒道：「不是鬧矛盾，也沒那必要，本來我和他就互不瞭解。」

葉青虹道：「前陣子不是已經談婚論嫁了？」

唐寶兒道：「沒有的事，我怎麼可能喜歡他？我現在總算明白了，我是不可能為了家裡人而犧牲個人感情的。」她停頓了一下道：「這都怪你。」

葉青虹愕然道：「怪我什麼？跟我又有什麼關係？」

唐寶兒道：「跟羅獵一比，他于衛國就是一塊垃圾。」

羅獵此時正被福音小學的孩子圍攏著，過去在黃浦的時候，他經常來這裡給孩子們送禮物，講故事，出去了這麼久，當年的那些孩子明顯長大了，不過福音小學又招收了不少的新生。

讓羅獵欣慰的是，他離開的這段時間，福音小學的教學條件明顯改善了不少，校舍房屋得到了修葺。羅獵這次過來又捐助了三千塊大洋，這錢是于衛國給他的封口費，還有一張七千大洋的欠條。用不了多久，就會送到他的小教堂。

羅獵在物質上從來都沒有過高的要求，他年輕的生命卻已經歷了太多的跌宕起伏，見慣了人世間的悲歡離合，心中反倒更嚮往一種平靜。他卻知道，自己這樣的人永遠都無法得到平靜，隨遇而安的生活不屬於自己，用不了多久就會有麻煩不斷地找上自己。

羅獵抽出時間為孩子們講了一堂課，不是什麼國學經典，也沒有長篇大論，只是講了一些他的見聞，對孩子們來說，外面的世界是新奇而神秘的，羅獵在講述的同時突然意識到自己對這片家園，對家園的每一寸土地竟是如此的熱愛。

羅獵準備離開的時候，卻發現早有人在校園外等著自己，三輛黑色轎車整整齊齊排列在路邊，羅獵經過的時候，中間那輛車下來了一名保鏢，他恭敬拉開了車門，從汽車內下來了一名身穿月白色長衫，禮帽墨鏡的男子。

羅獵第一眼就認出那男子就是白雲飛，內心中難免感到有些錯愕，畢竟他在前不久才從董治軍口中聽說白雲飛已經死亡的消息，董治軍言之鑿鑿還說親眼看到了白雲飛的屍體。

耳聽為虛眼見為實，當活生生的白雲飛出現在羅獵的面前，羅獵知道董治軍所看到的絕非事實，以他對白雲飛的瞭解，一直都認為白雲飛沒那麼容易死掉。

白雲飛站在那裡，腰杆挺直，他的身材雖然不高，可是因為自小的舞台功底，在任何時候總會給人一種玉樹臨風的感覺。一名保鏢慌忙撐起一把傘，想要為白雲飛遮住上午強烈的陽光。

白雲飛擺了擺手，示意不必多此一舉，他微笑望著羅獵道：「羅老弟，別來無恙？」

羅獵故意裝出有些迷惘的樣子：「您是……」

白雲飛非但沒有覺得羅獵失禮反而從心底讚賞他的智慧，在公開的消息中自己已經是一個死人，這世上已經沒有了白雲飛這個名字，羅獵的這番話透露出他過人的智慧和謹慎，白雲飛道：「真的假的？你連我穆天落都不認識了？」

穆天落？穆得自於穆三壽的姓氏，白雲飛的身分是穆三壽的本家侄子，雲在天上，因飛而落，穆三壽死於圓明園地宮，白雲飛從地宮中脫險之後，搖身一變成為了穆三壽的本家侄子，化名穆天落，來到黃浦，接過了穆三壽的衣缽，在繼承穆三壽黃浦產業的同時也接管了他龐大的江湖勢力。

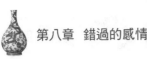

白雲飛做了個邀請的手勢，羅獵並沒有猶豫，進入了汽車。

對黃浦，羅獵已經非常熟悉，這裡算得上他的半個家鄉，白雲飛雖然已經在這裡紮根，卻還沒有將這裡當成他的家鄉，自從來到這裡之後，他看到了一片新奇的世界，黃浦和津門不可同日而語，他的野心他的權力欲在繼承穆三壽衣缽之後得到了前所未有的滿足。

白雲飛感覺到這個世界還是公正的，有失就必有得，只是他沒有想到一切來得那麼快。

春熙茶樓，白雲飛請羅獵過來享用下午茶的同時剛好可以欣賞浦江的風光，他沒有選擇穆三壽的位子，因為他覺得那位子並不吉利，而且據說有人長期包下了那裡，白雲飛做事的風格和穆三壽完全不同，他包下了春熙茶樓的整個頂層平台，這樣就沒有人可以打擾到他們，這樣他們就可以暢所欲言。

羅獵隨同白雲飛走入茶樓的時候，他居然聞到了一股屬於葉青虹的體香，在天廟那場生死搏殺之後，他認為自己方方面面的感覺都出現了不同程度的退化，甚至連嗅覺都變得不那麼靈敏，羅獵聞到這股香味的時候總覺得是自己的錯覺。

他下意識地向周圍看了看，並沒有看到葉青虹的身影，於是跟著白雲飛來到早已清場的頂層平台之上。

秋日下午的陽光剛好，頂層平台上雖然擺了不少的桌椅，可是並沒有客人，如果不是白雲飛的一擲千金，這個時段本應當人滿為患。

正中的那張桌子鋪著白色的桌布，桌上放著一個淡藍色的琉璃花瓶，花瓶內恰到好處地插著一束黃色的雛菊，藍黃相襯，藍色顯得越發深邃，黃色變得越發鮮豔。

白雲飛拿起桌上白色的手帕擦了擦手，他的雙手保養得很好，宛如女子般白嫩，羅獵卻沒有輕視這雙手的意思，他見識過這雙秀氣的手蘊含的真正力量。

白雲飛道：「喝什麼茶？」

羅獵道：「祁紅吧。」

白雲飛點了點頭，叫來服務生點了一壺上好的祁紅，又安排了一些茶點。

羅獵還是第一次到這裡來，他的目光落在不遠處的浦江之上，午後的陽光讓人不由自主產生了慵懶的意味，羅獵本以為自己早已熟悉了這座城市，可坐在這裡卻發現這城市似乎和過去有些不同。城市還是過去的城市，只是角度不同。

白雲飛抿了口茶，慢條斯理道：「羅老弟最近在何處高就？」

羅獵微笑道：「倒是想往高處走，可位置全被穆先生占了，我只能往下。」

白雲飛哈哈大笑起來，拿出一盒香煙遞給羅獵，羅獵也沒客氣，從中抽了一支點燃，白雲飛來找自己絕不可能是為了敘舊，自己此次來到黃浦並未聲張，很可能白雲飛從自己下車伊始就已經開始跟蹤。

羅獵發現白雲飛沒抽煙，又將煙盒倒轉遞給了他，白雲飛笑道：「戒了。」

羅獵道：「怕傷了嗓子？」

白雲飛感歎道：「已經失去的東西再也回不來了。」

在羅獵聽來，他的這聲感慨應當另有一層含義，不過白雲飛目前的狀況好像更勝往昔，過去他的勢力只限於津門，現如今已經繼承了穆三壽的勢力和地盤，成為黃浦的一方霸主，他所失去的只不過是一個名字罷了。

羅獵並不清楚白雲飛是因何繼承了穆三壽的一切，白雲飛的手段雖然高明，可畢竟讓穆三壽的舊部接受他也並不容易。

白雲飛道：「你一定很奇怪，我怎麼變成了穆天落，又怎麼接替了穆三爺的位置。」在白雲飛的內心深處對穆三壽還是充滿感激的，如果不是穆三壽臨死前授權，他也不可能在短時間內東山再起乃至再回巔峰。無論別人怎麼看穆三壽，無論穆三壽曾經做過什麼，白雲飛都認為穆三壽對自己有恩。

白雲飛從來都是恩怨分明的人，對仇人他絕不留情，對恩人他會以禮相待。

羅獵道：「穆先生乃是福澤深厚之人，有怎樣的際遇都不足為奇。」

白雲飛哈哈大笑起來，他將手中的茶盞放下，打量著羅獵，緩緩搖了搖頭，傳達的意思並不明確，不知是否定還是另一種方式的贊許。白雲飛道：「羅老弟，我此前從未見過你這樣的年輕人，你比我小這麼多，可對這世上的事情看得卻比我透徹，知不知道我最佩服你什麼？」

羅獵道：「我一個清貧牧師，還有什麼值得穆先生佩服的地方？」

白雲飛道：「你明明洞察一切，可偏偏與世無爭，你這樣的人無論在任何地方都可以輕易做出一番大業，你若是處在我的位置上，恐怕整個黃浦都會被你踩在腳下。」

羅獵不置可否地笑了，彈去手中的煙灰。

白雲飛話鋒一轉又道：「有時候我真懷疑你的年紀。」

羅獵道：「我的心態的確老了。」

白雲飛道：「心機深不可測才對。」

羅獵笑道：「看來在穆先生的心底，我不算好人。」

白雲飛反問道：「在羅老弟心裡，我算不算好人？」

羅獵望著白雲飛，白雲飛望著羅獵，雖然羅獵並未給出答案，可兩人還是同時笑了起來，羅獵的心底白雲飛自然算不上什麼好人，自己曾經有恩於他，可白雲飛為了自身的利益仍然甘心為穆三壽所用，甚至不惜恩將仇報，在圓明園地宮，只是因為形勢所迫才改弦易轍跟自己聯手，這樣的人根本不是可以共患難的朋友，雖然不是好人，可至少目前算不上敵人。

白雲飛清楚自己在羅獵心中的形象，感歎道：「人就像一塊石頭，暴露在風塵中會慢慢風化，投入水裡，又會被日積月累的水流磨去稜角。**這個世界想要改變自己很容易，唯獨做原來的自己很難**，這也是我最佩服羅老弟的地方，在紅塵俗世之中居然還可以守住本心。」

羅獵道：「因為我懶，所以懶得改變。」

白雲飛道：「變則通，在如今的世道，不變就意味著被社會所淘汰。」

羅獵微笑道：「優勝劣汰，這個世界上總得有人被淘汰。」他將煙蒂在煙灰缸內摁滅，認為白雲飛今天的開場白已夠長，白雲飛找自己絕不可能只是為了敘舊，這樣的人不會做任何無意義的事情，尤其是在經歷了人生的大起大落之後，他會變得更珍惜今日擁有的一切，更加不會將時間浪費在不相干的人或者事上。

羅獵不想提問，雖然他心中已經升起結束這種試探不斷，卻遲遲沒有切入主題的談話，可正如他自己所說，他懶，而且在甘邊的事情之後，他對周圍的一切漸漸失去了興趣，多一事不如少一事，你白雲飛既然不願說，我才沒興趣問。

白雲飛對羅獵的耐性是心服口服，羅獵比自己還要年輕好幾歲，居然這麼沉得住氣，白雲飛道：「羅老弟記不記得咱們此前在圓明園的事情？」

羅獵點了點頭。

白雲飛道：「穆三爺臨終之前將他從不離身的旱煙送給了我，這其中有些秘密。」在這件事上他表現得非常坦誠。

羅獵卻已經意識到白雲飛必然遇到了麻煩，而且他應當有求於自己，否則他絕不會將這樣的秘密告訴自己，羅獵道：「有些事適合藏在心裡。」

白雲飛笑道：「那要分對誰，我之所以能夠繼承穆三爺在黃浦的產業，全都是因為那煙杆的緣故，可能我不是穆三爺最好的繼承人，但是在當時那種狀況下，他或許已經沒了選擇。」

羅獵道：「換成別人一定不如你做得好。」

白雲飛心底其實也是那麼認為，他歎了口氣道：「其實那煙杆落到任何人的手中都是一樣，都一樣可以坐在這個位置上。」說到這裡，他停頓了一下，向羅獵湊近了一些，壓低聲音道：「我發現了穆三爺的一些秘密。」

羅獵心中一怔，難道他發現了穆三壽和葉青虹之間的恩怨？

白雲飛道：「穆三爺在黃浦能夠擁有昔日之地位絕非偶然，這些年來，他刻苦經營，和黃浦市府和租界領事之間的關係都非常融洽，組織內部也上下協同合作，精誠一致，他的領導能力毋庸置疑。」

羅獵道：「我對他的瞭解不多。」

白雲飛道：「任忠昌這個人你有沒有聽說過？」

羅獵搖了搖頭，心中卻想起自己和葉青虹相識的那個夜晚，就是在藍磨坊，陸威霖在眾目睽睽之下刺殺了贛北督軍任忠昌，他和瞎子也是因此而捲入了一場波譎雲詭的紛爭。

在羅獵看來那件事早已塵埃落定，任忠昌、劉同嗣、蕭天行、劉德成這些人都是當年瑞親王奕勳身邊的親信，而這群人又對主子的財富產生覬覦之心，共同導演了一齣謀財害命的鬧劇，只不過奕勳也非等閒之輩，設下層層圈套讓這群人最終未能如願，還讓他們彼此之間相互猜忌，互相殘殺。不過這件昔日的恩怨，隨著所有當事人的死亡結束。

現在白雲飛又提起了這件事，讓羅獵不禁為之一怔。

白雲飛道：「據我所知，任忠昌乃是前贛北督軍，死於法租界藍磨坊，當時羅老弟是在場的。」

羅獵笑了笑，等於是一種默認。

白雲飛道：「任忠昌遇刺這件事並沒有結束。」

羅獵道：「那就讓員警去查，我不覺得這件事跟我有什麼關係。」

白雲飛道：「我可沒說和你有關係，任忠昌雖然死了，可是任家在軍中的影響力並未動搖，他的兒子任天駿在一幫老部下的擁戴下上位，短短一年的時間內已經成功鞏固了統治地位，此人在上位之初就當著全軍將士發誓，一定要找到殺害他父親的真凶。」

羅獵點燃了一支香煙，開始琢磨白雲飛透露這資訊給自己的目的何在。

白雲飛道：「這是一樁舊案，直到現在都未曾結案，兇手在殺人後逃走，表面看起來案情的脈絡非常的清楚明朗，可仔細一琢磨，這其中的疑點可不少。」

羅獵道：「願聞其詳。」

白雲飛道：「任忠昌前來黃浦是為了購買軍火，同時也和法國領事見面，此事乃是穆三爺從中牽線搭橋，而任忠昌遇刺當晚也是應穆三爺邀請前往藍磨坊觀看演出。」他盯住羅獵的雙目意味深長道：「任忠昌遇刺之時，穆三爺的乾女兒葉青虹正在舞台上唱歌，當晚還受到殺手的劫持，據我所知羅老弟在當晚上演了一齣英雄救美的好戲，不知這一切是事先安排呢，還是巧合？」

羅獵道：「我若說都是巧合，穆先生相信嗎？」

「信！當然相信，羅老弟沒有欺騙我的必要。」白雲飛話鋒一轉又道：「只可惜這世上並不是每個人都像我一樣信任羅老弟。」

從白雲飛的這番話中，羅獵已經意識到或許自己也和葉青虹一樣被鎖定為暗殺任忠昌的疑凶，他並沒有解釋，也沒有解釋的必要。

白雲飛道：「任天駿是個很厲害的角色，他要復仇！」

羅獵道：「殺父之仇不共戴天，換成誰都會這麼做。」

白雲飛道：「咱們畢竟相識一場，說起來我還欠你的人情，所以還是提醒你一下。」

羅獵道：「謝謝！」

白雲飛道：「我有個建議！」

羅獵卻抬起手腕看了看時間：「不好意思，我還有個約會。」

白雲飛愣了一下，羅獵對自己的建議沒有任何的興趣，他應當猜到自己會提出要求，白雲飛的初衷是想跟羅獵做一筆交易，只要羅獵點頭，他就可以保證羅獵在黃浦的安全，他現在擁有這樣的實力。

白雲飛雖然有些鬱悶，可是他並未阻止羅獵的離去，羅獵太精明，這樣的人是不會輕易被人利用的，不過越是如此，他越要保持足夠的耐心。

羅獵謝絕了白雲飛派人相送，返回小教堂的途中卻下起雨來，雨來得突然，羅獵在周圍尋找避雨處的時候，剛好看到了藍磨坊，內心中不由得一動，突然生出故地重遊的想法。

走入藍磨坊，現在還只是下午，藍磨坊開門不久，按照常理本當是最清閒的時段，可沒想到裡面的客人居然不少，舞台的中心一名鋼琴師正在彈奏著輕柔舒緩的曲子，舞池中有幾名跳舞的男女，更多的人坐在自己的位置上聊天。

羅獵準備尋找一個相對僻靜的地方坐下，出於本能他朝上次曾經坐過的位子望去，這一看目光不由得定格在了那裡。

他曾經坐過的位置上，此刻坐著一位美麗的女郎，從羅獵走入藍磨坊，她的目光就再也沒有離開過他的面龐。

葉青虹雖然無數次設想過和羅獵重逢的情景，可是卻沒有料到他們的相逢居然會在這裡，又是在這樣突然的狀況下發生。

短暫的停頓後，羅獵露出一個讓葉青虹心跳加速的笑容，她意識到自己的臉有些發熱，開始責怪自己的沒出息，自己應當是臉紅了，在他的面前自己本應該表現得更加鎮定才對。

葉青虹的表現更像是一個涉世未深的少女，在沒有和羅獵見面之前她的內心充滿著渴望，可當這一刻真正來臨的時候，她居然從心底產生了懼怕，甚至有種想要逃避的感覺。

羅獵已經來到了她的面前，微笑道：「葉小姐，這裡有人嗎？」

葉青虹搖了搖頭，然後鼓足勇氣道：「這位子永遠為你保留著。」她感覺自己不夠矜持，可這句話發自於她的內心，她過去對羅獵說了太多的謊言，她必須要有所改變，必須要讓羅獵知道她對他的在乎。

羅獵禮貌地笑了笑，摘下禮貌，脫下風衣，交給恰巧趕到身後的侍者，然後在葉青虹的對面坐了下來。

葉青虹打量著羅獵，一雙隱隱發藍明眸掩飾不住幸福的光彩，她意識到在和羅獵分別的這段日子裡，她的心中念的想的都是他，她已經無法否認愛上羅獵的事實。

「外面下雨了？」葉青虹道。

羅獵點了點頭，從葉青虹的問話中，他判斷出她在這裡應當已經有很長的一段時間，一個人在這裡做什麼？難道葉青虹重操舊業，又在這裡表演起了歌舞？

「來多久了？」他輕聲問道。

葉青虹道：「這裡還是黃浦？」羅獵問得有些含糊。

羅獵笑了起來，露出滿口潔白整齊的牙齒：「我和唐寶兒一起過來的。」

「我知道。」

兩人相互望著，然後同時笑了起來，如果說羅獵的笑容是正午的陽光，葉青虹的笑容就是融化冰雪的春風，其實他們早已相互知道了對方的下落，同在一個城市，卻並未在第一時間相見，選擇逃避的不僅僅是葉青虹，葉青虹因此也猜到羅獵心中並非沒有她的位置，他也同樣不知怎樣面對自己。

葉青虹道：「寶兒把所有的事情都告訴我了，我罵了她一頓，居然咒我得了絕症。」

羅獵道：「她也是一片好心。」

「什麼好心？」葉青虹問完不由得尷尬了，唐寶兒的好心自然是想方設法撮合她和羅獵，這明擺著的事情自己居然還要發問，難怪說戀愛中的女人智商會迅速下降到負數，自己也無法逃脫這個魔咒。

羅獵道：「你約了人？」恰到好處地岔開話題，也化解了葉青虹的尷尬。

葉青虹搖了搖頭道：「剛巧走到這裡。」

此時音樂響起，有不少人走下了舞池，葉青虹望向羅獵道：「你不準備請我跳一支舞嗎？」

「我的榮幸！」

羅獵起身做了一個邀請的手勢，葉青虹甜甜一笑，主動挽住羅獵的手臂，兩人走下舞池。此時無聲勝有聲，久別重逢的話本不必說，彼此的目光已經傾訴了一切。

葉青虹陶醉於羅獵溫暖懷抱中的時候，卻聽到羅獵小聲提醒道：「我的身後十點鐘方向，有兩個人觀察我們已經很久了。」

葉青虹經他提醒內心一凜，向羅獵的懷中又靠近了一些，目光從他的肩頭望向身後，果然看到兩名帶著禮帽的男子鬼鬼祟祟向他們望來，其中一名男子接觸到葉青虹的目光趕緊將頭低垂了下去，葉青虹和羅獵原地轉了一個圈兒，以免引起對方的警覺。

葉青虹道：「不認識，我從沒見過他們。」

羅獵道：「那就是衝我來的。」

葉青虹莞爾笑道：「不好說，咱們都得罪過不少人。」話雖然這麼說，可是她也認為那兩人衝著羅獵過來的可能性更大一些，畢竟在羅獵到來之前，並未見到那兩名男子。也就是說他們在羅獵進入藍磨坊之後到來，很大層面上是為了跟蹤羅獵。

一曲結束，羅獵護送葉青虹返回座位，微笑道：「看來我該走了。」

葉青虹拿起手袋道：「我請你吃飯。」

羅獵道：「遇到麻煩的時候不是應當先選擇遠離嗎？」

葉青虹幽然歎了口氣道：「有些麻煩是躲也躲不掉的。」

葉青虹和羅獵並未從藍磨坊的正門離開，她曾經在這裡登台，對藍磨坊的周遭狀況非常熟悉，帶著羅獵經由後門離開，羅獵接過葉青虹的雨傘撐起，遮住葉青虹頭頂的那方天空。

還未到夜晚，天色卻已經染黑，葉青虹伸出手去，挽住羅獵的手臂，前方小路的出口已經被人層層堵住，看來前來堵截他們的人早已做好了充足的準備。

羅獵的表情有些無奈，無論他喜不喜歡，暴力總會出現在他的身邊。

擺在他們面前有兩個選擇，一是退回藍磨坊，二是從前方殺出一條路堂堂正正地走出去。

羅獵將雨傘遞給了葉青虹，葉青虹道：「一起去。」

羅獵笑了起來：「別弄髒了衣服。」他將雨傘塞入葉青虹的手中，然後大踏步走了出去。

十多名堵住路口的人齊刷刷亮出了菜刀，這是黃浦新近崛起的一支流氓勢力——菜刀會，這些人並非黃浦土生土長，多半是來源於外地的亡命徒，他們很少講究江湖道義，只要給錢什麼都肯幹，以敢打敢拚著稱。

羅獵和菜刀會沒什麼過節，面對數倍於他的敵人，羅獵並沒有流露出任何的慌張，平靜道：「我和諸位素不相識，各位朋友是否找錯了人？」

一個聲音大聲道：「沒錯，就是你，你就是羅獵！」

羅獵此時方才確定這麻煩的確是因自己而起，和葉青虹無關。

葉青虹身後也出現了一群人，帶領那群人的正是剛才在藍磨坊遇到的那兩個，葉青虹歎了口氣，婷婷嫋嫋向羅獵走去，她可不是要羅獵保護，而是走近一些，彼此之間方便照應。

她知道羅獵的身手，如果單單是近身搏戰，他們兩人就算無法將包圍他們的三十多名敵人盡數擊倒，可是殺出一條血路應該不難，葉青虹小聲向羅獵道：「我有槍！」

羅獵微笑著搖搖頭，示意葉青虹不到迫不得已不要開槍，這裡畢竟是租界，鬧出人命總是不好，更何況他想先搞明白，究竟是誰請了菜刀會來對付自己。

「啊！」伴隨著對方陣營的一聲大吼，前方的十多名刀手率先向他們發動了進攻，身後那些人並未急於啟動，在他們看來己方的那些人已經足夠應付這對男女，沒必要興師動眾，他們只需守住這裡斷了對方的後路。

羅獵衝向對方的陣營，身在中途，手中三點寒光已經追風逐電般射了出去，三柄飛刀，分別射中三人握刀的右手，只聽到噹啷聲響不絕，三把菜刀接連落在了地上。

羅獵衝到敵營陣前，一腳將一名揮刀砍來的莽漢踢飛，就勢從地上抓起兩柄菜刀，分別擋住從左右砍來的兩柄菜刀，而後身軀一矮，手腕反轉，一雙菜刀從對方的大腿上劃過，殷紅色的鮮血橫向飛濺到雨絲之中。

這血腥讓羅獵精神為之一震，他如同猛虎下山，一雙菜刀在對方陣營中來回劈砍，縱然羅獵的狀態距離巔峰尚遠，縱然他元氣大傷，可是對付這幫黃浦的小混混還是綽綽有餘。

葉青虹的身後那群人也衝了上來，因為這群人看出戰局呈一邊倒的勢頭，那十幾人中沒有羅獵手下一合之將。他們認為要趁著羅獵騰不出手來的時候先將葉青虹拿下，再以葉青虹來要脅羅獵。

第九章

留有後手

羅獵覺得事情沒那麼簡單，
白雲飛將任天駿的事情透露給自己，明顯還留有後手，
他並非是純粹出於友情的提醒，
而是要通過這件事讓自己意識到形勢的嚴峻，
而後再提出交換條件。

葉青虹打著雨傘慢慢轉過身去，望著衝來的那群人不由得皺了皺眉頭，她可不想跟這幫粗鄙的無賴近身相搏，於是採取了一個最簡單直接的方法，藏在身後的右手舉起，槍口瞄準了衝在最前方的男子，呯的一槍擊中了那男子的膝蓋，男子中槍之後噗通一聲趴倒在了地上，手中的菜刀也飛到了一邊。其餘人看到葉青虹手中有槍，嚇得頓時停下了進擊的步伐。

葉青虹毫不留情舉槍又放倒了一人。

遠處傳來警笛聲，菜刀會的這群人知道巡捕來了，他們不敢繼續逗留，過來想要攙起同伴逃走，羅獵和葉青虹知道他們的目的，豈能讓他們得逞，兩人同時出手又放倒了三人，菜刀會一方這才意識到今天碰了個硬釘子，如果再顧著同伴，恐怕他們今天要全軍覆沒，一個個慌慌張張逃了，只剩下受傷的七人躺在地上哀嚎不止。

租界巡捕很快就趕到了現場，他們是聽到槍聲之後方才到來的，羅獵雖然沒多少名氣，可葉青虹這位穆三壽的乾女兒卻是大大的有名，更何況她還曾經在藍磨坊演出，在黃浦紅極一時。

巡捕們和菜刀會打交道也不止一次了，知道這群人全都是無惡不做的狠角色，將菜刀會的那群人押走，又請羅獵和葉青虹隨同前往警局錄一下口供。

羅獵和葉青虹兩人配合錄完口供從巡捕房出來，夜色已經全黑，雨仍未停，葉青虹明顯有些失望，剛才攻擊他們的那群人只說是奉命行事，至於為何前來攻擊他們，連他們自己也不清楚，當然這次的攻擊目標是羅獵，和她無關，之所以對葉青虹發動攻擊，是因為她不巧和羅獵同時出現的緣故。

羅獵在警局的門前為葉青虹撐起雨傘，歉然笑道：「看來是我連累了你，不好意思，今兒這頓晚飯應當我請才對。」

葉青虹微笑道：「看你這麼有誠意，就給你一個機會。」

「想吃什麼？」

葉青虹道：「雲鶴樓的杭幫菜吧。」

菜餚很精緻，紅酒也非常甘醇，葉青虹的內心中充滿了重逢的快樂和愉悅，她在意的並非菜餚本身，而是對面這個和自己共進晚餐的男人，只是她很快就敏銳地察覺到，羅獵的心情沒有自己這般愉悅，雖然他掩飾得很好，可是她仍然捕捉到了他雙目深處隱藏的憂鬱。

葉青虹抿了口紅酒，將水晶高腳杯緩緩落下，輕聲道：「這段時間你去了哪裡？」

羅獵道：「四處逛逛，虛度時光。」

「騙人！」

羅獵自然能夠感覺到葉青虹的改變，這次相見她對自己明顯溫柔了許多，也遷就了許多，從他們交談，甚至從點餐這種小事上，無一不看出她在儘量包容自己，葉青虹的改變肯定是為了自己，羅獵不否認自己對葉青虹是擁有好感的，可是他雖然坐在這裡，心頭卻始終縈繞著一個身影。

羅獵習慣性地摸出了香煙，可很快又想起這餐廳是禁煙的，只能打消了抽煙的念頭。

葉青虹道：「你煙癮還這麼大？」

羅獵點了點頭。

葉青虹道：「我已經戒了。」

羅獵笑道：「你那麼好的嗓子，不能由著性子糟蹋。」

葉青虹道：「我也不唱了！」

羅獵道：「可惜！」

「你喜歡聽啊？」葉青虹的美眸變得異常明亮。

羅獵點了點頭。

葉青虹本想說只要你喜歡我可以在任何時候為你唱，可話到唇邊卻又咽了回去，如果這樣說會不會太不矜持，羅獵會不會因此而看低自己？

羅獵從她欲言又止的表情已讀懂了她的心，笑了笑道：「我出去抽根煙。」

葉青虹嗯了一聲，望著羅獵的背影，一直到他推門走向露台，葉青虹的內心隨著房門的關閉而失落，她能夠感覺到羅獵從見到自己就一直在逃避，他一定發生了什麼事情，葉青虹想和他分擔，又意識到現在自己什麼也做不了，也許她所能做的只有等待，等待羅獵主動向自己開啟心門。

羅獵在露台點燃了一支香煙，浦江沿岸的夜色很美，縱然在夜雨之中，秋雨為夜色蒙上了一層朦朧的濾鏡，多了幾分神秘的詩意，煙草的芬芳混合著清新濕潤的空氣一股腦被他吸入了肺裡，羅獵感覺自己的心情比前陣子好了一些，興許是因為時間的推移，興許是因為他漸漸接受了已發生的事實，興許是因為他和葉青虹重逢的緣故。

有一點羅獵清楚地認識到，**只要生命仍在，生活就要繼續**。

葉青虹在孤獨中等待了十五分鐘，仿若渡過了半個世紀那麼久，她並沒有絲毫責怪羅獵的意思，這段時間她甚至在想，如果沒有這次的重逢，自己會不會等下去？

葉青虹並未給自己答案，可她卻知道自己是個執著的人。

羅獵回來的時候，身上帶著尚未消散的煙味兒，葉青虹對他身上的這種氣息有種莫名的親切感。羅獵坐下並未向她說抱歉，首先留意到桌上的那瓶紅酒，已經被葉青虹喝完。

羅獵道：「你這次回國是因為我？」

葉青虹的俏臉刷地一下紅了，她想不到羅獵出去一趟回來之後居然直截了當地問了這樣一個問題。她咬了咬櫻唇，握住酒杯，酒杯裡的紅酒已經被她剛才喝完了，換成過去，葉青虹一定會毫不留情地懟回去，你以為你是誰？可現在她卻認為在這個問題上兜圈子毫無意義，於是她點了點頭道：「是！」停頓了一下又道：「又怎樣？」

羅獵笑了起來，他的笑容帶著幾分苦澀：「我這個人很不吉利，離我太近的人都會倒楣。」

葉青虹道：「別忘了，你的楣運是我帶來的。」如果不是自己當初脅迫羅獵去蒼白山探寶，如果不是自己布下那麼多險境，羅獵也不會遇到那麼多的麻煩，葉青虹心中早就後悔了，如果她能夠預料到今天，她早就應該對羅獵好一些。

羅獵搖了搖頭道：「還記得顏天心嗎？」

葉青虹點了點頭，芳心卻是一沉，雖然她和顏天心並未直接打過交道，可是她卻知道羅獵和顏天心之間的事情，其實在北平和羅獵分別之後，她就猜到羅獵可能去找顏天心，甚至想過等他們再次相見之時，羅獵或許已經和顏天心雙宿雙棲了。

羅獵道：「她死了！」這番話他說得艱難，其實在親眼見證顏天心的腦域被摧毀崩塌之時，他就已經明白顏天心已經永遠離開了自己，只是一直以來他都不肯接受這樣的事實，這其中有龍玉公主的緣故，龍玉公主利用自身的意識和顏天心的身體結合。

雄獅王一戰之後，羅獵並未找到龍玉公主的蹤影，其實無論她活著與否，顏天心都已經從這個世界消失，羅獵第一次在人前說起這件事，也是在提醒自己務必要認清這個事實。

葉青虹的內心一陣難過，這本不該是她應有的反應，雖然她並未和顏天心有過太多接觸，可在心底深處早已將顏天心視為情敵，失去了一個情敵本該開心才對，可是她卻並沒有任何這樣的感覺，她意識到自己的難過是因羅獵而起。葉青虹抬起手將羅獵的手輕輕握住，希望能夠通過這樣的方式給他送去些許的安慰。

羅獵道：「今天我見到了白雲飛。」

聽到白雲飛的名字，葉青虹的表情流露出幾分厭惡，她並不瞭解其中的內情，白雲飛是一個機會主義者，他把握住了時機搶佔了穆三壽的產業，填補了穆三壽死後留下的空間。

葉青虹對穆三壽在黃浦的產業是沒有任何興趣的，雖然這些產業追根溯源都和她有些關係，可是她在將仇人逐一剷除之後，就已經心願得償，在她前往歐洲之前，就已經做出了斬斷和過去一切聯繫的決定，如果不是因為對羅獵斬不斷理還亂的感情，她不會選擇再次踏上這片土地。至於穆三壽的身後事，以及他名下財富和勢力的歸屬，葉青虹也沒有任何興趣去過問。

葉青虹道：「他找過我，我已經明確告訴他，穆三壽的事情我不會過問。」

羅獵道：「他現在叫穆天落，之所以能夠繼承穆三壽的產業，是因為在圓明園地宮內，穆三壽臨終前將從不離身的煙杆交給了他，那裡面藏著一些秘密。」

葉青虹淡然道：「人都已經死了，過去的事情就讓他過去，白雲飛也罷，穆天落也罷，他愛怎麼折騰就怎麼折騰，不用擔心我會去拆穿他。」

羅獵道：「他並不擔心被拆穿，白雲飛這個人很有些本事，穆三壽選擇他成為自己的繼承人也算是機緣巧合，白雲飛改名換姓成了穆三壽的本家侄兒穆天落，津門方面，德國領事遇刺一案也已經結案。」

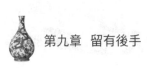

葉青虹皺了皺眉頭道：「他倒是有些本事，這麼大的事居然也能夠化解。」

羅獵道：「本領是一方面，運氣也是一方面，德方戰敗，其利益必然受到影響，現在這種混亂的局勢下，找到兇手交差並不是什麼困難的事情。」

葉青虹道：「白雲飛找你做什麼？是不是擔心你會拆穿他的身分？」

羅獵搖了搖頭道：「他應當是想跟我做個交易。」

葉青虹道：「交易？他有什麼資格？」

羅獵道：「今天他透露給我一件事，任忠昌的兒子任天駿已經繼任並成功掌控了贛北軍權，人稱少帥，雖有督軍的實權卻遲遲不願繼承督軍之位，向外宣稱要先報父仇。」

葉青虹並未聽說過這件事，任忠昌之死是她和穆三壽一起策劃，從現在來看，自己當初只不過是被穆三壽利用的一顆棋子，可是任忠昌遇刺一事上自己的確有不可推卸的責任。葉青虹也不是個膽小怕事的角色，冷冷道：「他想報仇只管來就是，只怕他父仇未報，還要搭進去一條性命。」

羅獵道：「黃浦並不安全。」

葉青虹微笑道：「你勸我走？」

羅獵沒說話，只是心中覺得這次的事情沒那麼簡單，白雲飛之所以將任天駿的事情透露給自己，明顯還留有後手，他並非是純粹出於友情的提醒，而是要通過這件事讓自己意識到形勢的嚴峻，而後再提出交換條件。

只不過羅獵並未給白雲飛提條件的機會，雖然白雲飛說得夠委婉，可是仍然改變不了他想要趁火打劫的本質。

葉青虹將一張事先寫好的紙條遞給了羅獵：「我這次來黃浦是為了籌備這件事，有時間的話過來看看。」

羅獵接過紙條，葉青虹拿起了手袋起身告辭。

羅獵本想相送，葉青虹卻拒絕了，她的住處就在對面，這一帶非常安全，屬於法租界的核心地段，很少有幫派敢在這裡公然鬧事。

回到小教堂，卻見門前停了幾輛車，羅獵皺了皺眉頭，這個時間還有訪客顯然並不尋常，一個男子被人從汽車中推了下來，那男子雙手反剪在身後，被人五花大綁，從汽車上下來之後，馬上又被人踹在了膝彎，撲通一聲跪在了地上。

一身白色長袍的白雲飛從車上下來，馬上有人為他打傘，白雲飛笑瞇瞇望著羅獵，然後點了點頭。

身邊人狠狠一巴掌拍在那名下跪男子的後腦勺上，那男子慘叫道：「羅爺，我劉尚武有眼不識泰山得罪了您，還望羅爺寬宏大量饒了我的性命。」原來眼前這被綁下跪之人就是菜刀會的首領劉尚武。

羅獵緩步來到白雲飛的面前道：「穆先生這是要把人情送到門前啊。」

白雲飛笑道：「怕你不肯收啊！」他伸出手去，馬上有手下將一把手槍送了過來，白雲飛將槍口對準了劉尚武的腦袋。

劉尚武嚇得面無血色，慘叫道：「穆爺，我是真不知道羅爺是您的朋友，您饒了我，饒了我吧！」

白雲飛道：「你得罪的又不是我，我說了不算。」他的雙目盯著羅獵，分明是等著羅獵發話。

羅獵看出了白雲飛的用意，此人不達目的誓不甘休，今日喝下午茶的時候自己迴避話題，等於婉轉拒絕了他合作的請求，白雲飛卻並未放棄，現在又將在藍磨坊前攻擊自己的菜刀會頭領劉尚武送到門前，自己若是受了他的這個人情，等於欠了他。自己若是不接受，白雲飛極有可能在小教堂前當著自己的面殺了劉尚武，而這筆帳也會記在自己的身上。

羅獵望著白雲飛，四目相對，頃刻間將白雲飛的算盤看得清清楚楚，羅獵道：「這裡是教堂。」

白雲飛道：「我不信耶穌，在我的眼中，天堂地獄本無分別。」

羅獵歎了口氣道：「藍磨坊的這場戲是穆先生自導自演了？」

白雲飛微笑道：「羅老弟走眼了，這麼低級的手段可不適合我。」他用槍口輕輕放在劉尚武的額頭上：「說，你收了誰的錢？」

劉尚武結結巴巴道：「是……是于衛國，于公子……」

羅獵啞然失笑，居然是于衛國，不用問這件事歸根結底還是因為唐寶兒而起，于衛國給了自己三千塊大洋，又簽下七千塊的欠條，心中自然不甘，所以才花錢雇了菜刀會來教訓自己，只是這種手段的確太低能了一些。

羅獵道：「他給了你多少錢？」

劉尚武老老實實答道：「一千塊大洋，他……他讓我們狠狠教訓您……羅爺……羅爺我要是早知道您跟穆爺是朋友，怎麼也不敢啊。」

白雲飛笑道：「不開眼的東西，得罪你羅爺的後果可要比我更嚴重，小心他用十字架咒死你。」

羅獵道：「明兒送三千大洋過來，這件事我就不再追究。」

在場眾人都聽愣了，連白雲飛都沒想到羅獵居然會採用這樣的處理方式，敢情這貨是個財迷，早知如此自己何必繞那麼大的彎子，直接開價讓他辦事豈不是更好？可白雲飛又清楚羅獵不是這種人，他要是在乎錢，以他的本領，現在早已成為巨富了。

劉尚武連連點頭，像他這種跑江湖討生活的角色大都是外強中乾之輩，欺凌弱小是他的強項，可真正遇到硬茬子馬上就開始裝孫子。白雲飛原本也沒想殺人，在劉尚武屁股上踹了一腳讓他滾蛋，又威脅劉尚武明天正午十二點之前務必將三千塊大洋送到小教堂，否則就率領人馬殺到菜刀會的老巢去。

羅獵心中暗歎，白雲飛顯然是纏上了自己，這個人情自己要也得要，不要也得要。

羅獵請白雲飛進入教堂，白雲飛是個明白人，擺了擺手示意一眾跟班全都在外面候著，不可跟隨他們進入教堂這清靜之地。

走入教堂來到耶穌像前，白雲飛虔誠地拜了拜，羅獵忍不住道：「你不是不信耶穌嗎？」

白雲飛道：「耶穌、佛祖、關二爺他們應當都認識，說不定還拜過把子，於情於理也得打個招呼，有道是禮多人不怪，神也是如此。」

羅獵搖了搖頭，這通解釋可真是牽強附會，率先走入自己的辦公室，打開桌上檯燈。

白雲飛將禮帽摘下，掛在衣帽架上，在沙發上坐了，羅獵去燒水泡茶。

羅獵泡茶的時候，白雲飛趁機觀察了一下這小小的辦公室，感歎道：「以羅老弟的能力不該安於一隅。」

羅獵將茶遞給他道：「人心不過巴掌大的地方卻可容天下。」

白雲飛聽出他好像是在影射自己野心太大，點了點頭道：「不錯啊，羅老弟的境界果然高出我太多。」

羅獵道：「不敢當，穆先生才是高瞻遠矚，我這邊遇到任何事，你都第一時間知道。」

白雲飛哈哈大笑起來：「羅老弟是在埋怨我多管閒事了。」

羅獵道：「而今的黃浦誰不知道你穆兄的大名，我回來的時間雖然不久，可是聽說你比起穆三爺當年還要英明還要厲害。」

白雲飛喝了口茶，將茶盞輕輕落在茶几上，意味深長道：「別人不知道，可我的底細你是最清楚的。」

羅獵微微一笑道：「我這個人從不將心思放在跟自己無關的事情上。」他在委婉地向白雲飛表明，自己對他的秘密毫無興趣，白雲飛不必擔心自己洩露他的身分。

白雲飛心中暗想，我白雲飛既然敢公然在黃浦露面，就做好了充分的準備，自己的真正身分並不是秘密，許多人都知道，可那又如何？德國領事一案已經結案，白雲飛已經死了，這是人所共知的事實，沒有人會對這件舊案感興趣。

白雲飛道：「羅老弟見到葉青虹了？」

羅獵點了點頭，白雲飛一定派人跟蹤了自己，越是在川流不息的都市跟蹤反倒越難防備，畢竟想要在人群中隱藏實在是太容易，小隱於市，大隱於朝不是沒有道理的。

白雲飛道：「我下午還沒把話說完，羅老弟趕著要走，原來是為了去見心上人。」

羅獵微笑不語，自己和葉青虹的關係沒必要向白雲飛解釋。

白雲飛道：「我帶來了一些東西，羅老弟想必會感興趣。」他取出一個信封遞給了羅獵。

羅獵接過信封，回到桌前坐下，在檯燈下打開了信封，裡面裝著一些照片，照片上的一些人他是認識的，滿頭白髮的那個獨目人是琉璃狼鄭千川，另外一人比較年輕。

白雲飛道：「上個月任天駿特地來黃浦，主要是為了和照片上的人見面，白頭髮的那個叫鄭千川，來自於蒼白山黑虎嶺狼牙寨，是狼牙寨的大當家。」

羅獵點了點頭，狼牙寨的大當家原本是蕭天行，在蕭天行死後，鄭千川成功上位，引起他注意的並不是這件事，而是鄭千川和任天駿的見面，他們兩人一南一北，本不應有太多的交集，選擇在黃浦見面，應當是另有圖謀。

如果白雲飛所說一切屬實，那麼這些人的會面很可能為的是對付葉青虹，甚至連自己的朋友都會成為他們對付的目標。他想了一會兒方才道：「謝謝！」

白雲飛哈哈大笑了起來：「謝什麼？我又沒幫上什麼忙！」他站起身來緩步來到羅獵的面前，雙手扶在辦公桌的邊緣，居高臨下地望著羅獵，低聲道：「其實任天駿還找過我。」

羅獵並沒有抬頭看他，拿起桌上的煙盒遞給白雲飛，而後又道：「我忘了，你戒煙了。」

白雲飛仍然保持著這樣的姿勢，等待羅獵的回應。

羅獵點燃香煙，身體向後靠在椅背上，整個面部都沉溺在了黑暗之中，白雲飛聞到煙草的味道，可是卻看不清他此時的表情，不過白雲飛仍然有足夠的耐心，在他看來羅獵已經沒有了更好的選擇。

羅獵道：「如果我不跟你合作，那麼你就會另外選擇合作者對不對？」

白雲飛道：「人是群居動物，在這個世界上獨來獨往的人往往走不遠，也活不長。」

羅獵道：「我還有幾個朋友。」他的意思很明確，我不孤獨，我有朋友，但是我的朋友之中絕不包括你白雲飛。

白雲飛道：「強龍不壓地頭蛇，外來的勢力想在黃浦做事，必須先經過我的允許。」他這番話說得底氣十足，能在短時間內繼承並掌控穆三壽的勢力，修補方方面面的關係，並得到租界話事人的認同，足以證明他白雲飛的能力和手腕。

在經歷從津門到黃浦的逃亡和起落後，白雲飛開始重新看待人生，他開始明白什麼才是最重要的，也懂得只有權力才能讓自己滿足，人活在世上必須要懂得進退，在津門的落敗就是因為他對形勢的誤判，同樣的錯誤他不會犯兩次。

羅獵道：「給我一段時間考慮。」

白雲飛點了點頭，也不說自己究竟想要羅獵做什麼，羅獵沉得住氣，自己要更沉得住氣，他伸出右掌道：「五天，五天後我再來找你談。」

羅獵似乎壓根沒把這件事放在心上，第二天一早，菜刀會的劉尚武就將三千塊大洋準時送到了小教堂，菜刀會雖然凶名在外，可在黃浦的勢力仍然無法和穆天落相比，穆三壽雖然死了，可他留下的勢力並沒有受到任何的影響，白雲飛在接替穆三壽的位子之後，他的能力很快就得到了認同，而為了儘快掌控住這龐大的幫派勢力，他又從津門悄悄招來了昔日在安清幫的一些親信，可以說，現在白雲飛的勢力比起穆三壽活著的時候還要強大。

劉尚武只是一介莽夫，這三千塊大洋對他來說著實肉疼，送完之後，還擔心穆天落不會放過自己，向羅獵陪著笑道：「羅先生，穆爺那裡還望您幫我多多美言幾句，我以後再也不敢對您不敬了。」

羅獵道：「他有句話沒說錯，你得罪我比得罪他更麻煩。」

羅獵站起身道：「你開車來了？」

劉尚武點了點頭，羅獵道：「送我去個地方。」

「好的，好的！」

羅獵可不是要去找于衛國的晦氣，只是讓劉尚武將自己送到葉青虹給他的地址，這是位於黃浦城郊的一片老舊建築，高門大院，不時有工人出入，看得出這裡正在如火如荼地搞著建設，羅獵下車前將一張紙條遞給了劉尚武。

劉尚武接過一看，卻是于衛國寫給羅獵的欠條，一共七千塊大洋，羅獵道：「你再幫我做一件事，這欠條是于衛國親筆寫給我的，你找他要一萬，五千給我送來，剩下五千歸你。」

劉尚武雖然腦袋不好用，可也知道羅獵這是讓他去公然敲詐于衛國，他苦笑道：「羅先生，于公子什麼背景，我可開罪不起。」

羅獵道：「他不敢聲張，你只需把欠條拿給他去換大洋，少一個子兒，你就把欠條登報。」

劉尚武這才明白，于家是有頭有臉的人物，越是這樣的家庭，越是害怕出醜，如果于衛國于公子欠錢的事情登報，輕則于家的名聲受損，嚴重的話甚至會產生于家經濟出了問題這不好的影響，他把心一橫，光腳的不怕穿鞋的，更何況羅獵還答應給他五千，如果得到了這五千，豈不是還等於賺了兩千，想想白送給羅獵的三千塊大洋，他至今還感到肉疼，這對他而言可是絕好的翻本機會。

羅獵下了車在門外看了看，觀察了一下環境並沒有急於走進去，身後傳來汽車的鳴笛聲，轉身望去，卻見穿著一身白色洋裝帶著闊邊帽的唐寶兒開著一輛敞篷汽車來到他的身後。

唐寶兒驚喜地向他揮手道：「嗨！羅獵，這麼巧啊！」

羅獵微笑道：「我來拜訪葉青虹。」

唐寶兒道：「上車，你上車，裡面好大呢。」

羅獵來到車內坐下，唐寶兒摁著喇叭，有人將大鐵門拉開，她載著羅獵一路駛入其中，從外面清灰色的高牆很難想像裡面的瑰麗景色，道路兩旁種滿了高大的長青樹木，兩旁花壇內五彩繽紛的菊花爭芳吐豔，空氣也帶著芬芳的氣息，駛出約半里路的林蔭道，向右拐入一片金燦燦的銀杏林，時值深秋，銀杏葉已經黃了，樹上宛如綴滿了金葉子，在陽光的照耀下金光燦爛，秋風吹動，樹葉紛紛落下，灑下一地金黃，還未落地的樹葉就在空中翻飛著，宛如一隻隻翩翩起舞的金色蝴蝶。

羅獵不由得感歎道：「她倒是會選地方。」

唐寶兒道：「厲害吧，這片地方是我幫她介紹的，那些工人在修外牆，這周就能完工，裡面還有一個小湖呢。」

說話間已經出了銀杏林，看到了唐寶兒所說的小湖，約有十畝水面，湖水清澈見底，湖畔青草已經泛黃，在小湖的北岸有一座白色的西洋別墅，應當剛剛粉刷過不久，在高遠的藍色天光映襯下，越發顯得白得耀眼。

唐寶兒在小樓前停了車，羅獵下車，然後繞過來很紳士地幫她開了車門，唐寶兒笑道：「難怪青虹姐那麼喜歡你。」

羅獵笑道：「開個車門而已，怎當得起如此勝譽。」

唐寶兒道：「這裡該不是你們的新房吧？」

羅獵哭笑不得道：「唐小姐，我和葉小姐只是普通朋友。」

唐寶兒打趣道：「發展可夠快的，此前不是說連普通朋友都算不上嗎？這會兒功夫就成朋友了。」

葉青虹從別墅內走出，向他們笑道：「你們約好的嗎？居然一起來了。」

唐寶兒道：「別吃醋，我在大門口遇上的。」

葉青虹呸了一聲道：「你再胡說八道我把你丟湖裡去。」

唐寶兒道：「羅獵在這兒，你可不敢，就算是真想，也得在他面前裝成溫柔賢慧的淑女不是？」

葉青虹居然被這伶牙俐齒的丫頭說得有些理屈詞窮了，只當沒有聽到她的調侃，來到羅獵面前道：「怎樣？昨晚那些人有沒有找你麻煩？」

唐寶兒聽到他們說話，方才知道兩人背著自己已經見過面了，在一旁偷偷給葉青虹一個白眼。

葉青虹帶著他們進入別墅內，裡面還沒有完全整理利索，幾名傭人正在忙碌著，葉青虹帶他們參觀了一圈，然後又出來，在湖邊的涼亭坐了。傭人煮好了咖啡送了過來，羅獵欣賞著周圍的景致，心中暗歎，葉青虹真是會享受，居然在黃浦找了這麼一塊風水寶地。

唐寶兒喝著咖啡，嘴巴依舊閒不住，她笑道：「這麼大的陣仗，你這是準備新房嗎？」

葉青虹作勢舉起咖啡杯要潑她，唐寶兒嚇了一跳，等意識到是虛驚一場後，起身道：「不耽擱你們促膝談心了，搞了半天，我是個多餘的電燈泡，我去接著參觀你們的新房。」

葉青虹望著唐寶兒的背影道：「你別理這個不可靠的瘋丫頭。」

羅獵微笑道：「看似不可靠，其實聰明著呢。」

葉青虹道：「怎麼？你該不是對她動心了吧？要不要我幫你介紹？」嘴上這麼說，可如果羅獵當真，她可要不樂意了。

羅獵道：「唐寶兒有男朋友了。」

葉青虹不由得一怔，羅獵什麼意思？難不成真看上了唐寶兒？越是戀愛中的女人越是敏感。

羅獵道：「知不知道昨晚是什麼人伏擊咱們？」

葉青虹這才回過神來，連她自己都感到自己好笑，怎麼會這麼想？小聲道：「誰啊？」

羅獵將昨晚發生的事情一五一十告訴了她，葉青虹聽說是于衛國找人對付羅獵之後，氣得咬牙切齒道：「那個于衛國居然如此卑鄙，我早就看他油頭滑腦的不順眼，待會兒我得跟寶兒說清楚，千萬別上了他的賊船。」

羅獵倒不擔心唐寶兒上當，這妮子看著瘋瘋傻傻，可心裡明白著呢，他們這次從津門來到黃浦，羅獵就已經看出唐寶兒和于衛國兩人應當不會長久，只是這次他居然被于衛國當成了情敵來對付，讓他感覺到頗為無奈。他可不想成為兩人分手的藉口，交代葉青虹道：「于衛國找人對付我的事情千萬別挑明。」

葉青虹白了他一眼道：「怎麼？擔心唐寶兒知道你趁機敲詐勒索的事情？」

羅獵道：「人總得為自己的錯誤承擔一些責任。」他又將昨晚白雲飛找他的事情說了。

說到這裡自己也忍不住笑了起來。

葉青虹聽說之後秀眉微顰，想了一會兒道：「白雲飛這個人不簡單，我回來之後，他還特地約了我一次，我拒絕了他，他為了見我特地主動登門。」

羅獵道：「你畢竟是穆三壽的乾女兒，又清楚他的底細，他是擔心你會影響他上位。」

葉青虹道：「我當時就明確告訴了他，穆三壽的江湖事我不感興趣，他的事情我也無意拆穿，讓他以後不必再來找我，大家井水不犯河水最好。」端起咖啡抿了一口，想了想又道：「鄭千川應當不會為蕭天行復仇，蕭天行活著的時候，這世上最巴不得他早死的就是鄭千川，我看他和任天駿見面的動機並不單純。」

羅獵道：「白雲飛應當想讓我們幫他做一件事，我始終沒有答應他。」

「什麼事？」

羅獵道：「我沒問，不過我懷疑應當和穆三壽有關，他給了我五天時間考慮。」

葉青虹道：「你倒是沉得住氣，如果你不答應他，他是不是就會和任天駿聯手對付咱們？」

羅獵笑了起來，和葉青虹這樣聰明的女人談話會省下不少的力氣。

葉青虹道：「你準備拒絕嗎？」

羅獵搖了搖頭。

葉青虹道：「看來你已經準備答應了。」心中感到一暖，她意識到羅獵之所以準備答應與白雲飛合作，其中應當有為了自己安危的緣故，美眸盯住羅獵，卻看到他風輕雲淡的表情，這表情讓葉青虹產生了自作多情的懷疑。

羅獵道：「如果穆三壽當真留下了什麼了不得的秘密，這秘密十有八九跟你有關，與其他找別人合作去查，不如由咱們親自去做，盡可能將主動權控制在我們的手中。」

葉青虹點了點頭，心中一陣慚愧，羅獵想得比自己更加深遠。

羅獵道：「至少在此次任務結束之前，白雲飛會確保我們的安全，而且他會提供給我們所需要的一切，對我們來說這是一筆划算的買賣。」

葉青虹道：「和白雲飛這種人合作等於與虎謀皮，不排除他在事成之後鳥盡弓藏的可能。」

羅獵微笑道：「不需要他藏。」

葉青虹美眸生光道：「你不怕他事後殺人滅口？」

羅獵道：「白雲飛這個人經過此前的一番沉浮，現在改變實在太多。」

葉青虹道：「心機更加深沉，懂得權衡利弊。」

羅獵道：「謹慎是好事也是壞事。」

葉青虹微笑道：「你分析別人的時候總是那麼透徹。」

唐寶兒蹓躂一圈回來，大驚小怪道：「青虹，你怎麼搜集了那麼多古物？」

葉青虹有些無奈地歎了口氣道：「看來你把這院子逛了個遍。」

唐寶兒道：「只是趴在後院看了一眼，裡面都是破爛雕像，難不成你開始對撿破爛感興趣了？」

葉青虹道：「我上次前往滿洲就看到民間有許許多多的古物遭到了破壞，老百姓壓根不知道這些東西的珍貴價值，我曾經見到一尊價值連城的精美木雕，居然讓一位老爺爺劈了當劈柴，這些可都是價值無可估量的文物。」

羅獵道：「民以食為天，兵荒馬亂的，老百姓連肚子都填不飽，誰還有精力顧及這些？」

葉青虹道：「祖宗傳承了千百年的東西到我們這一帶遭受如此毀壞，這讓我們這一代人情何以堪，於是我就想出資從民間收購一些有價值的文物，盡可能地將之保留，這對後世子孫而言也是一筆無法估量的財富。」

羅獵有種重新認識葉青虹的感覺，他也曾經有過這樣的想法，尤其是在想到八國聯軍入侵中華掠走財富之時，更是心痛不已，有些事總有人去做，葉青虹雖然是個混血兒，可她的血脈中畢竟也流著華人的血液，葉青虹尚能有如此覺悟，自己和她相比就有些汗顏了。

唐寶兒眼珠子轉了轉道：「都說亂世黃金，盛世收藏，可戰亂終有時，早晚還會迎來盛世年代，等到了太平盛世，這些文物必然是越來越少，到時候物以稀為貴，青虹收藏的這些寶貝價值自然就可以增長無數倍，隨便拿出一件都是價值連城了，你的生意經我真得要好好學習。」

葉青虹被她這麼一說，原本的高尚情操全都成了唯利是圖，佯怒道：「你這妮子整天就是想方設法的黑我，信不信我……」

唐寶兒舉手討饒道：「是我錯，我不該詆毀你葉大小姐的慈悲心腸，更不該懷疑你葉大小姐的高尚情操。不勞您大駕，待會兒我自己跳湖裡去。」

葉青虹和羅獵聽她這麼說，同時笑了起來。

唐寶兒道：「說真的，開一間屬於咱們中國人自己的大英博物館，聽起來也是一件很有意義的事情呢，青虹，算我一份。」

葉青虹道：「就你那三天打魚兩天曬網的德性，我可不敢勞煩您唐大小姐，不過你若是真的有心，就請唐叔叔幫忙聯繫一些權威學者為博物館出謀劃策。」

唐寶兒點了點頭道：「成，我先把我爸騙來。」

葉青虹道：「唐先生若肯來，就請他當博物館的名譽館長。」

羅獵開始意識到自己這段時間過得太過消沉，和葉青虹相比，他活得並不積極，他甚至在逃避父母留下的使命，他開始重新考慮關於九鼎的傳說，包括父親在內的那些來自未來的人，應當對九鼎真正的意義還未完全瞭解。

自從離開甘邊之後，羅獵甚至不敢回憶在西夏王陵中的遭遇，現在重拾記憶，他發現其中存在著太多細思極恐的事情，昊日大祭司和龍玉公主他們強大的精神力究竟來源於天賦異稟還是源於後天的修煉？又或者，他們原本就是和普通人不同的生命族群，那只被掩埋於黃沙之下的雍州鼎，它又在這段塵封的恩怨中起到了怎樣的作用？

禹神碑、九鼎，它們之間又有怎樣的聯繫？那塊因火山噴發而失蹤的禹神碑，上面的碑銘究竟擁有怎樣的意義？難道只是一篇為大禹歌功頌德的歌賦？在未來的時代中，以父母為代表的人又因何對九鼎產生末日來臨的隱憂，難道深埋於地下的九鼎當真是聯通這裡和宇宙深處另一行星的工具？

羅獵努力搜索著自己的記憶，將此前曾經破碎的一切漸漸拼湊起來，重新拼湊起來的不僅僅是記憶，還有那深刻於內心的傷痕，舊傷未癒，新傷又添，至今仍然鮮血淋漓。

獨自一人坐在小教堂冰冷的長椅上，月光透過彩色玻璃窗投入，迷幻而柔和的光就灑在他腳下，羅獵一動不動地看著這光芒，手中尚未熄滅的煙讓光芒變得混沌，也因此勾勒出光影的輪廓，在羅獵的眼中，這道光彷彿是黑夜中的彩虹。

他的手指動了一下，煙灰悠悠蕩蕩落在了地上，尚未熄滅的煙蒂又如一顆紅色的星，冰冷的內心因為這紅色而感覺到一絲暖意，羅獵抽了口煙，吐出一團煙霧，升騰的煙霧沿著月光的軌跡飄向那彩色的玻璃窗。

羅獵抬起頭，望著正前方的耶穌像，他的記憶又被熊熊的烈火所吞噬。

黑夜就算怎樣漫長，可光明終究會來臨，父親為他種下的那顆智慧種子，已經在他的記憶中生根發芽，不久的神州即將迎來一場前所未有的變革，這沉睡的雄獅即將慢慢醒來，自己應該能夠親眼見證這段盪氣迴腸的歷史。

他已經預知了歷史，羅獵不知道自己究竟是屬於這裡還是未來，如果父母沒有回到這個時代，那麼他或許會生於未來，可即便是如此，未來的他同樣會面臨一場空前嚴峻的危機，甚至關係到人類的生死存亡。

從甘邊歸來，羅獵一度感覺到自己是一個歷史的棄兒，可他現在漸漸改變了想法，或許自己就是為了使命而生，為了拯救人類命運而生，已經發生的歷史，正在發生的歷史他無法改變，可是他仍有機會改變未來，改變人類的命運。

羅獵就這樣坐了一整夜，直到陽光透過玻璃窗，直到小教堂整個亮起，他都沒有一絲一毫的倦意，他站起身，收拾起滿地的煙頭，拉開教堂的大門，讓晨風將清新的空氣送入這裡，讓陽光沐浴他的全身。

拉開教堂大門的時候，羅獵發現門外站著一個人，黑色長袍銀色十字架，銀灰色的卷髮，深陷眼窩的灰藍色雙目，這是一位五十多歲的西方神父，一雙佈滿灰塵的舊皮鞋證明他此前經過長途跋涉，手中拎著一個棕色的皮箱，皮箱很大，邊角多處磨損，皮色也斑駁不已，寫滿了歲月的痕跡，他的人也是一樣。

羅獵看到他表情是極其吃驚的，這對一向沉穩的羅獵而言很少有這樣的事。

神父向羅獵點了點頭，他的唇角帶著微笑：「羅！」

羅獵攥緊了雙拳，他的雙目燃燒著熊熊的火焰，然後他轉身走入了小教堂用力將大門關上。

神父臉上的笑容也隨著教堂大門的關閉而消失，不過他仍未選擇離去，來到小教堂的門前，將皮箱放下：「羅！我知道你恨我，這些年我一直都活在痛苦之……」

教堂內傳來羅獵的一聲怒吼：「滾！在我沒有殺掉你之前，給我滾！」他用脊背頂著大門，高大的身軀因為痛苦在抽搐著，握緊的雙拳竭力控制著自己的情緒，他感覺到自己已經處於爆發的邊緣，內心中有種拉開大門衝出去扭斷對方脖子的衝動。

神父道：「羅，艾莉絲是我的女兒……我比……」

「你閉嘴！」羅獵大吼道，他緊緊閉上了雙目，淚水沿著業已扭曲的面孔肆意奔流著，他想殺掉對方，可是他曾經答應過，腦海中浮現出一個白色的美好背影，她奔跑在百花叢中，留下一串串的歡笑：「羅，快來追我……」

腦海中的花海燃燒了起來，無情的火焰吞噬了她的嬌軀。

「羅……答應我……不要怪我爹地……」

第十章

火刑

羅獵移開了那張照片，
下面一張照片是大片的玫瑰花海。
他對這片地方再熟悉不過，
當年艾莉絲被施加火刑的地方，
自從火刑之後，這片地方就成了不毛之地，
任何的植被都不再生長。

「羅！我得了絕症，醫生說我最多還有半年的生命。」神父知道這樣的話無法打動羅獵，他大聲道：「七色花開了！艾莉絲的預言全都實現了……」

房門緩緩開啟，表情冷漠的羅獵重新出現在他的面前：「西蒙，現在說這些謊言還有什麼意義？」

西蒙神父紅著面孔分辯道：「我沒有說謊，我帶來了，我帶來了！」

羅獵還是將他帶到了自己的辦公室，西蒙咳嗽得很厲害，他不得不掏出自己的髒手帕捂住嘴，手帕上很快又染上新鮮的血跡。他找羅獵要了一杯開水，從口袋裡摸出一個棕色的藥瓶，倒出一大把藥，然後一口氣服了下去。

羅獵望著他，他再也不是昔日那個身體強壯精神矍鑠的神父，挺直的腰杆開始駝背，紅潤的面頰也變得枯黃色深陷，他應當是病了，就連一頭金色的頭髮也完全變成了灰白色。歲月不會放過任何人，無論你做過好事還是壞事。

西蒙服下藥之後，精神似乎好了一些，他坐在沙發上，向羅獵露出一個友善的笑容道：「我得了肺癌，發現的時候已經晚了，醫生說手術已經沒有任何的意義，說我最多還剩下半年的生命，已經是三個月之前的事情了。」

羅獵的表情不為所動，對方的這番話沒有引起他的任何同情，從西蒙的話能夠推斷，他的生命最多只剩下三個月了。

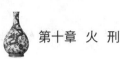

西蒙道：「我知道這一天早晚都會來臨，非但沒有感到害怕，反而有種得到解脫的感覺，你知道的，艾莉絲的死一直都讓我感到內疚。」

羅獵點燃了一支煙，竭力控制著自己的情緒，如果對方這次來只是為了絮叨這番話，祈求得到自己的寬恕，而得到他自身心理安慰的話，那麼他應當來錯了，羅獵道：「一個父親居然可以出賣自己的女兒！」

西蒙道：「我沒有選擇，我也不願意，所有人都認為艾莉絲被邪魔附體……」

「夠了！」羅獵憤怒地阻止他繼續說下去。

西蒙點了點頭道：「無論你相信與否，我都深愛著她，我保留著她兒時的一切，在我生病之後，發生了一些奇怪的事情，艾莉絲過去跟我說過的事情全都一一實現了。」

他打開行李箱，哆哆嗦嗦從裡面拿出了幾張照片，送到羅獵的面前，羅獵並沒有伸手去接，於是西蒙只能將照片放在桌上。

羅獵拿起照片，當他看清照片上的一切的時候，一雙虎目瞪得滾圓，流露出錯愕無比的光芒。

西蒙道：「教堂門前的橡樹在艾莉絲受刑當天被閃電擊中，焚燒枯死，可是突然就復活了，短短的時間內枝繁葉茂甚至超過了以往。」

羅獵移開了那張照片，下面一張照片是大片的玫瑰花海。他對這片地方再熟悉不過，當年艾莉絲被施加火刑的地方，自從火刑之後，這片地方就成了不毛之地，任何的植被都不再生長。

西蒙道：「我發誓這照片都是真實的，兩個月前的樣子，突然就生滿了玫瑰，我在其中還發現了一朵七色花。」

羅獵再看下一張照片，他記得艾莉絲從小就憧憬著能夠種出一朵七色花，可他認為七色花只不過是存在於童話傳說中，黑白照片雖然無法還原七色花的色彩，可是這七色花的形狀和艾莉絲曾經的描述幾乎一模一樣。

西蒙道：「我看到了……我真的看到了……在七色花開放的當晚，我看到了艾莉絲……」他的聲音明顯顫抖著，說到女兒的名字，淚水就忍不住落了下來，情緒的激動讓他又開始咳嗽。

羅獵從他的身上看到了一個父親的悔恨，不過他並不相信西蒙的話，儘管西蒙帶來的照片的確有些蹊蹺，可他是親眼見證艾莉絲走入了火海之中。這個世界上，並不是每個人都擁有重生的能力，雖然他很希望艾莉絲可以浴火重生，可現實卻是殘酷的，他親手安葬了艾莉絲，將她的骨灰和他送給艾莉絲的十字架一起永遠埋葬在了那座鮮花盛開的山坡。

西蒙道：「我雖然病了，可是我並不糊塗，我的眼睛也沒有瞎，我看到了她，在夢中她還對我說了一番話。」

「說什麼？」

西蒙從口袋中拿出一個信封，他將夢中女兒對他說的那番話原原本本地記錄了下來，這是因為他擔心遺忘。

羅獵接過信封，從中抽出西蒙的記錄，裡面根本不是什麼話，更像是一幅地圖，上面還有一些數字，羅獵憑自己的直覺判斷這些數字很可能是經緯度，他不由得懷疑起眼前的西蒙是否理智，一個身患絕症的病人，在晚期通常會出現幻想，而西蒙因女兒的事懊悔終生，他想要得到解脫的唯一方式也只有通過幻想。

不過這地圖卻繪製得非常清晰，如果不是他故意欺騙自己，只是根據夢中的記憶繪製出這樣一幅地圖的確讓人感到驚奇了。

西蒙道：「這上面的數字我不明白什麼意思，可是艾莉絲說你知道，說你能夠找到她……」他的目光中充滿了期待。

羅獵望著西蒙，眼前的西蒙再不是昔日那個剛愎自用囂張跋扈的神父，他的生命即將終結，人之將死其言也善，憑直覺意識到他不遠萬里而來，為的不是欺騙自己。

羅獵低聲道：「這件事除了我之外，你還有沒有告訴其他人？」

西蒙搖了搖頭道：「他們都以為是我動了手腳，如果我將這些事情說出去，非但沒有人肯信，而且所有人都會把我當成瘋子。」

羅獵很快又從地圖上看出這張地圖並不完整，指著那張地圖道：「你能夠記起的只有這些？」

西蒙道：「還有，不過……」他抿了抿嘴唇道：「你可不可以帶我去，帶我一起去找。」

羅獵道：「找什麼？」他已經看出西蒙對自己還保留了許多。

西蒙道：「我沒多久好活了，我聽到艾莉絲對我的召喚，我要去這個地方——幻境島……」他指著那張地圖道。

羅獵道：「我為什麼要去？」

西蒙道：「你和艾莉絲一起長大，她是那麼愛你……」

「住口！」羅獵怒吼道。

西蒙的臉色變得慘白，他捂著心口，雙目變得越發灰暗，喃喃道：「我知道，是我害了她，是我害了你們……可是……羅，羅……你能不能給我一個贖罪的機會……」

羅獵搖了搖頭，斬釘截鐵道：「從你害死艾莉絲的那一刻，你就再也不配做一位父親。」

西蒙宛如被人重擊了一拳，他搖搖晃晃地退了回去，坐倒在沙發上，雙手揪住銀色的卷髮，痛苦地將頭顱埋在掌心，過了一會兒他低聲道：「我不配！」

西蒙走了，羅獵的態度讓他徹底灰心，他知道羅獵不會幫助自己。他走時並未帶走照片和那張並不完整的地圖，羅獵久久盯著那些照片，回想起那個長眠於大洋彼岸的純情女孩……

劉尚武討債進行得非常順利，只是把那張欠條出示給于衛國，于衛國就準備開七千的支票給他，劉尚武得了七千的支票又讓他追加三千，于衛國本來有些抗拒，可聽到劉尚武要登報的消息，馬上服了軟，乖乖又拿出了三千塊大洋。

劉尚武沒想到這筆錢來得那麼容易，幫羅獵做事，兵不血刃，非但找回了自己賠出去的三千塊，還多了兩千塊大洋的盈餘，滿心歡喜地把其中的五千塊給羅獵送去，對於羅獵他現在是真心有些佩服了。

羅獵這段時間很少出門，連葉青虹那裡都很少去，葉青虹倒是給他打過電話，只是說唐寶兒剛和于衛國分了手，最近整天纏著她，葉青虹又要忙於建設自己未來的博物館，又要陪同這位好閨蜜，根本抽不出時間過來。

羅獵卻樂於清淨，西蒙的到來讓他心潮起伏，不知不覺白雲飛給他的五天時間已經到了，這天一早，白雲飛就輕車簡從，來到了小教堂。

雖然是禮拜日，小教堂卻空空如也，沒有一個信徒，羅獵的出走讓人氣本來就不怎麼樣的小教堂變得門前冷落鞍馬稀，再說距離這裡不足一里路的地方新近建成了一座氣勢恢宏的大教堂，多半信徒都被吸引到那邊去了。

羅獵穿得西裝筆挺，手握聖經靜靜站在耶穌像前，看到白雲飛一步步從大門外的光影中走近。

白雲飛今天手裡拿著一根文明棍，在距離羅獵兩米左右的地方站定，手中的文明棍不輕不重地落在了地上，發出篤的一聲輕響，聲音在相對空曠的教堂內久久迴盪。

白雲飛的臉上帶著溫和的笑意：「羅老弟考慮得怎麼樣了？」

羅獵道：「還是先聽聽你的條件。」

白雲飛哈哈大笑，他向羅獵豎起了拇指：「老弟啊，你討價還價的本事真是一流，不去做生意真是可惜了。」

羅獵道：「總不能稀裡糊塗地被人賣了還幫人數錢。」

白雲飛歎了口氣道：「還是信不過我。」他朝耶穌像看了一眼道：「耶穌他老人家作證，我白雲飛對你羅老弟若是有加害之心，就罰我被釘在十字架上，遭受一輩子的折磨。」

羅獵道：「那你豈不是成聖人了？」

白雲飛笑道：「聖人哪有凡人快活。」他在長條椅上坐下，留了位置給羅獵：「老弟啊，反正也沒別人，咱們就在這裡說。」

羅獵在白雲飛的身邊坐下。

白雲飛道：「我知道你一定會答應。」

羅獵道：「都沒說什麼事情。」

白雲飛道：「你應該猜到了，這件事和穆三爺有關。」他向羅獵湊近了一些，壓低聲音道：「你還記得圓明園地宮內的保險箱嗎？」

羅獵當然不會忘記。

白雲飛道：「人在一無所有的時候會想盡一切辦法去擁有財富和權力，可當他得到這些東西之後，方才意識到最珍貴的不是這些，而是生命，就算把天下間所有的財富和權力都給你，也要有足夠的時間去享受。」

羅獵沒有說話，白雲飛說的這番話的確無可反駁，穆三壽處心積慮的挖了那麼多的坑，其最終的目的並不是為了瑞親王奕勳留下的財富，其實他已經霸佔了不少奕勳的財富，並利用他自身的能力將那筆財富滾雪球般遞增，可以說穆三壽憑著雙手創下的財富甚至不次於奕勳當年的身家。

可穆三壽就算再厲害，仍然難逃生老病死的自然規律，奕勳擁有的最珍貴的財富也不是什麼金銀珠寶，而是一份有可能存在的秘方，長生不老的秘方。

白雲飛道：「瑞親王肯定見過張太虛。」

羅獵笑了起來：「你當真相信張太虛煉成了長生不老的仙丹？」

白雲飛道：「有些事情不去經歷，永遠都不可能相信，就像圓明園地宮一樣。」

羅獵心中暗忖，他該不會打起了圓明園地宮的主意吧？畢竟其中還藏有不少的寶貝。

白雲飛道：「你有沒有想過，為什麼奕勳會花費那麼大的功夫把一個青瓷瓶放在保險箱內？」

羅獵被他問得一怔，作為此事全程的經歷者，羅獵對其中發生的每一個細節都非常清楚，保險箱內只有一個青瓷瓶，而瓷瓶內裝著的是腐蝕性極強的液體，可以融化金屬，絕不是什麼長生不老液，如果人服下去，定然被那液體腐蝕得腸穿肚爛。可奕動為何要將這樣的一瓶液體放在保險箱內？難道只是為了謀害別有用心的後來者嗎？

白雲飛道：「當時所有人都急於逃生，卻忽略了一件最重要的東西。」

羅獵恍然大悟道：「青瓷瓶？」

白雲飛微笑道：「羅老弟果然一點就透。」

羅獵心中暗自慚愧，自己當時一心想著逃生，根本沒有留意到青瓷瓶本身，由此能夠看出白雲飛心思之縝密還要在自己之上。其實每個人的關注點不同，羅獵當時考慮的是自己和同伴如何能夠平安脫困，並沒有私心雜念，而白雲飛卻另有所圖。

白雲飛道：「那青瓷瓶被我帶出來了。」

羅獵道：「穆先生的好奇心果然很重。」

白雲飛道：「我只是好奇，為什麼這樣東西會被藏得那麼深，能讓穆三爺他們前撲後繼的東西絕不尋常。我將那瓷瓶帶出來之後，起初發現那瓷瓶並無稀奇之處，後來也漸漸將之擱置，權當是當初歷險的一個紀念，可後來的某天，有人送我一個鼻煙壺。」

羅獵聽到這裡，心中已經猜到了其中的奧秘所在。

白雲飛繼續道：「我看到那鼻煙壺的內畫，不由得聯想到了青瓷瓶，沒想到居然被我猜到了其中的秘密，想要將青瓷瓶完整的剖成兩半並不容易，可是打碎後再拼起來不難，我想看到的只是其中的秘密。」

拋開白雲飛的目的不言，羅獵對白雲飛也不由得生出敬佩之心，若無他鍥而不捨的探究，興許其中的秘密永遠被掩埋在了圓明園地宮內。

白雲飛道：「那瓷瓶裡面畫著的是一幅地圖。」

羅獵道：「你懷疑地圖可能指向另外一個藏寶處？」

白雲飛從衣袋中取出了地圖，這是一幅他修整重建之後的地圖，上方有四個字——太虛幻境。

白雲飛道：「這地圖是我根據內畫複製臨摹而成，太虛幻境，太虛兩個字指的可能就是張太虛，至於幻境指的應當就是藏寶處，張太虛的藏寶處，他收藏的寶貝除了長生不老的藥方，還會有什麼？」

羅獵展開那幅地圖看了看，他並不認同白雲飛的這番說詞，人往往會被欲望蒙住雙眼，白雲飛對長生不老藥的渴望是顯而易見的，所以他才會將這四個字輕易就聯繫到了張太虛身上。

羅獵更看重的還是地圖本身，看了並沒有太久就從地圖上看出了端倪，低聲道：「這地圖好像是在日本海附近，距離横濱最近？」

白雲飛點了點頭道：「不錯！你所看到重點標注的地方就是當年瑞親王在海上遇刺的地方，就在横濱附近的海域。」

羅獵道：「你是說這太虛幻境在日本周圍？」

白雲飛道：「從青瓷瓶內的地圖來看，應當就是如此。」

羅獵道：「那青瓷瓶的殘片在何處？可否讓我親眼一觀？」

白雲飛搖了搖頭道：「我可保證，這幅地圖是我原樣複製，唯一的改動就是按照原比例放大。」

羅獵從他的話中得出結論，白雲飛不會將青瓷瓶的原件給他看，難道青瓷瓶內還有其他的秘密？不知為何他突然想起了西蒙，此前西蒙也帶來了一張地圖，口口聲聲要去尋找幻境島，他口中的島嶼應當和白雲飛所說的太虛幻境並無關係，可自己卻產生了一個奇怪想法，這兩者間似乎存在著某種不為人知的聯繫。

羅獵道：「你為什麼要找我？」

白雲飛道：「你能力出眾，又深悉內情，而且最重要的是我信任你，換成別人，我肯定不會告訴他這個秘密。」

羅獵道：「你不怕我真找到了長生不老藥，偷藏起來，又或者自己吃了。」

白雲飛盯住羅獵的雙目道：「你不會，長生對你這樣的人來說並無意義。」

羅獵笑了起來，白雲飛對自己居然有些瞭解，是的，長生對他而言又有什麼意義？一個永無止境的生命，無非是一天又一天的重複，對已經經歷了太多痛苦的他，對於徹夜無法入眠的他而言，這樣的重複豈不是意味著無休止的折磨？

白雲飛慢慢說出了自己的條件：「我會提供給你所需要的一切資金和裝備，只要你幫我完成這件事，黃浦的一切麻煩我來為你們擺平，只要你在黃浦一天，我就能夠保證你們的安全。」白雲飛並沒有誇大其詞，也沒有大包大攬，畢竟他目前的勢力範圍只能兼顧到黃浦，如果羅獵走出這座城市，他真的無法做出百分百的保證。

羅獵其實並不在乎白雲飛的保證，雖然他的狀態遠遠沒有恢復到巔峰，可是他仍然有信心保證自己的安全，可是他無法保證周圍朋友的平安。有白雲飛的保證畢竟是一件好事，更何況他對白雲飛說起的這件事產生了濃厚的興趣。

白雲飛道：「你可以自由組建你的隊伍，我不會做任何干涉。」

羅獵道：「如果我找不到你想要的東西呢？」

白雲飛道：「只要你用心去做，就不會有如果。」

羅獵望著白雲飛，他對自己居然擁有這麼強大的信心，這似乎有些不正常。從白雲飛的表現來看，他似乎對掌控全域充滿了信心，難道他手中又掌握了什麼把柄？羅獵並沒有繼續提問，而是慢慢疊好了那張地圖，輕聲道：「我需要一個半月去準備。」

白雲飛聞言有些錯愕道：「這麼久？」

羅獵點了點頭道：「你既然親手繪製了這張地圖，就應當注意到上面所標注的地點。」

白雲飛皺了皺眉頭，他並不認為這標注的地點上能夠看出太多的資訊。

羅獵道：「瑞親王奕勳遇害的時候是在臘月初七，距離那一天還有接近兩個月的時間，如果太虛幻境真的存在，那麼我們必須嚴格選擇時間，也唯有如此方才有可能找到這個地方。」

白雲飛道：「難道這個地點還會變動不成？」

羅獵道：「我不知道，我只知道海水一年四季會有不同，這張地圖說明不了什麼。」

白雲飛道：「我懷疑太虛幻境就藏在奕勳遇害周圍的幾座小島上。」

「那麼容易你為何自己不去？」

白雲飛啞口無言。

羅獵道：「你知不知道單單是在這片海域，無人的荒島就有幾千個，這還不包括大大小小的岩礁，而且我無法確定你提供地圖的真實性。」

白雲飛意識到羅獵正在利用這種方式逼迫自己將瓷瓶拿出，他的內心卻並未有任何動搖：「你所看到的就是全部。」

羅獵道：「這段時間，我會尋找一艘足夠堅固安全的船，還要尋找幾位經驗豐富又值得信賴的船員，還要去瞭解瑞親王當年遇刺的詳情。」

白雲飛道：「船和船員我來負責，至於葉青虹那裡，只能靠你自己了。」

白雲飛離去的時候和剛剛到來的葉青虹打了個照面，葉青虹對白雲飛這個機會主義者並沒有什麼好臉色，可白雲飛仍然很紳士地跟她打了個招呼然後告辭。

葉青虹知道白雲飛有事找羅獵，她今天前來就是為了詢問到底是什麼事？葉青虹其實並不想羅獵和白雲飛有太多的接觸，與虎謀皮的事情畢竟風險太大。

羅獵在這件事上並沒有隱瞞葉青虹，在他決定接受白雲飛委託的時候，就已經考慮邀請葉青虹成為這次探險活動的同伴。畢竟葉青虹是瑞親王的女兒，對父親的死，她比任何人都要清楚其中的細節。

葉青虹聽他說完，不由得皺起了眉頭：「羅獵，你當真相信這世上會有長生不老藥？」

羅獵搖了搖頭，可心中卻並不像他表現的那樣，世上或許不存在真正意義的長生不老藥，可是通過某種特殊的藥物和方式提升人的生理極限並非沒有可能，這個世界上存在著太多的未知。

在遇到龍玉公主之前，他就不會相信一個人可以在休眠的狀態下度過八百多年的漫長歲月，在遇到父親之前，他也不會相信這個世界居然有人可以從未來穿越時空來到這裡，而這些過去看來玄之又玄的事情，卻真實地發生在了現實的世界中，發生在了他的身邊。

葉青虹道：「我懷疑這可能是一個局，是我父親生前故意布下的疑陣。」她對所謂的長生不老藥並沒有太多興趣，此前歸國的動力主要是為父親復仇，隨著任忠昌、蕭天行、劉同嗣、穆三壽這些敵人的相繼斃命，她也算是了卻了心願，這段時間正嘗試將這一切埋藏在心底深處，**人只有在經歷以後才明白，復仇也是一把雙刃劍，砍傷別人的同時也刺傷了自己**。

事情已經過去，她卻並未感到大仇得報那種酣暢淋漓的感覺，她對那位早已遇害的親生父親印象並不深刻，反倒是對穆三壽這位義父記得更清楚一些，穆三壽死後，她時常念及他過去曾經對自己的關心和好處，有些事情並非是單純的偽裝，若說穆三壽對她，她對穆三壽沒有任何的感情，連她自己都不會相信。

如果不是羅獵又提起了這件事，葉青虹是不會主動提及的，這就像是藏在她心底始終未癒的一道疤痕，每次揭開總會出現新鮮的傷口。通過這次復仇，葉青虹也認識到每個人都有善惡的兩面，包括自己，為了復仇自己也做出了許許多多違背良心的事情，有些事甚至出賣並傷害到了羅獵。她不想再提起這些事，她不會再做出任何對羅獵不利的選擇。

羅獵道：「照我看此事未必是局。」

葉青虹道：「你當真決定要為白雲飛去找長生不老藥？」

羅獵道：「去看看倒也無妨。」

葉青虹咬了咬櫻唇道：「是不是他用我的安全來威脅你？你不用擔心我，任天駿奈何不了我，他白雲飛也是一樣。」

羅獵笑道：「倒不是因為這件事，而是我對張太虛留下的東西的確產生了興趣。」他並未將實情和盤托出，促使他決定前往尋找太虛幻境的還有一個原因，他雖然拒絕了西蒙的要求，可是西蒙的那番話他卻記在了心頭。

葉青虹知道羅獵只要決定的事情很難勸他回頭，於是就不再白費口舌，輕聲道：「我陪你去。」

羅獵道：「可能會有風險，而且離開黃浦就離開了白雲飛的勢力範疇。」他的意思很明顯，只要離開黃浦，白雲飛的勢力就不可能照顧到，一直在暗處對他們虎視眈眈等待復仇的那些人或許就會下手。

葉青虹道：「青瓷瓶是我爹留下的，於情於理我都應該去解開這個秘密。」

羅獵點了點頭，葉青虹不僅僅對當年的事情非常瞭解，而且她智勇雙全，有她同行自然如虎添翼。

羅獵道：「咱們還需要一些人手。」

葉青虹道：「你不是有很多朋友，對了，陸威霖現在身在何處？」

羅獵搖了搖頭，他並不清楚陸威霖的去向，陸威霖應當也是任天駿的目標之一，作為朋友，他有必要儘早做出提醒，此番探險倒是一個很好的契機，將這群老友重新召集在一起。

近兩個月的準備期的確夠長，白雲飛雖然對此不解，可是也表現出良好的耐性。在這次的事情上羅獵表現出強烈的排他性，除了資金以外，不需要白雲飛提供任何船隻水手，白雲飛知道羅獵信不過自己，而事實上他也準備在水手中安排內線，也做好了被羅獵拒絕的準備。

羅獵讓菜刀會的劉尚武幫忙尋找西蒙的下落，雖然劉尚武動員了全部幫眾，西蒙的下落仍然宛如石沉大海杳無音訊。天氣漸漸冷了，想起西蒙的病情，羅獵認為他很可能已經死了，也漸漸放棄了尋找。

對羅獵而言並不都是壞消息，張長弓和瞎子一起來到了黃浦，這段時間瞎子足足瘦了四十斤，整個人看上去精神了許多，這是因為在外婆生病的這段時間他徹夜不眠地在床邊照顧。

張長弓倒是沒什麼變化，他接到羅獵的信之後，第一時間從奉天趕來，看到老友無恙，懸在心底許久的石頭總算可以落地。

瞎子衝上來就給了羅獵一拳，然後張開臂膀緊緊將他抱住。

羅獵笑道：「娘兒們似的，放開，別讓張大哥笑話。」

瞎子鬆開羅獵道：「羅獵啊羅獵，你小子太不夠意思，一個人偷偷溜了回來，這麼久連個信都沒有，也不管這幫兄弟有多擔心你。」

張長弓知道羅獵這段時間必然不好過，一個人偷偷藏起來療傷，從羅獵的雙目中仍然能夠看到深藏的憂傷，他笑道：「就算沒你這封信，我和瞎子也打算回來看看，瞎子估摸著你有可能回黃浦的小教堂，還真讓他算準了。」

瞎子充滿自責道：「其實我早就該想到的，只是這段時間一直忙著照顧外婆，所以忽略了。」

羅獵微笑道：「我回來的時間不久，對了，陳阿婆現在恢復得怎麼樣？」

瞎子道：「好得很，她在奉天，就住在你家的棺材鋪。」

羅獵笑道：「老太太那麼迷信，必然要說那裡不吉利了。」

瞎子道：「倒是沒說，反倒誇那地兒清淨，她還說就留在奉天給你看家，你送給她一口棺材當工錢就成。」他說著說著也笑了起來。

羅獵道：「住得慣嗎？」

瞎子連連點頭道：「我都不知道她老人家居然是滿洲人。」

張長弓道：「你這孫子當得可夠糊塗。」

羅獵問起阿諾和陸威霖的消息。

張長弓道：「阿諾護送瑪莎回塔吉克部落，這貨應當是中了美人計，樂不思蜀，一時半會不會回來，我也沒他的具體地址。至於陸威霖，自從他離開奉天，我們就沒有聯繫上。」

羅獵點了點頭，陸威霖性情孤僻，為人做事也喜歡獨來獨往，除非陸威霖主動聯繫他們，否則他們很難得到他的下落。

其實羅獵倒是沒有指望瞎子過來，畢竟陳阿婆年事已高，而且瞎子現在已經有了周曉蝶，在羅獵看來，一個人一旦有了太多的牽掛就不適合去冒險。

三人正敘舊的時候，葉青虹和唐寶兒一起到了，葉青虹知道張長弓和瞎子會過來，可是張長弓他們卻不知道葉青虹也在黃浦。

看到葉青虹出現，瞎子頓時有些明白了，歎了口氣道：「害得我們白白擔心，原來有人在這裡風流快活。」說完他又有些心虛地向葉青虹望去，畢竟他過去不止一次在葉青虹的手上吃過苦頭，如果惹火了葉青虹，恐怕又要倒楣。

葉青虹居然沒有生氣，反而俏臉流露出幾分羞澀，岔開話題道：「我在雲翔樓訂了位子，為兩位接風洗塵。」

瞎子聽說有吃的頓時來了精神，他在黃浦生活多年，早已將這裡視為第二故鄉，對這裡的美味佳餚一直頗為懷念，連連點頭道：「葉小姐如此盛情，我們若是拒絕，豈不是不給您面子。」

羅獵讓葉青虹和唐寶兒先過去，畢竟張長弓和瞎子剛過來，行李都沒有來得及放下，不過兩人也沒多少行李，將他們的東西安置好了，三人一起來到教堂東面的雲翔樓。

羅獵發現這次見到瞎子明顯改變了不少了，過去這廝的嘴巴簡直沒有一刻能夠閑住，可這次回來居然變得沉默了許多，既然陳阿婆的身體已經康復，那麼應當就是別的原因，以羅獵對瞎子的瞭解，很容易就猜到瞎子的低落情緒和周曉蝶有關。

瞎子對此倒是供認不諱，感歎道：「女人心海裡針，你永遠不知道她內心中真正的想法。」

張長弓這一路和他同來早就聽慣了他的嘮叨，不禁笑道：「怪就怪你自己沒本事，羅獵就沒這方面的煩惱。」

瞎子充滿羨慕地看了羅獵一眼道：「怪就怪我爹媽沒給我一個像他這樣的好皮囊，否則我身邊必然斷不了鶯鶯燕燕，天下美女爭先恐後地向我投懷送抱。」

張長弓道：「單靠外表也不成，金玉其外敗絮其中的多了，銀樣鑞槍頭也不在少數，必須內外兼修才能引人注目。」他忍不住又打擊了瞎子一句：「像你這種不學無術，五穀不分四體不勤的傢伙，我是女人也不會喜歡你。」

瞎子道：「你要是女人，我必然斷了對女人的念想。」

三人談話間已經來到了雲翔樓，進入葉青虹預定的包間，冷盤已經上桌，只等他們到來。

瞎子道：「這熏魚是我的最愛。」

葉青虹招呼道：「大家隨便坐，都是朋友，沒什麼好客氣的。」

唐寶兒甜甜笑道：「首先聲明啊，今兒是我來做東。」

葉青虹有些詫異地睜大了雙眸：「寶兒，你可是作陪的。」

唐寶兒道：「我最近失戀，你陪了我這麼久，我請這頓飯就算是略表寸心。」

張長弓和瞎子跟唐寶兒都不熟，只知道她是個身嬌肉貴的富家女，富家女他們也見過一些，可是像這樣毫不顧忌拿自己失戀說事兒的還是第一次。

葉青虹也不跟唐寶兒爭，羅獵知道張長弓喝不慣紅酒，事先準備了一罈上好的汾酒。

張長弓本來還有些拘束，可三杯酒下肚，情緒也變得自然了許多。

唐寶兒今天明顯要把喧賓奪主進行到底，她酒量居然不錯，和幾人推杯換盞，來者不拒。

羅獵為人理智，而且他最近一直心事重重，所以並沒有多少飲酒的欲望，瞎子的酒量原本就不行，喝了幾杯就已經敗下陣來。倒是張長弓開始沒把唐寶兒這個千金小姐放在眼裡，可兩人真正喝起酒來，頓時有種棋逢對手將遇良才的感覺，羅獵帶來的一罈酒幾乎都進了兩人的肚子，唐寶兒的酒興越發高漲，居然又叫了一罈，張長弓雖然沉穩，也有好強之心，若是讓一個小女孩把自己給當場喝趴下了，以後這張臉皮可沒處兒去擱。

羅獵本想勸他們少喝一些，可葉青虹提醒他別敗了朋友的興致。此時劉尚武找了過來，劉尚武來找羅獵可不是為了蹭頓酒喝，而是因為羅獵交代給他的事情已經有了眉目，羅獵讓他去找的那個美國神父西蒙終於找到了。

羅獵聽說之後，並沒有聲張，看到張長弓和唐寶兒酒興正酣，瞎子已經喝得醉倒在桌上，於是向葉青虹小聲交代了一句，讓她代為照顧。

葉青虹雖然不知道羅獵去辦什麼事情，可看到劉尚武出現總覺得不是什麼好事，追出門叮囑羅獵道：「你小心些。」

羅獵朝她笑了笑，快步走出了門外。

西蒙一直都在黃浦，劉尚武在公共租界的一家賭館發現了他的蹤跡。羅獵跟著劉尚武來到賭館前，正看到滿頭白髮蓬亂的西蒙從賭館內跌跌撞撞奔了出來，走下台階的時候，因為立足不穩失去平衡摔倒在了地上，手中的酒瓶也飛了出去，在地上摔了個粉碎。

劉尚武本想走過去，卻被羅獵攔住，羅獵並不想過早地驚動西蒙，他想看看西蒙究竟想做什麼？

西蒙從地上爬起，他搖了搖頭，然後向鳳寧街走去，劉尚武派去跟蹤西蒙的手下前來稟報說，西蒙最近都在這裡賭錢，每次都喝得醉醺醺，而且幾乎逢賭必輸，甚至連他的行李都輸掉了，不過今天他的手氣不錯，剛才贏了不少錢。

羅獵讓劉尚武先走，獨自一人遠遠跟在西蒙的身後。

西蒙搖搖晃晃地走著，他來到了附近的一家當鋪，羅獵已經猜到了他的目的，他剛剛贏了錢，應當是過來想要贖回典當的東西。

羅獵在陽光照不到的牆角點燃了一支煙，靜靜等著西蒙出來。

可西蒙的贖回似乎進行得並不是那麼順利，沒多久羅獵就聽到他憤吼。

羅獵皺了皺眉，將煙蒂摁滅準備進去看看到底什麼情況的時候，西蒙已經被人從裡面丟了出來，重重跌落在門前的石板路上，他挨了打，鼻青臉腫。當鋪內兩名壯漢衝了出來，指著西蒙罵道：「老東西，跑這兒訛詐來了，你瞎了眼！」

周圍行人看到是華人和洋人的衝突，都不想多事，一個個匆匆走了，沒走的也躲得遠遠的，生怕被波及。

羅獵心中有些奇怪，在現在的黃浦，敢公然打洋人的並不多，更何況這裡是公共租界，英國人和美國人當家，西蒙就算再潦倒，畢竟也是個美國人，在這個洋人高一等的環境中，很少受到欺負，當然不排除強橫的地頭蛇。

羅獵走向西蒙的時候，從當鋪內走出了一個身穿白色西服胖乎乎的洋人，他稀疏的金色頭髮在腦後紮了個豬尾巴，帶著墨鏡，蓄著八字鬍，歐美人常見的高大身材，肚皮腆出老高，手中拄著一根文明棍，呵呵笑道：「看在你從美國來，我饒了你這一次，下次再敢來搗亂，我打斷你的雙腿。」

西蒙大吼道：「還給我，你們把懷錶還給我。」

「我不是給你了？」

西蒙將手中一塊懷錶丟了出去：「不是這塊，我的那塊被你換了……咳咳……」他劇烈咳嗽起來。

那紮著豬尾巴辮的洋人呵呵笑道：「你這樣的人我見多了，知不知道這裡的人把你叫什麼？」

西蒙憤怒地望著她。

那洋人輕蔑地說道：「瘪三！」然後他朝著西蒙的臉上狠狠吐了一口痰，西蒙突然奮起全身的力量向他撲了過去，不料對方早有準備，手中的文明棍重重抵在西蒙的胸口，將西蒙戳倒在地。

此時一個挺拔的身影緩步來到他們的身邊，躬下身去，撿起了地上的懷錶，來人正是羅獵。

那洋人因為羅獵的舉動而感到一頭霧水，西蒙卻因為羅獵的出現雙目燃起了希望。

羅獵將懷錶在掌心中顛了一下，項鍊很輕，明顯是鍍銅的贗品，他向那洋人道：「多少錢？我幫他贖回來。」

洋人輕蔑地望著羅獵：「小子，你不要多管閒事。」

羅獵道：「這塊懷錶連一塊大洋都換不到。」

西蒙紅著眼圈道：「我的懷錶，你見過，艾莉絲送給我的生日禮物……羅……我被他們騙了……」

洋人抬起手中的文明棍指著羅獵的胸膛道：「小子，趁早帶著這老東西滾蛋，不然的話。」

羅獵微笑道：「不然怎樣？」

請續看《替天行盜》卷十三　鳴鹿島

替天行盜 卷12 邪之眼

作者：石章魚
發行人：陳曉林
出版所：風雲時代出版股份有限公司
地址：10576台北市民生東路五段178號7樓之3
電話：(02) 2756-0949
傳真：(02) 2765-3799
執行主編：劉宇青
美術設計：許惠芳
行銷企劃：林安莉
業務總監：張瑋鳳

初版日期：2021年12月
版權授權：閱文集團
ISBN ：978-626-7025-12-3
風雲書網：http://www.eastbooks.com.tw
官方部落格：http://eastbooks.pixnet.net/blog
Facebook：http://www.facebook.com/h7560949
E-mail：h7560949@ms15.hinet.net
劃撥帳號：12043291
戶名：風雲時代出版股份有限公司

風雲發行所：33373桃園市龜山區公西村2鄰復興街304巷96號
電話：(03) 318-1378
傳真：(03) 318-1378
法律顧問：永然法律事務所 李永然律師
北辰著作權事務所 蕭雄淋律師

行政院新聞局局版台業字第3595號 營利事業統一編號22759935

定價：290元

國家圖書館出版品預行編目資料

替天行盜 ／石章魚 著. -- 臺北市：風雲時代出版股份有限公司，2021.07- 冊；公分

ISBN 978-626-7025-12-3（第12冊；平裝）

857.7 110003703